소설 속을 거닐다

소설 속을 거닐다

| 김경옥 지음 |

contents

소설책 읽기 : 생의 아름다움을 누리며 살기

살다 보면 정말 기가 막힐 때가 있습니다. 이렇게 애를 쓰고 있는데, 누구보다 열심히 살고 있는데 왜 행복은 늘 남의 집 거실에 걸려 있는 화사한 그림 같기만 한 건지요? 내 초라한 바람벽에 그림 한 점 걸려 있지 못한 것도 참기 힘든데 느닷없이 폭풍우가 들이닥쳐 그 벽조차 무너뜨리고 맙니다. 망연자실, 넋을 놓아버릴 수밖에 없습니다. 황석영의 『바리데기』에서 어이없게 딸을 잃은 바리가 바로 그런 처지였지요. 끝없는 모래바다에 내던져진 심정으로 그녀는 식음을 전폐한 채 묻습니다.

"아무런 악한 짓도 저지르지 않았는데 신은 왜 저에게만 고통을 주는 거예요? 신을 믿고 의지한다고 뭐가 달라지죠?"

시아버지인 압둘 할아버지는 '신은 우리를 가만히 지켜보시는 게 그 본성'이라면서 "우리에게 훌륭한 인생을 살아가도록 가르치기 위해서 우여곡절이 나타나는 거야. 그러니 이겨내야 하고 마땅히 생의 아름다움을 누리며 살아야 한다", "신은 우리가 스스로 미움의 지옥에서 풀려나서 당신에게 가까이 다가오기를 잠자코 기다린다"는 대답으로 바리를 다독입니다.

 상심한 나머지 세상과 사람에 대한 미움의 감옥에 스스로를 가둔 적은 없으

신지요? 저는 바리처럼 "하느님, 당신이 뭐길래 나한테 이러는 거예요?"라며 하늘에 대고 눈물범벅 주먹질을 했던 순간이 있습니다. 그 부끄러운 기억에 이어서 "하느님, 저에게 왜 이렇게까지 하세요" 하는, 송구스러워 저절로 작아진 목소리도 있지요.

저는 말보다 글에 관심이 많은데, 어쩌다 보니 말과 관련된 일을 20년이 넘게 하고 있습니다. 방송작가로서 저는 결함이 좀 있는 편입니다. 다행히 좋은 DJ를 파트너로 만나 문어체인 제 원고가 오히려 개성 있고 장점 많은 원고로 주변에 알려지게 되었죠. 그래도 방송원고보다는 일반원고가, 또 글을 쓰는 것보다는 글을 읽는 게 더 쉽고 즐거운 게 사실입니다. 글 중에서도 소설에 대한 편식증이 있습니다. 누군가는 노후대책으로 돈을 많이 쌓아놓기를 원한다는데 저는 노후에 부디 소설책을 원 없이 쌓아놓고 읽으면서 지낼 수 있기를 바랍니다. 물론 재미있는 소설책들만 골라 쌓아야겠죠.

올해의 시작은 주노 디아스의 소설이었습니다. 어릴 적부터 지독한 독서광이었다는 작가는 어떤 인터뷰에서 독서는 인류의 가장 아름다운 부분, 그러니까 복잡성, 두려움, 희망에 대해 알게 해준다고 말합니다.

"작가로서 나는 인간의 복잡성을 다루고 싶다. 고통, 기쁨, 고독, 감동 같은 것. 나는 내가 죽고 나서 오랜 시간이 흐른 뒤에도 이 세상 어딘가에 있는, 친구나 동료 없이 외로워하는 어린 독자에게 위안을 줄 수 있는 소설을 쓰고 싶다."

소설책의 미덕이 그런 겁니다. "소설책을 읽는다고 뭐가 달라지죠?"라는 말을 들을 때는 안타깝습니다. 그까짓 지어낸 이야기를 읽느라 시간을 낭비하느니 좀 더 가치 있는 책을 읽겠다는 사람들 앞에서도 할 말을 찾지 못합니다.

단어들로 이루어진 강줄기는 시간에 구애받지 않고, 나이나 신분에 상관없이, 국경선이나 장벽에도 아랑곳하지 않고 독자인 나를 소설 속 마음의 형제자매에게 데려다 줍니다. 소설 속으로 여행을 떠나면 아름다운 풍경에 홀려 나도 모르게 "아하, 그렇구나!", "그게 이런 거였구나!" 감탄하며 고개를 끄덕이게 됩니다. 소설책은 그 어떤 철학책보다 인생에 대해서 생각하게 하고 깨달음을 줍니다. 그러다가 소설 속 풍경은 어느 순간부터 낯설어져, 계속 고개를 흔들며 의문사를 쏟아내게 합니다. 왜, 왜, 왜, 어떻게…?

소설의 치명적 중독성은 바로 그 질문에 있습니다. 르 클레지오의 말처럼 소설은 여러 가지 문제들에 대해 우리에게 질문을 던지고 의구심을 갖게 합니다. 소설책은 한마디로 두통거리죠. 소설을 읽지 않으면 난감할 일도 없는데 그래도 레이먼드 카버는 말합니다.

"좋은 독자가 될 수 있다면, 인생을 보는 법도 달라질 거예요."

2009년 9월

김경욱

Story 01

새들은 페루에 가서 죽다

연애소설 읽는 노인

오스카 와오의 짧고 놀라운 삶

새들은 페루에 가서 죽다

로맹 가리 Romain Gary, 1914~1980

영화 〈봄날의 곰을 좋아하세요?〉의 원작소설인 『밑줄 긋는 남자』에 로맹 가리와 사랑에 빠진 젊은 여자가 나온다. 스물다섯 살의 그녀, 어느 날 외도를 결심한다. 그녀가 사랑하던 남자가 그녀에게 너무 많은 고민거리를 안겨주고 답장 없는 편지를 쓰는 데도, 침대 위의 그의 사진을 어루만지는 데도 지쳤기 때문이다. 사랑하지만, 그 외에는 달리 사랑할 남자도 없지만 그는 이미 권총자살을 해버려 이 세상 사람이 아니다. 그가 남긴 작품도 모두 31권밖에 되지 않아 1년에 한 권씩 아껴가며 읽는다 해도 여생을 생각한다면 앞날이 암담할 뿐이다.

군인이자 외교관, 그보다 작가였던 로맹 가리는 1956년 『하늘의 뿌리』로 콩쿠르 상을 수상했고 1975년에는 에밀 아자르라는 필명을 써서 발표한 『자기 앞의 생』으로 또 한 번 같은 상을 수상했다. 프랑스 최고 권위의 콩쿠르 상은 원래 한 작가에게 두 번 상을 주지 않는데 로맹 가리 사후에 그가 에밀 아자르였음이 밝혀져 전 세계 문단에 한바탕 소동이 벌어지기도 했다.

백남준 생각을 합니다. 그는 어느 날 마른 멸치 한 마리씩을 넣은 봉투를 사람들에게 나눠주며 부탁하죠.

"이 물고기를 바다로 보내주세요."

그는 모든 기술이 인간과 멀어지면 기술 종속에서 벗어나지 못하듯이, 예술도 마찬가지라는 말을 하고 싶었던 거겠지요. 그는 예술지상주의를 거부합니다. 그는 예술도 인간과 가까워지지 못하면 예술을 위한 예술이 되고 만다고 경계합니다.

인간화란 무엇인가요? 저녁밥을 짓다가 불쑥 한숨을 쉬고 맙니다. 차라리 백남준의 그 마른 멸치가 되고 싶은 심정이 들어서지요. 그냥 봉투 속에 들어가 앉기만 하면 모르는 사람들이 제각기 다른 방법으로, 제각기 다른 시각에, 제각기 다른 바다로 데려가 줄 거라는 기대. 못 견디게 일탈이 그리운 날은 누군가 나를 바다로, 아니 여기가 아닌 어느 곳으로로든 보내주면 좋겠습니다. 인간으로 사는 일이 갈수록 왜 비인간적으로 변한다는 느낌일까요? 일상에 휘둘리다 보면 내게 아직도 인간으로서의 순수한 꿈이 남아 있는지, 어쨌든 인간의 존엄성을 지키며 사는 건지 잘 모르겠어서 우울해집니다.

"나는 늘 나이고 싶지만, 늘 너무 먼 곳에 있는 나와 마주한다. 내가 서 있고 싶은 곳이 아닌, 전혀 다른 곳에 서 있는 나. 휘어진 나뭇가지는 한동안 반대로 구부려 놓아도 다시 휜다. 사는 방식을 버리기는 그만큼 어렵다. 연애한 게 아까워 떠밀려 결혼을 하듯, 익숙해진 것은 그 방향이 틀렸다는 사실을 깨닫더라도 벗어나기 어렵다."

나이가 들수록 삶은 애초에 의도했던 것에서 너무 많이 이탈해 있다면서 시인 김수영은 전화선 저 너머에서 내 마음이 되어 낮게 한탄하죠. 그녀도 나도 바다로 보내져야 할 것 같습니다.

그나저나 새들은 왜 난바다의 섬을 떠나 그 남자가 있는 해변에 와서 죽는 걸까요? 그 여자는 왜 하필이면 페루의 해안까지 도망쳐 온 그에게 헛되이 희망의 낚싯밥을 물게 하는 걸까요?

나도 한때는 갓 지은 밥처럼 윤기가 좌르르 흘러 누군가에게는 찰기 넘치는 사랑이었을 겁니다. 그 따끈따끈하고 말랑말랑한 영혼으로 주위 사람들 코를 벌렁거리게 하고 싶었던 마음. 나는 진작 포기해버린 그 희망을 그 남자는 남몰래 간직하고 있었던 것이 비극이죠. 항상 모든 것이 손 안에서 바싹 부서지는 경험을 습관이 될 만큼 겪고서도 그는 행복의 가능성을 끝끝내 믿고 있다가 낭패를 봅니다. 새들까지 까닭 없이 하늘에서 떨어지는 세상 끝의 바다. 그 바다에 몰아치는 외로움의 아홉 번째 파도. 삶의 심연에 숨어 있다가 황혼의 시간에 문득 찾아와서, 마지막 순간에 인생을 성공으로 이끌어줄 것 같던 헛된 꿈….

마른 멸치보다 못한 꼴로 살다가 "안 되겠어. 바다로 가야겠어!" 하고 소리치고 마는 이유를 압니다. 바다는 바라볼 때마다 매번 쓰라린 인생을 잊게 해주는 엄청난 진정제가 되기 때문이죠. 풍경이란 거의 배반하는 법이 없이 마음의 위안을 찾게 합니다.

세상의 끝에서
흔적 없이 사라지다

　사람이 나이 먹는 걸 느끼는 방법과 양상은 여러 가지일 것이다. 누군가는 도무지 주변에 동년배라는 게 없는 것 같을 때 그렇다고 말했다. 사람들이 모두 자신보다 나이 들어 보이거나 한참 어려 보이는 건 그러니까 노화의 초기 자각증세일지 모른다. 어제와 오늘이 뭐 별다를 게 없어서 새삼 활기를 잃은 건 아닌데 어쩐지 그걸 외부로 실현시킬 만한 추진력이 전혀 따라주지 않을 때 우리는 쉽게 나이 탓을 한다.

　그 남자는 나이가 들자 세상의 끝에 있는 바닷가로 간다. 거기서 카페 주인이 되어 숨어 살면서 그는 오로지 풍경에만 기대를 걸기로 한다. 마흔일곱이란 알아야 할 것은 이미 모두 알아버린 나이여서 고매한 명분에도 아름다운 여자에도 더 이상 아무런 기대를 하지 않게 된다고 그는 생각한다. 아침이면 면도를 하다가 거울 속에 비친 자신의 얼굴을 보며 깜짝 놀라면서 "내가 바란 것은 이게 아닌데!"라고 혼잣말을 하는 나이. 그는 이제 아무에게도 편지를 쓰지도, 편지를 받는 일도, 아는 사람도 하나 없다.

　로맹 가리의 『새들은 페루에 가서 죽다』는 페루의 안데스 산맥 밑, 모든 것이 끝나는 리마의 황량한 해안으로 우리를 이끈다. 모래언덕, 바다, 죽어 있는 수천 마리의 새들, 나룻배, 녹슨 그물망, 고래의 뼈 그리고 어지러운 발자국들. 바다 쪽으로 시선을 돌리면 하얗게 빛나는 아름다운 섬들이 눈에 띄지만 그 섬들의 실체도 알고 보면 풀 한 포기 없이 헐벗고 차디찬 돌덩어리로 된 구아노석의 섬일 뿐이다.

새들은 무슨 이유에서인지 자신들의 분비물로 이뤄진 하얀 섬을 떠나와 리마 북쪽 10킬로미터나 떨어진 그 해변에 와서 숨을 거둔다. 조금 더 북쪽도 아니고 조금 더 남쪽도 아닌 바로 그 좁은 모래펄에 와서 마지막 숨을 쉬는 새들에 대해 군이 과학적인 설명과 원인 규명이 따로 필요할까?

과학자들은 사람의 영혼의 무게까지 21그램이라고 정확하게 밝혀낸다. 숀 펜Sean Justin Penn이 주연을 맡은 〈21그램〉은 그 가벼운 영혼의 무게에 짓눌려 사는 이들을 보여주는 영화다. 과학자들은 마음만 먹으면 영혼의 부피와 밀도, 상승속도까지 어렵지 않게 계산해낼 것이다. 하지만 모든 게 알려진 사실은 재미없고 낱낱이 까발려진 진실은 허망하다.

새들은 왜 거기에 와서 죽는가? 과학의 눈으로 보면 새들의 떼죽음과 죽음의 장소 선택에 그 어떤 신비와 우연도 깃들 수 없다. 그런데 사람이란 과학자보다 약간은 시인이 되고 싶어 하는 존재이기에 새들이 죽어가는 해변을 바라보는 시선이 불안스레 떨리며 온갖 상념과 사건이 싹트는 것이다.

로맹 가리가 한동안 남미에서 체류한 경험이 이 단편을 탄생시킨 걸로 생각되는데 그는 세계에서 가장 높은 도시인 볼리비아의 라파즈에서 외교관 생활을 했다. 볼리비아와 칠레 그리고 페루는 새똥 때문에 전쟁도 불사한 역사를 공유한다.

소설 속 설명에 따르면 한 마리의 가마우지가 살아 있는 동안 생산하는 구아노석은 같은 기간 동안 한 가족 전체를 먹여 살릴 수 있을 만큼 대단한 가치를 지닌다. 수지맞는 일 앞에서 인간은 다투기 마련이다. 세상의 끝으로 숨어들어 자기 자신과 헛되이 절교하려는 카페 주인도 스페인에서, 프랑스에서, 쿠바에서 싸운 전력이 있다. 비록 그의 경우는 이권이 아니라 이상을 위해 싸운 거지만.

세상의 끝에 가면 희망도 따라서 끝이 나는 걸까? 희망과 기대 따위는 잊고 살던 그의 인생에 어느 날 초록색 목도리의 여자가 바닷물에 밀려온다. 외딴 바닷가 모래밭 위 죽은 새들 가운데 아침 여섯 시에 금과 다이아몬드와 에메랄드를 달고 그 여자는 나타났다.

"때때로 진절머리가 나요. 진절머리가 난다구요. 이대로 그냥 계속할 수는 없어요."

끝장을 내겠다며 파도 속으로 걸어 들어가는 여자를 건져낸 순간, 냉소와 환멸로 단단히 무장한 그에게도 희망이라는 낚싯밥이 던져진다. 죽기 위해 그 모래언덕으로 오는 수많은 새들 속에서 한 마리를, 그중 가장 아름다운 한 마리를 구해서 보호하며 자기 혼자 가진다는 희망이 단숨에 그를 사로잡은 것이다. 그는 여자를 꼭 껴안고 수십 년 동안 그의 어깨를 짓눌렀던 고독의 파도를 넘어선다. 여자의 뺨에 흘러내리는 눈물과 동시에 자신의 눈물을 느끼고, 여자의 가슴에 맞댄 자신의 식은 가슴이 두근거리는 것을 느끼면서….

희망이란 얼마나 달콤하고 동시에 무자비한 낚싯밥인가.

잠시 후 나타난 여자의 남편은 조롱과 원한에 찬웃음으로 쓰디쓴 진실 앞에 서게 한다.

"선생님, 어떻게 감사를 표시해야 할지요? 자, 여보, 이리 오오. 이젠 괴로워하지 않아도 되오. 우리 함께 몬테비데오로 귀즈만 교수를 만나보러 갑시다. 듣자 하니 그분은 기적적인 효과를 얻었다더군. 그분은 진정한 의사야. 과학이 끝장에 이르지는 않았어. 정확하게 몸무게가 52킬로그램인 경마 기수하고만 일을 치를 수 있는 여자 이야기를 생각해 봐. 항상 그 짓을 하는 동안에 다른 사람이 세 번은 짧게, 한 번은 길게 문을 두드려달라고 요구하는 여자는 어떻고. 인간의 영혼이란 헤아릴 길이 없는 것이지. 절정에 달하려면 꼭 금고의 경보장치가 요란하게 울어대야 하는 은행가 부인, 관자놀이에 권총을 바짝 들이대야만 만족할 만한 결과에 도달하는 여자…. 귀즈만 교수는 그 여자들을 다 완치시켰어."

남편은 몇몇 이상성욕의 케이스를 더 떠벌이다 마침내 울면서 말한다.

"이렇게 계속할 수는 없어."

안개 낀 바다, 바다 위의 카페, 그 카페의 주인인 은퇴한 혁명가 그리고 절망에 빠져 자살하려는 젊은 여인. 『새들은 페루에 가서 죽다』의 배경만 보고 아련하고 고운 파스텔조의 바닷가 풍경을 떠올리다가는 낭패를 당한다. 인간의 손으로도, 신의 손으로도 더 이상 손댈 필요가 없을 만큼 순수한 모습의 여자는 병든 세계로부터 날아든 가짜 새에 불과할 뿐이니까.

그 여자는 세상의 끝에까지 밀려와서도 남자가 쉽게 버리지 못하고 있던 일말의 희망과 행복에의 기대, 순수와 이상과 신념 같은 것을 한순간에 날려 보낸다. 여자와 남편 무리들이 사라지기 전 뒤를 돌아보지만 남자는 이미 거기에 없다. 그곳에는 아무도 없다.

#18   늦은 밤 비몽사몽 속에 로맹 가리가 자기 부인인 진 시버그Jean Seberg를 출

연시켜 만든 동명의 영화를 보았다. 가슴이 답답해지고 시야가 탁해지는 영화였다. 그 먹먹한 삶의 풍경을 견디지 못해 진 시버그가 앞서서 그리고 로맹 가리가 따라서 자살을 했는지도 모른다. 소설 속에서는 "다만 카페는 텅 비어 있다"고 언급했는데도 많은 독자들이 한 방의 권총 소리를 듣고야 마는 이유를 생각해본다.

연애소설 읽는 노인

루이스 세풀베다 Luis Sepúlveda, 1949~

남미의 많은 저항 지식인들이 그러했듯이 루이스 세풀베다도 오직 살아남기 위해 조국 칠레를 떠나 낯선 나라들을 전전해야 했다. 1989년 그는 살해당한 환경운동가 치코 멘데스에게 바치는 소설을 쓴다. 『연애소설 읽는 노인』은 아마존의 밀림을 배경으로 인간의 탐욕과 어리석음을 크고 작은 에피소드로 보여준다.

유네스코와 그린피스 회원으로 활동하면서 깔끔한 문체로 선명한 주제의식을 드러내는 작품들을 발표, 전 세계에서 베스트셀러가 되고는 했다. 인간의 자연파괴를 고발한 『지구 끝의 사람들』과 동화 『갈매기에게 나는 법을 가르쳐준 고양이』, 직접 만나 대화를 나눈 35명의 실존인물 이야기인 『소외』 등이 있다.

"나는 문학을 민주주의를 실현할 수 있는 최고의 공간이라고 생각한다. 문학 속에서는 모든 것이 가능하다"고 말하는 작가는 1997년 이후 스페인에 정착해 살고 있다.

　　인류학자 레비 스트로스C. Levi-strauss가 『슬픈 열대』에서 들려주는 이야기입니다. 그는 현장 연구를 위해 한동안 브라질의 오지에서 체류하고 있었는데, 마침내 연구가 끝나 그곳을 떠나게 되었답니다. 그가 부족민들에게 작별인사를 하자 부족의 나이 든 어르신들이 마구 울기 시작했죠. 그런데 그들은 문명 세계에서 온 손님이 떠나는, 작별 그 자체를 슬퍼하거나 섭섭해 하는 게 아니었다네요. 그들은 손님의 처지가 너무 불쌍해서 그렇게 동정의 눈물을 흘린 거라고 합니다. 오지에서 평생을 살아온 그들은 자신들이 사는 곳이야말로 유일한 지상 낙원이라고 굳게 믿고 있었죠. 그래서 그들은 그 좋은 낙원을 떠나야 하는 손님의 불쌍한 처지에 거짓 없는 연민의 정을 표시한 거라고 합니다. 사람들은 자신이 뿌리내린 곳이 아무리 척박해도 그곳을 천국이라 믿는 낙천적 성향이 있습니다.

　　아마존 밀림의 오지 엘 이딜리오에는 오두막에서 조용히 연애소설이나 읽으며 살고 싶은 노인이 살죠. 노인도 처음부터 노인은 아니었습니다. 아내가 있던 젊은 시절 그는 가톨릭을 믿는 농부였는데, 정부의 거대한 토지개발 계획을 따라 엘 이딜리오로 이주했죠.

　　세상에 태어나서 한 번도 경험하지 못한 우기를 겪으며 이주민들은 속절없이 죽어갔는데, 노인은 그곳 원주민인 수아르족 인디오로부터 구원의 손길을 받습니다. 그들로부터 사냥하는 법, 물고기를 잡는 법, 폭우에 견딜 수 있는 튼튼한 오두막을 짓는 법, 무엇보다 밀림의 세계에서 자연과 더불어 사는 기술을 배운 뒤 그는 인디오처럼 살아갑니다. 그는 자유라는 말을 한 번도 생각한 적이 없었지만 밀림에서 자신의 자유를 마음껏 누리며 삽니다.

　　한치 앞도 분간하기 어려운 폭우가 쏟아지는 우기가 되면 노인은 그물그네 #21

에 누워 격렬하면서도 단조로운 빗소리를 들으며 잠을 자거나 소설을 읽습니다. 소설 속 사랑의 신비를 찾거나 파리니 런던이니 제네바니 하는 도시들을 상상하며, 때로는 하얀 눈을 상상하며 살고 싶은 노인입니다. 그러나 그의 그 소망과 평화는 방해를 받게 됩니다. 노인처럼 아마존도 조용히 살고 싶었을 겁니다. 하지만 일확천금을 노리고 아마존에 발을 들여놓는 노다지꾼들과 중무장을 한 채 나타나 닥치는 대로 동물들을 쏘아 죽이는 밀렵꾼들 그리고 개발이라는 미명을 내세우는 이들 때문에 인디오들과 동물들은 점점 더 깊은 오지를 찾아 떠날 수밖에 없습니다. 아마존은 그렇게 원주민에게도 문명인에게도 더 이상 약속의 땅이 될 수 없는 암담한 처지에 빠지고 맙니다.

긴 밀림의 우기, 하늘이 보이지 않는 원시림, 동물들의 울음소리, 강물 흐르는 소리…. 인간이 자연을 외면하는 한 결국은 모두 공멸의 길을 간다는 걸 알면서도 왜 사람들은 멈추지 않는 걸까요? 노인은 아마존의 처녀성을 유린하는 모든 이에게 저주를 퍼붓지만 그가 할 수 있는 일은 자신의 오두막으로 돌아가 인간의 야만성을 잊게 해주는, 세상의 아름다운 언어로 사랑을 이야기하는 연애소설을 읽는 것뿐.

지구에서 가장 긴 강이라는 아마존, 아니 지구의 허파라는 아마존의 밀림지대. 늘 안녕한지 궁금해 하고 걱정해야겠습니다.

그때 그 밀림 속에서
무슨 일이 벌어졌나?

바야흐로 환경과 기후 문제가 전 세계적 화두로 떠오르고 있다. 『연애소설 읽는 노인』 속 여행지는 지구의 허파라 불리는 아마존 정글이다. 아마존의 열대우림은 지구 산소 중 25퍼센트를 생산해낸다. 면적도 만만치 않아서 전 세계 육지의 5퍼센트를 차지하고 있는데, 이것은 남미 대륙의 약 40퍼센트에 이르는 어마어마한 크기이다. 브라질이라는 나라는 아마존 정글을 빼놓고 생각할 수 없을 정도다. 비행기를 타고 두세 시간을 날아도 끝이 보이지 않는다는 이 아마존 강의 정글 속에는 외지인과의 접촉을 피해 스스로 고립된 생활을 택한 63개 이상 토착 부족의, 대략 10만에서 19만 명으로 추정되는 인디오들이 살고 있다.

소설의 무대가 되는 엘 이딜리오는 아마존 유역에 있는 작은 마을이다. 이곳을 찾는 외지인들은 많지 않다. 새로운 이주민이 오는 특별한 경우를 제외하면 치과의사와 우편집배원만이 정기적으로 이곳을 방문하는 외지인이다. 엘 이딜리오 부락민들은 특히 치과의사의 수크레 호를 기다린다. 6개월마다 소금과 맥주, 아구아르디엔테 술, 가스, 치과 진료기구가 들어 있는 가죽가방을 싣고 오는 배를 기다리는 것이다. 밀림 속에서 사탕수수대로 엮은 오두막을 짓고 혼자 사는 노인에게는 그밖에도 기다리는 것이 있다.

"연애소설인가요?"

"가슴 아픈 얘기인가요?"

"서로를 진정으로 사랑하는 사람들이 나오나요?"

치과의사는 노인이 책을 가져다 달라고 부탁하자 처음에는 그저 아무거나 가져다주면 되리라 생각한다. 하지만 노인의 독서 취향은 독특하다. 그는 사랑하는 사람들이 만나서 고통과 불행을 겪다가 결국은 행복하게 되는 내용을 원한다.

'연인들이 사랑으로 인해 고통을 겪지만 결국은 해피엔딩으로 끝나는' 연애소설을 아주 천천히, 한 음절씩 음식을 맛보듯 음미한 뒤에 그것들을 모아서 자연스런 목소리로 읽는 게 노인의 독서법이다. 노인은 음절들을 모아서 단어가 만들어지면 그것을 반복해서 읽고, 또 그런 식으로 문장이 만들어지면 그것을 반복해서 읽고 또 읽는다. 그는 반복과 반복을 통해서 그 글에 형상화된 생각과 감정을 자기 것으로 만든다. 그는 도대체 인간의 언어가 어떻게 해서 그렇게 아름다울 수 있는가를 깨달을 때까지 읽고 또 읽는다.

노인은 원래 아마존 강이 아니라 화산 근처의 산간 지방에서 살았다. 손바닥만 한 땅뙈기를 버리고 그가 아마존으로 온 까닭은 자식이 없었기 때문이다. 불임부부에게 쏟아지는 험담도 견디기 어려운데 어느 날 아내를 사육제에 보내라는 무례한 말까지 들었다. 그건 술을 질펀하게 퍼마신 뒤 정신을 못 차린 무리들이 어둠 속에서 마구 살을 섞는 일이었는데, 그는 축제의 사생아로 태어나는 아이의 아버지가 되고 싶지 않았다.

때마침 정부에서 아마존 유역의 거대한 토지개발 발표를 한다. 그들 부부는 기후와 토양이 바뀌면 불임의 원인이 누구에게 있든 정상적인 상태로 돌아올 수 있을 거라는 기대로 엘 이딜리오에 온다. 하지만 이 '약속의 땅'은 알고 보니 저주의 땅이었고 거기서 아내는 말라리아로 목숨을 잃는다.

가톨릭을 믿는 농부에서 밀림 속을 반라로 돌아다니는 원주민 인디오처럼 야생의 삶을 살면서 그는 비로소 자신의 자유를 마음껏 누리게 된다. 자신의 사랑과 꿈을 앗아간 밀림을 저주하고 복수심에 불타던 그가 차츰 밀림의 세계에 눈을 뜨게 되고, 이윽고 주인 없는 푸른 세계에 매료되어 증오심마저 잊게 되는 것이다. 그는 배가 고프면 과일을 따먹고 밀림의 밤을 느끼고 싶으면 카누 위에 몸을 눕히고 친구가 그리울 때면 수아르족을 찾는다. 꼬리긴원숭이들 만큼이나 상냥하고, 술 취한 앵무새들만큼이나 말도 많고, 악마들만큼이나 소리를 내지르는 악바리들인 수아르족. 그들은 독사에 물려 사경을 헤매던 그를 구해주었고 그에게 밀림에서 사는 법을 가르쳐주었다.

하지만 그는 밀림에 대한 지식과 경험을 충분히 갖추었어도 수아르족은 될 수 없었다. 그는 모든 면에서 수아르족이었지만 동시에 수아르족이 아니었다. 수아르족이 아니었기에 일정한 시기가 돌아오면 그는 그들의 부락을 떠나 혼자 지내야 했다. 그러는 동안 무지막지한 문명이 서쪽으로부터 아마존의 거대한 몸집을 파헤치며 그들 가까이로 다가서고 있었다. 기계들이 길을 낼 때마다 수아르족은 그만큼 바쁘게 움직여야만 했다. 기계들이 밀림에 몰려드는 바람에 그들은 한곳에서 3년 동안 머무는 그들의 관습조차 지킬 수 없게 되었다. 그들은 오두막을 철거하고 죽은 영혼들의 유골을 챙겨 보다 은밀한 처녀림을 찾아 동쪽으로 이동해 나간다.

이른바 에덴의 동쪽을 향한 불가피한 선택과 탈출은 수아르족뿐 아니라 밀림 속 동물들에게도 일어나고 있었다. 인디오들과 동물들이 더 깊은 오지를 찾아 떠나버리자 점점 혼자 있는 시간이 많아진 그는 그 무렵 자신의 이가 썩고 있다는 사실과 자신이 글을 안다는 사실을 동시에 깨닫게 된다.

'나는 글을 읽을 줄 알아.'

그것은 그의 평생에서 가장 중요한 발견이었다. 그는 늙음이라는 독에 대항하는 해독제를 자신이 지니고 있다는 것을 알았다. 그는 책이란 걸 처음으로 읽기 시작했는데 기하학 책은 도저히 이해할 수 없어서, 역사에 관한 책은 거짓말을 꾸며 놓은 것 같아서, 파란만장한 고난을 그린 소설은 그 많은 불행이 한 사람에게만 들이닥칠 수는 없는 일 같아서 좋아하게 되지 않았다. 그러던 어느 날 읽게 된 『로사리오』에는 그가 진작부터 찾아 헤매던 내용이 담겨 있었다. 그 책에 담긴 것은 사랑, 온통 사랑이었다.

안토니오 호세 볼리바르. 그는 치과의사가 가져다 준 연애소설을 읽다가 깊은 의문에 사로잡힌다. 주인공이 여자에게 '뜨겁게' 입을 맞췄기 때문이다. **키스를 할 때 어떻게 하면 뜨겁게 할 수 있지?** 세상에! 도대체 어떻게 했기에 그렇게 말할 수 있단 말인가?

하지만 그렇게 심사숙고하고 아껴가며 연애소설을 읽을 수 있는 그의 자유롭고 평화로운 시간도 마침내는 위협받게 된다. 밀렵꾼 양키에게 새끼들과 남편을 잃은 암살쾡이가 인간사냥에 나섰고, 누구보다 밀림의 생리를 잘 아는 그에게 수색대에 합류하라는 강요가 내려진 것이다.

루이스 세풀베다는 이 작품을 친구이자 세계적인 환경운동가였던 치코 멘데스Chico Mendes에게 바치고 있다. '발전' 이라는 이름을 내세우는 자들에게 살해된 멘데스는 열렬한 아마존의 옹호자였다. 500년 전 콜럼버스를 손님으로 맞이한 이래 1,000만 명에 달했던 남미 대륙의 인디오는 고작 55만 명 남짓한 수만 살아남게 되었는데, 이제는 발전과 개발이라는 미명 아래 그들의 마지막 은신처인 아마존의 밀림마저 위협받고 있는 실정이다. 지난 2년 동안 불법 벌목으로 파괴된 이곳의 삼림 면적만 해도 무려 1만 4,000제곱킬로미터에 달한다.

세풀베다의 소설은 쉽고, 단순하고, 빠르게 읽힌다는 미덕을 갖추고 있다. 하지만 자연을 파괴하면 파괴된 자연이 인간에게 복수를 한다는 불편한 진실은 결코 쉽고 빠르고 단순하게 받아들일 수 있는 일이 아니다. 노인이 읽는 연애소설에서는 언제나 해피엔딩이 이뤄지지만 눈물과 빗물로 뒤범벅된 채 암살쾡이의 시체를 강물 속으로 밀어 넣는 노인의 모습에서 우리가 읽는 건 오히려 공멸에의 비극적 암시다. 이 세상에 아름다운 언어로 사랑을 이야기하는 연애소설이 존재하는 이유, 그것은 우리가 이따금 아주 뜨겁게 인간의 야만성을 잊고 싶어 하기 때문일지도 모른다.

그는 생애 처음으로 자신이 고독이라는
짐승에 사로잡혀 있음을 절감했다.
그것은 조금이라도 방심하면 쓸쓸한 강당에
찾아와서 하고 싶은 말을 몽땅 내뱉은 뒤에
유유히 사라지는 교활하기 이를 데 없는 짐승 같았다.
그때부터 그는 어떻게 하면 책을 구할 수 있을까 하는
궁리에 빠진 채 하루하루를 보냈다.

－『연애소설 읽는 노인』 중에서…

오스카 와오의 짧고 놀라운 삶

주노 디아스 Junot Diaz, 1968~

도미니카공화국 산토도밍고에서 태어난 그는 여섯 살 때 미국으로 이민을 해 뉴욕의 뉴저지에서 자란다. 뉴저지는 한국계 이민자들도 많아서 그는 비교적 한국문화에 밝다. 봉준호, 강제규, 박찬욱 등의 영화감독을 좋아하고 김영하의 단편 「나는 나를 파괴할 권리가 있다」를 "정말이지 최고였다"고 말한다. 어릴 때부터 독서광이었다는 그는 책을 읽는 것은 비이성과 증오에 대항해 전 세계 문명, 우리 모두의 가슴속에 있는 이 아름다운 문명을 돕는 것이기도 하다고 말한다. 독서야말로 인류가 가진 몇 안 되는 가장 위대한 사명이라고 그는 굳게 믿는다.

1996년 첫 단편집 『Drown』으로 화려하게 등장한 그는 어쩐 일인지 11년 동안 침묵을 지켜오다가 2007년 첫 장편 『오스카 와오의 짧고 놀라운 삶』으로 센세이션을 불러일으킨다. 이 작품으로 퓰리처상을 탔다. 작가는 매사추세츠공과대학교에서 문예창작을 가르치고 있는데 물론 그의 학생들은 작가가 되지 않고 엔지니어, 물리학자, 컴퓨터 공학자가 될 사람들이다. 그래도 그는 "모든 교육이 젊은이들에게 제시하는 방향은 같다. 비판적으로 사고하기. 나는 글쓰기 연습을 통해 어떻게 하면 비판적인 마인드를 가질 수 있는지 가르친다"고 한다.

과작으로 유명하지만 그 자신은 매일 아침 8시부터 12시까지 글 쓰는 생활을 고수해왔다고 주장한다. 다만 그의 작품들이 늘 작업 중에 있다는 게 문제다.

『두 도시 이야기』. 찰스 디킨스Charles John Huffam Dickens는 프랑스 혁명 당시의 파리와 런던, 두 도시 이야기를 하지만 우리는 오스카 와오를 만나러 떠나기 전에 먼저 매콘도와 마콘도, 서로 닮은 데가 없는 두 도시 이야기를 하게 됩니다. 마콘도는 가브리엘 가르시아 마르케스Gabriel Jose Garcia Marquez의 『백년 동안의 고독』에 나오는 상상의 도시죠. 1979년쯤에 그 소설을 읽었던 걸로 기억합니다. 매콘도, 맥도널드와 매킨토시와 콘도(도시의 고층 아파트)로 이루어진 도시. 우리가 사는 세상이 매콘도가 아니라 마콘도이던 시절에는 푸쿠와 사파가 훨씬 보편적이고 일반적이었죠. 그때는 사람들이 불운이 들러붙을 시간을 주지 않기 위해 하루 종일 사파를 중얼거리며 살았을 겁니다.

뉴욕과 산토도밍고. 오스카의 인생은 이 두 도시에서 이뤄집니다. 뉴욕의 게토에 가보셨는지요? 워싱턴하이츠가 지금의 워싱턴하이츠가 되기 전, 버겐라인 거리가 거의 100여 블록에 걸친 거대한 히스패닉 집산지가 되기 전 그 옛날 1970년대부터 오스카는 거기서 어린 시절을 보냈고, 돈 보스코 테크 고등학교를 다니며 힘든 시련을 견뎌냈습니다. 중세의 마녀 사냥터 같은 학교에서 해방될 날만을 손꼽아 기다리며 책만 파던 꼴통. 그에게 과잉행동증후군에다 정서불안인 십대 남자아이들로 꽉 찬 학교는 고통의 원천이었을 뿐이죠. 그런데 정작 기가 막히는 건 졸업 후 5년 만에 그가 이 학교에 영어와 역사를 가르치는 선생으로 다시 돌아왔다는 겁니다. 학교에서는 여전히 뚱뚱하고 못생기고 똑똑하고 가난한 아이들, 흑인이거나 인기 없는 아이들, 이민자 아이들, 여자애 같거나 게이인 아이들이 죽도록 고문당하고 있었습니다.

돈 보스코에서 교직에 몸담은 지 3년쯤 되었을 때 그의 가족은 산토도밍고로 여름휴가를 떠납니다. 매년 여름이면 디아스포라의 자녀들이 다시 돌아와

#31

서 공항은 잘 차려입은 사람들로 꽉꽉 들어차죠.

"엄마, 조상들의 영혼이 요즘 제게 말을 걸어요."

사람을 녹초로 만드는 더위도, 비옥한 열대의 냄새도 여전한 산토도밍고. 대기오염도, 도로를 달리는 수천 대의 오토바이와 자동차와 낡은 트럭도 그리고 신호등마다 늘어선 구걸하는 사람들도, 땡볕 아래 지친 듯 걷는 사람들도 여전했는데 오스카는 그동안 자신이 얼마나 도미니카공화국을 잊고 살았는지 놀랍니다. 그는 일기에 이렇게 씁니다.

'나는 천국에 와 있다.'

그가 잊고 살았던 건 도미니카공화국 여자들이 얼마나 예쁜지에 대한 것이었으니까요.

찌는 듯한 더위와 수탉 울음소리에 잠을 깨고, 옥외 변소에서 일을 본 뒤 날옥수수로 밑을 닦으며 그는 '이게 다 재미지 뭐' 라고 일기에 적습니다. 믿기 어려운 빈곤, 교차로에서 땅콩을 파는 아이티인, 해변이란 해변을 모조리 차지하고 있는 재수 없는 관광객, 얽히고설킨 골목길과 녹슨 아연 지붕 오두막으로 이루어진 주택가, 벽이란 벽에 모조리 나붙은 정치 선전물…. 그럼에도 불구하고 어느 날 말레콘에서 밤바다를 바라보다가 그는 '패터슨에 날 기다리는 거라도 있나?' 하고 중얼거립니다.

뉴욕 패터슨 거리의 집으로 돌아가지 않고 산토도밍고에 계속 남아 있기로 한 그 여름에, 오스카는 진짜 인생을 시작하게 됩니다.

"나, 이러다가 숫총각으로 죽는 거 아냐?"

어느 날 교보문고에 갔다가 공연히 화를 내고 있는 나를 보고 알았다. 아하, 내가 그를 아주 좋아하는구나. 김경주라는 시인이 시를 잘 쓴다고 해서 그의 시집을 사러 갔다가 시집 코너에서 이성복 시집이 안 보이는 걸 보고 충격을 받았다. 이런 세상에, 어쩌자고, 이럴 수가, 말도 안 돼!

시집 코너를 몇 바퀴 돈 뒤에 겨우 그의 시집을 찾아 잘 보이는 곳으로 옮겨 놓고도 울분이 안 풀려 김경주 시집 두 권을 그냥 버려두고 와버렸다. 몇몇 문인들에 대한 편애를 이제는 다 버렸다고 생각해 왔는데 나는 아직도 독자로서 공평무사의 경지에 이르지 못했다. 뭐 굳이 주관적 편견을 버리고 객관적 공정을 획득하고 싶은 마음도 없긴 하다.

'그대가 결혼을 하면 여인은 외부로 열린 그대의 창

그 풍경의 아름다움을 영원히 보지 못했을지도 모를 일.'

이성복의 이 시구를 주노 디아스는 소설 속에서 오스카의 입을 빌려 이렇게 말한다.

"그러니까 사람들이 말하는 게 바로 이런 거로군! 젠장! 이렇게 늦게야 알게 되다니, 이토록 아름다운 것을!"

누나로부터 "너, 변하지 않으면 평생 숫총각으로 살다 죽는다"는 경고를 듣는 몸무게 140킬로그램의 찌질이. 그는 도미니카공화국 남자치고 총각 딱지를 떼지 못하고 죽은 이는 없다는 말을 철석같이 믿고 싶지만 나날이 낙관주의가 사위어가는 걸 느끼며 그럴수록 더 장르 소설과 애니메이션 속으로 도피한다. 그는 심각한 '질 퇴치 증후군' 환자답지 않게 여자를 심하게 밝힌다. 그에게는 여자가 자기 인생의 시작과 끝이요, 알파와 오메가였고, DC와 마블이었다. 그런데 문제는 그의 그 열정이 전혀 보답을 받지 못한다는 것. 그래서 오스카는 자신이 숫총각으로 죽은 최초의 도미니카노가 될까봐 노심초사한다.

누구보다 열렬히 그리고 순정하게 사랑을 추구하는 인물들이 나오는 소설이지만 이 소설을 쉽게 연애소설로 분류할 수는 없다. 청춘소설이랄 수도 없고, 그래도 억지로 분류하겠다면 정치소설이나 역사소설 쪽이 그나마 무난한 선택이 될지도 모른다.

언제나 사랑을 거부당하는 오스카, 늘 사랑이 뒤틀렸던 어머니 벨리시아, 사랑의 꽁무니를 뒤쫓느라 힘들어하는 누나 롤라…. 역사나 정치에는 아무 관심 없이 하루하루 살기에도 바빠 보이는 미국 뉴저지의 한 이민가정 이야기가 어째서 남미의 핏빛 독재정권에 대한 고발소설로도 읽히는 걸까? 작가는 '도미니카공화국'을 '가짜민주주의공화국'이라 부르면서 산토도밍고에서 아홉 살까지 살았던 자신의 이야기를 들려준다.

"비행기를 타고 건너왔다고 해서 공포가 사라지지는 않는다. 부모님은 우리를 미국에 잘 적응하기보다 그분들이 평생 겪었던 독재로부터 벗어나 살아남도록 가르치느라 더 애썼다. 우리는 마치 도미니카에서 사는 것처럼 훈련받았다.”

대부분의 남미 국가들처럼 도미니카공화국도 독재자의 오랜 만행에 시달려야 했다. 납치, 고문, 폭행, 의문의 죽음을 피할 수 없는 독재정권 아래서 국민들은 저주받은 삶을 살게 된다. 도미니카공화국에서는 저주를 뜻하는 말 ‘푸쿠’가 트루히요Trujillo와 아주 가까웠다. 1930년부터 1961년 암살당할 때까지 독재자 트루히요는 사람들이 누군가를 사랑하고 함께 사는 일, 인간으로서 꿈꾸는 아주 작은 친밀감조차 마음대로 갖도록 허락하지 않았다. 오스카의 외할아버지 아벨라르와 어머니 벨리시아 2대의 삶을 철저하게 파멸시킨 것도 모자라서 푸쿠는 뉴저지의 오스카와 롤라까지 가만두지 않는다. 정치나 역사에 아무 흥미도 못 느끼는 찌질이 오스카를, 푸쿠는 ‘데 레온’ 집안의 자식이라는 이유로 끝까지 물고 늘어진다.

톨킨John Ronald Reuel Tolkien의 ‘가운데 땅’에나 관심을 보이던 오스카가 어쩌다가 도미니카공화국으로 가서 최후를 맞게 되었을까? 이미 죽고 없는 트루히요가 어떻게 1990년대의 오스카의 삶에 끼어들어 저주를 퍼부을 수 있었을까? 작가는 독재자 사후에 태어난 세대들도 독재의 소산이며, 그들이 미처 깨닫지 못하고 있을 뿐이지 자신들 위에 드리운 독재의 암울한 그늘에서 벗어나 있는 게 아니라고 말한다.

“그런데 젊은 사람들은 대개 역사 이야기만 나오면 꾸벅꾸벅 존다. 그렇지만 저주, 특히 초자연적인 저주에 대해서 운을 떼면 언제 졸았냐는 듯이 관심을 보인다. 푸쿠는 역사울렁증이 있는 독자들에게 거부감을 주지 않고도 ‘우리는 알든 모르든 역사의 손아귀에 놓여 있다’는 사실을 이야기하는 방식이다."

푸쿠가 있다면 사파도 있다. 저주에는 반드시 그 저주를 푸는 역주문 같은 게 있어야 한다. 오스카의 씩씩한 누나 롤라는 저주를 두려워하지 않는 길을 택한다.

"누군가 내게 묻는다면, 난 세상에 저주 따윈 없다고 대답하겠다. 삶이 있을 뿐. 그걸로 충분하다고."

오스카는 저주의 강을 루비콘 강처럼 건너가는 쪽을 택한다. 그 결과 그는 그 옛날 그의 어머니가 그랬던 것처럼 사탕수수밭으로 끌려간다. 그 옛날 그의 어머니처럼 뼈들은 부러지고 으스러졌으며 살들은 짓뭉개졌고 치아들은 빠졌으며 뇌는 부풀어 오른 몰골로 지옥의 문턱을 밟게 된다. 그 옛날 그의 어머니는 남자의 아내(트루히요의 여동생)한테 당했고 이번에 그는 여자의 애인(잔인한 경찰)한테 당했다. 하지만 완전히 만신창이가 되었어도 어쨌든 목숨은 붙어 있어 그는 사랑을 위해서 뭔가 해야 한다는 걸 알았다. 그는 저주를 피해 달아나는 대신 평생 처음으로 모든 용기를, 평생 다시 낼 수 없을 용기를 모조리 그러모은다.

똥배가 살짝 나온 퇴물 매춘부 이본을 사랑한 나머지 잔인하게 살해된 오스카. 그의 마지막 여행은 의미 있는 것이었을까? 산토도밍고로 다시 돌아가 보낸 스무이레의 마지막 나날들은 그의 인생에 어떤 의미였을까? 그 대답은 오스카가 죽은 지 여덟 달이나 지난 뒤에 도착한 그의 마지막 편지가 해준다. 그는 오랫동안 기다렸던 순간을 맞이했다고 편지에 썼다. 키스와 섹스 그리고 정말 좋았던 커플만의 친밀함. '빌어먹을, 이제야 알게 되다니. 이 아름다운 것을!'

『오스카 와오의 짧고 놀라운 삶』은 뛰어난 이야기꾼 유니오르의 목소리로 전개된다. 주인공 오스카는 자신의 이야기를 직접 하지 않는다. 그는 제3자의 시선을 통해 자신을 드러내는데, 여러 섬이 모여 하나의 나라를 이룬 도미니카공화국처럼 많은 요소들이 혼합되어 오스카의 정체성을 이룬다. 때로는 유머 넘치는 농담조로, 때로는 촌철살인의 정곡을 찌르는 말로 못 말리는 뚱보이자 썰렁한 꼴통 오스카를 이야기하다가 유니오르는 마침내 오스카의 놀라운 참모습을 들려준다. 사랑을 위해 목숨을 걸 줄 아는, 지리멸렬한 인생을 박차고 진짜 인생을 찾아내는 영웅 오스카.

사랑은 드문 것으로, 백만 가지 다른 것들과 자주 혼동되곤 한다. 이것이 진실임을 아는 사람이 있다면 그건 바로 자신이라고 오스카는 사탕수수밭에서 죽어가면서 말했다.

GREAT WESTERN BAR
BAR

Story 02

Blood Meridian

핏빛 자오선

코맥 매카시 | Cormac McCarthy, 1933~

브래드 피트William Bradley Pitt가 가장 좋아하는 작가라고 밝힌 코맥 매카시는 이 시대를 대표하는 3대 미국 작가 또는 4대 미국 작가로 자주 거론된다. 그는 첫 장편『과수원지기』를 발표해서 비평계의 뜨거운 관심을 받았지만 대중으로부터는 장장 20년 동안 외면을 당했다.

1985년『핏빛 자오선』으로 마침내 대중의 마음을 사로잡는 데 성공했을 뿐 아니라 《타임》지가 뽑은 100대 영문소설로 선정되는 명예도 거머쥐었다.

초창기부터 인간 사회의 잔혹함과 폭력성에 관심을 기울인 매카시는 특유의 묵시록적 분위기로 독자를 매혹시킨다.

"피를 흘리지 않는 삶이란 존재하지 않습니다. 인류가 진보하여 모두가 조화 속에서 살 수 있다는 주장은 사실 위험하기 짝이 없는 허상입니다. 이로 인해 고통 받는 이는 가장 먼저 자신의 영혼과 자유를 포기한 사람들입니다."

그는 이런 암울한 이야기를 간결한 문체로 정곡을 찌르면서 냉정하게 한다.

댈러스에서 휴스턴으로 가는 길, 낯선 풍경이 휙휙 지나가는 그 고속도로 위에서 문득 'Paris, Texas'라는 글자를 읽습니다. 뜻밖의 표지판의 등장에 빔 벤더스가 보여준 텍사스와 멕시코 접경지대의 황량함을 떠올립니다. 잊지 못할 붉은색도 떠오릅니다. 그렇다고 영화 속의 그 시골 마을 '파리 텍사스'를 찾아 동행들과의 여행 일정을 함부로 바꿀 수는 없었죠.

19세기의 미국 서부와 멕시코로 떠나는 여행은 솔직히 내키지 않는 발걸음을 무겁게, 억지로 떼어놓는 기분입니다. 미국과 멕시코 간의 영토분쟁은 1848년 미국의 승리로 국경선이 확고히 그어졌지만, 휴스턴에서 배를 타고 멕시코 만을 바라보니 '칼로 물 베기'라는 우리 속담이 저절로 생각납니다. 배가 떠 있는 바다가 미국 영해인지 멕시코 영해인지 아무도 신경 쓰지 않습니다. 지도 위에 연필로 그은 선은 선명하지만 그 선이 땅 위에서도 분명하게 그어지는 금이 되어 자리 잡고 있는 건 아니지요. 그런데도 그 땅따먹기에 바쳐진 지울 수 없는 핏빛 역사가 있습니다. 코맥 매카시는 사람들이 잊고 싶어하는 끔찍한 역사 속으로 굳이 독자들을 데리고 들어가려 합니다.

"당신의 생각은 끔찍하고 마음은 어렴풋하다. 연민으로 인한 것이든 잔혹으로 인한 것이든 행동은 불합리하고 억제할 수 없다는 듯 평정을 잃는다. 결국 피는 더욱더 두려워진다. 피와 시간이."

폴 발레리Paul Valery는 언제, 어디서, 왜 이런 말을 했을까요?

1833년 하늘에 구멍이라도 뚫린 듯 별이 엄청나게 쏟아지던 날 태어난 소년은 테네시에서 어린 시절을 보내고 열네 살에 가출합니다. 멤피스를 거쳐 세인트루이스에 다다른 소년은 배를 타고 강물 위에서 42일을 보낸 뒤 뉴올리언스로 갑니다. 텍사스가 아직 멕시코 땅이던 시절 소년은 여기저기 떠돌다가 어느 날 저녁 샌안토니오 벡사에 당도하죠.

막 해가 진 서녁 하늘에 암초처럼 박힌 핏빛 구름에서 자그마한 사막 쏙독새들이 지상의 끝에서 타오르는 거대한 불구덩이에서 도망쳐 나온 피난민처럼 뛰쳐나오고 있습니다. 그곳에서 소년은 군대에 입대하고, 살인과 약탈과 방화가 이제 그의 일상이 됩니다. 적과 아군, 선과 악이 구별 없는 세계. 가차 없이, 망설임 없이 제때 방아쇠를 당기는 일이, 무엇보다 살아남는 일이 중요한 인생이 시작됩니다.

1878년 늦겨울에 그는 북부 텍사스 평야에 나타납니다. 평야는 불에 타기라도 한 양 말라빠졌고, 기형에다 거뭇한 설자란 나무에 까마귀들이 덕지덕지 앉아 있고, 어디에나 초췌한 몰골의 자칼과 늑대들이 돌아다니고, 사라진 종족의 뼈가 햇볕에 하얗게 삭은 채 정신없이 널브러져 있는 그곳. 그는 브래저스 강의 클리어 지류와 매켄지 개천을 건너 도시로 걸어갑니다. 때맞춰 보슬비가 내리는데 도시 끝에 다다른 그는 바에서 운명과 맞닥뜨리게 되죠.

비는 그쳐 있고 대기는 싸늘합니다. 그는 마당에 서 있습니다. 곧 그는 피할 수 없는 운명과 만날 것입니다. 태어나던 그날처럼 무수한 별들이 체계 없이 하늘에서 떨어집니다. 어둠 속의 고향을 떠나 일개 먼지가 될 운명을 향해 별들은 가차 없이 내달립니다.

#42

애당초 슬픔이라고는 없는 하느님 세상

코맥 매카시의 『로드』와 함께 했던 시간이 떠오른다. 용평이 워낙 서늘해서였는지 아니면 소설 속의 세계가 가슴 시려서 그랬던 건지 도통 더위를 느낄 수가 없었다. 책의 띠지에는 이런 문구가 붙어 있었다.

'320페이지의 절망 그리고 단 한 줄의 가장 아름다운 희망.'

희망이 없을 때 희망은 가장 숭고해진다는 말을 한 이는 누구일까. 한 권의 책으로부터 받으려 했던 위무 대신 가혹한 고문을 받느라 『로드』를 읽는 내내 몇 번이고 심호흡을 다시 해야 했다. 슬픔과 공포, 두려움과 절망의 저 깊고 어두운 심연을 엿본 느낌이라고나 할까.

하지만 죽음이 유일한 진실인 거칠고 기묘한 세계를 보여주는 작가의 문체는 뜻밖에도 간결하고 시적이었다. 지옥으로 가는 여정을 담고 있는데도 작품 속에는 시적 이미지가 도처에서 반짝거리고 있었다. 무시무시한 '이 세상의 끝'에서도 절박한 희망을 읽고 마는 것. 아마도 『로드』가 작가가 일흔 넘어서 집필한 소설인 탓일 것이다. 어쩌면 연로한 작가에게 실제로 아주 어린 아들이 있기 때문인지도 모르고.

〈노인을 위한 나라는 없다〉라는 영화. 아카데미 영화제가 주목한 그 영화를 우리 관객들은 외면을 했다. 우리는 그런 잔혹한 이야기를 듣고 싶어 하지 않는다. 듣는 이의 심장을 쥐어짜는 듯한 소름 끼치는 이야기를 듣게 되면 저절로 두 손이 귀를 막고 만다. 그 영화의 원작자이기도 한 코맥 매카시는 어찌된 영문인지 자꾸 그런 듣기 괴로운 이야기만 골라서 들려준다.

너나없이 어렵고 두렵다고 말하는 가운데 2008년을 보내고 2009년을 맞게 되었을 때, 유래 없는 불황의 시기를 과연 우리가 견뎌낼 수 있을까 회의하고 걱정하는 소리들을 했다. 아직 본격적으로 겪지 않았는데도 지레 못살겠다고 비명부터 질러댔던 것이다.

박상률의 『밥이 끓는 시간』에 나오는 행복과 불행의 차이가 생각나는 시기.

'행복이라는 것은 어쩌면 조금은 덜 불행한 것, 불행이 덜 넘치는 것인지도 몰랐다. 그런 점에서 보면, 그땐 몰랐지만 그래도 그때가 행복했던 것 같다. 그렇다면 행복은 행복한 그 순간에는 잘 모르는 것인지도 모른다. 하지만 불행은 불행한 그 순간에 이미 알고 있다. 그게 행복과 불행의 차이인지도 모른다. 모르고 지나느냐, 알고 겪느냐 하는 차이.'

어차피 피해 갈 수 없는 불황의 시기라면 알고 겪는 게 낫다. 그게 느닷없이 운명에 뒤통수를 얻어맞는 것보다 나을 것이다. 그래서 『로드』보다 더 독하고 냉혹한 『핏빛 자오선』을 읽었다. 이 작품은 20년 무명작가 매카시를 허먼 멜빌Herman Melville이나 윌리엄 포크너William Faulkner 같은 거장 반열에 올려놓은 출세작인데, 《타임》지 선정 100대 영문소설이자 최고의 미국소설이라는 찬사를 듣고 있다. 명성에 걸맞게 작가는 영혼을 압도하는 매혹적인 문체로 지옥 같은 미국 서부 개척사에 대한 처연한 묵시록을 빚어낸다.

19세기 미국 서부와 멕시코의 국경지대는 존 웨인John Wayne 주연의 서부영화로 우리에게 친숙하다. 서부영화의 세계는 선악이 분명하고 늘 정의가 승리해서 삶에 별다른 갈등을 불러일으키지 않는다. 그런데 소설은 그 쉽고 만만하고 익숙한 선과 악의 대결 대신 미국인과 멕시코인 그리고 인디언의 생사여탈이 달린 사막을 마구잡이 핏빛으로 물들이며 가로지른다.

소설이 보여주는 미국인 용병들의 잔인한 살육과 강탈은 학교에서 가르치지 않는, 그러나 부정할 수 없는 미국 역사의 한 장면이다. 작가는 직접 현지를 답사하고 사료를 조사하고 심지어는 스페인어를 익히면서 마침내 ‘머리 가죽 사냥꾼’ 들의 궤적을 그려낸다. 소설 속 등장인물 다수가 사료에 나오는 실제인물이고 소설 속 사건들 역시 실화에 기초한 것이라 한다.

고고학자와 탐사대원들은 에티오피아 북부 아파르 지역에서 30만 년 전 두개골 화석을 검사한 결과 당시 머리 가죽을 벗겼다는 증거가 포착되었다고 발표했다. 그런 먼 인류의 조상들을 닮았는지 소설 속 인물들이 산 자나 죽은 자나 가릴 것 없이 하도 머리 가죽 벗기는 일을 아무렇지도 않게 해대다 보니 인류가 걸어온 역사에 대해 새삼 의구심이 솟는다. 인간 내면에 감춰진 잔혹함과 폭력성이 상상을 초월할 지경이라 책을 읽기가 괴롭기만 하다. 이 역겨운 핏빛 진술이 과장된 허구가 아니라 실제로 벌어졌던 학살이라니 하필이면 그때 그곳에서 삶을 영위할 수밖에 없었던 이들의 불운이 가슴을 먹먹하게 한다.

우리는 도저히 납득할 수 없는 삶의 장면 앞에서 신의 뜻을 묻게 된다. 그 물음에 마땅한 대답을 찾지 못해서 신의 존재를 부정하기도 한다. 소설 속에서 노인과 소년은 이런 대화를 나눈다.

"하느님은 이 세상을 만드셨지만, 모든 사람에게 알맞게 만들지는 않았어. 안 그래?"

"하느님이 나한테까지 신경 쓰겠어요."

"그래. 하지만 이처럼 사람을 만드신 것은 하느님의 뜻이야. 이보다 더 하느님 맘에 드는 세상이 있을까?"

"나라면 훨씬 더 좋은 세상을 만들겠어요."

"만들 수 있어?"

"아니요."

테네시에서 가출한 열네 살 소년이 세인트루이스와 뉴올리언스를 거치며 열여섯 살이 된다. 소년은 멕시코 정부에 고용되어 아파치의 머리 가죽을 현상금으로 받는 글랜턴 원정대에 합류하게 된다. 1850년대 초반에 이들은 치와와에서부터 남캘리포니아까지 살육의 흔적을 질질 끌고 다녔던 걸로 악명이 높다. 피와 모래와 인간의 살점과 뼈를 섞어 만든 이 지옥의 묵시록에는 애당초 이유와 당위란 게 없다. 오로지 생존만이 진실이다. 피 맛에 도취된 글랜턴 원정대원들 중에서 끝까지 살아남은 자는 오직 두 명, 홀든 판사와 소년뿐. 사이코패스 살인마이자 니체적 초인을 상징하는 판사는 20년 뒤 이제는 소년이 아닌 그를 만나자 눈을 빛내며 말한다.

"운명은 끝내 피할 수 없어. 좋든 싫든 어쩔 수 없지. 자기 운명을 알고서 일부러 반대의 길을 택한 자들도 결국에는 정해진 시간에 정해진 운명을 맞게 되네. 운명이란 이곳 세계만큼이나 거대하여 반항자까지도 다 품고 있거든. 너무나 많은 이들이 파멸하고 만 이곳 사막은 너무도 광대하여 우리 마음을 마구 끌어당기지만 사실상 텅 비어 있지. 황량한 불모지일 뿐이야."

　미국에는 이 작품을 이해하는 데 도움을 주는 『핏빛 자오선 읽기 지침서』나 『핏빛 자오선 해설』 따위의 해설서가 여럿 나와 있다고 한다. "무대에는 오직 짐승 하나만을 위한 공간이 있다"면서 판사가 소년을 죽인 뒤 벌거벗고 춤을 추는 장면에 대한 해설이 궁금하다.

　아무래도 판사는 피와 공포에 자신을 오롯이 바치지 않는 소년 같은 인물을 견뎌낼 수 없었을 것이다. 하느님 마음에는 들지 모르지만 우리 마음에는 결코 들지 않는 세상에서도 소년은 판사처럼 피로, 악으로 거듭나지 않는다. 비록 소설 속에서는 소년이 패배한 셈이지만 그래도 주어진 환경 탓을 하면서 쉽게 희망을 포기하고 자기 본성을 바꾸지 않는 일을 생각한다.

　『로드』와 『핏빛 자오선』 모두가 지금 영화로 만들어지고 있다고 들었다. 리들리 스콧Ridley Scott 감독이 영상으로 보여줄 〈핏빛 자오선〉이 어떤 모습일지 기대 반 우려 반이다.

스톤 다이어리

캐롤 쉴즈 Carol Shields, 1935~

미국 일리노이 주에서 태어났지만 1957년 이후 줄곧 캐나다에서 살고 있어 캐나다 현대문학의 대표작가로 꼽힌다.

"어머니는 살아오는 동안 행복하셨어요? 정말 황홀한 순간들이 있었나요? 살아볼 만한 인생이었나요? 세상이 갑자기 팽창하는 느낌, 그러면서 동시에 순수한 어떤 핵으로 응축되는 그런 느낌을 맛보신 적이 있었나요?"

소설 속에서 딸이 어머니에게 묻고 싶었던 것처럼 작가와 독자가 함께 「스톤 다이어리」를 통해 자신의 인생이 충분한 것인지 돌아보는 경험을 하게 된다. 1995년에 이 작품으로 퓰리처상을 수상했다. 예민한 감성과 삶에 대한 통찰, 거기에 익살맞으면서도 단아함을 잃지 않는 문장이 소설 읽는 재미를 만끽하게 한다.

피터 박스올 Peter Boxall의 『죽기 전에 꼭 읽어야 할 책 1001권』에 「스톤 다이어리」가 추천되어 있다.

1916년의 캐나다 매니토바 주 위니펙은 쾌적한 곳이었다고 합니다. 지리적으로 고립되어 있고 바다 저편에서는 전쟁이 벌어지고 있었지만, 그래도 그 도시에서는 어느 정도 품위 있는 삶을 영위할 수 있었답니다.

대체로 법을 준수하는 주민들은 길고 혹독한 겨울까지도 유쾌하게 보냈으며, 별로 세련되지 못한 목조 건물의 외관과 자유방임적인 도시계획에도 불구하고 부드럽고 정갈한 느낌을 부여했다고 하죠. 하지만 시간이 흐르면서 도시는 점차 일정한 방식을 구하기 시작합니다. 폭이 넓은 새 도로가 구상되고 네오클래식 양식의 거대한 청사가 새로 건설되는 등 야심적인 사업 덕분에 곳곳이 파헤쳐지고 어마어마한 양의 석재가 필요하게 되었죠. 대초원의 부드러운 흙 위에 돌로 만든 도시가 치솟게 된 것입니다.

겨울철이면 위니펙에서는 연극 공연과 스케이트 파티, 무도회, 만찬 등 갖가지 행사가 열리고 여름이면 부유한 사람들은 우드 호로 피서를 갑니다. 여유가 덜한 사람들은 빅토리아 해변이나 다른 볼거리를 찾아 떠나는데, 젊은이들 사이에서는 틴들 마을까지의 기차여행을 떠나는 게 인기였다고 하네요.

젊은이들은 샌드위치와 차가운 홍차를 담은 병을 들고 피크닉을 가서 폐기된 채석장의 맑고 차가운 저수지에서 수영을 하죠. 그러나 그들이 거기 온 진짜 목적은 굿윌의 탑을 보기 위해서입니다. 30분 정도 시골길을 걸어야 하고 그 다음에는 흙먼지가 나는 오솔길을 따라 내려가야 하는 강행군 끝에 누군가가 외칩니다. "바로 저거야!"

위니펙에서 틴들로 가서 생부 커일러 굿윌을 처음 만나게 된 데이지 굿윌. 사실상 서로 낯선 사람인 부녀는 함께 기차를 타고 미국 인디애나 주의 블루밍턴으로 장장 1,300마일을 사흘 동안 여행합니다. 두 사람은 전에는 한 번도 여행이라는 걸 해본 적이 없었죠. 파고에서 시카고, 인디애나폴리스로 바뀌는 혼란스럽고 흥분된 여행. 차창 밖으로 보이는 세상은 상상했던 것보다 크고 훨씬 더 오밀조밀해서 놀랍니다. 노스 다코타와 미네소타, 위스콘신의 푸른 숲과 들판은 눈부신 안개 속에서 점점 부풀어 오르는 것처럼 보이고, 지면은 심하게 오르락내리락했죠.

무심한 풍경 속을 뚫고 지나가는 은빛 화살처럼 기차는 계속해서 남쪽으로 달립니다. 태양은 눈부시게 빛나고 기차는 철커덕 소리를 내며 달려서 강물, 둥그스름한 언덕, 포장도로, 울타리를 친 들판, 담배 광고판을 뒤로 물립니다. 데이지는 위니펙의 심코에 있던 집을 생각하다가 바커 아저씨도 오타와로 가기 위해 기차여행을 할 거라는 생각을 합니다. 그건 남쪽이 아니라 동쪽으로 가는 여행이 될 터. 지도에서 찾은 오타와는 물길이 교차하는 안쪽에 자리 잡고 있는 작고 까만 점이었죠. 열한 살에 미국에 와서 스무 해를 거기서 살아 어느새 서른이 넘은 데이지는 친구들에게 말합니다.

"난 여행을 할까 해."

"혼자서 말이니? 어디로 가는데?"

자유분방하다는 미국에서도 여성의 나 홀로 여행이 예사롭지 않던 시절이었죠. 그 시절 삼림과 호수, 광대무변의 평원을 가진 캐나다는 미국인들에게는 비록 거대한 땅이라고는 하나 변덕스런 늙은 왕이 있고, 여러 인종이 섞여 있음에도 어딘지 냉담한 느낌을 주며 달팽이처럼 느릿느릿 성장해 가고 있는 북방의 이웃에 불과했답니다. 캐나다는 아무 일도 일어나지 않을 것 같은 나라였죠. 하지만 1936년 데이지는 캐나다로 여행을 가자마자 결혼을 하고, 다우 호숫가 근처에 있는 큰 집에서 세 아이의 엄마가 됩니다.

"난 평온하지 못해!"

    한 여자가 한 뭉치의 열차 운행표와 여행사 안내책자를 앞에 놓고 앉아서 여행계획을 짜고 있다. 그녀는 자신이 짜놓은 일정표를 경이롭게 여긴다. 먼저 나이아가라 폭포에 간 다음 온타리오 주 칼랜더에 들르고, 그 다음에 토론토에서 새로 짓고 있는 대형 은행건물을 찾아보고, 마지막으로 오타와에 가서 어린 시절 이후 만난 적 없는 바커 아저씨를 방문하고….

    그녀는 지금까지 단 한 번도 혼자서 여행을 해본 적이 없다. 그리고 신혼여행 때 배를 갈아타기 위해 몇 시간 정도 몬트리올에 들렀던 일을 제외하고 나면 캐나다를 방문한 적도 없다. 그런데도 그녀는 여행일지를 꺼내 이렇게 쓴다.

    '나는 고향으로 돌아가는 기분이다.'

    잠시 후 그 감상적인 문장은 지워지고 대신 이런 글이 적힌다.

    '캐나다에서 내게 뭔가 일어날 듯한 기분이다.'

부디, 제발, 어떤 일이 일어나기를.

    데이지 굿윌의 이런 절박한 갈망은 무료한 일상을 이어가는 이들에게는 낯설지 않을 것이다. 딱히 권태라고 말할 수는 없어도 어느 날 문득, 평온해 보이는 일상이 도저히 견디기 어려워 미칠 것만 같은 기분. 그녀는 자신의 인생에 어떤 일이 가능하냐고 묻는 게 아니라 어떤 가능성이 남아 있느냐고 묻기 위해 바커 플렛을 찾아가는 중이다.

1년에 여섯 통씩 22년 동안 그녀에게 안부편지를 보낸 아저씨. 짝수 달의 첫 번째 일요일 오후면 예의 단조롭고 자세한 문장들(잠재된 고독감과 갈망을 보기 좋게 은폐시켜 주기에 이런 문장만큼 알맞은 것도 없다)을 적어나가는 그에게도 데이지의 존재는 설명 불가능한 것이었다. 조카딸? 그러나 그녀는 자신의 실제 조카가 아니다. 그렇다면 피후견인? 한 번도 공식적으로 그의 후견인 자격이 표명된 적이 없다. 그는 자신을 찾아오는 데이지와 함께 한 집에서 지낼 생각만으로도 벌써부터 난처하고 난감한 상태다.

캐롤 쉴즈는 자신의 가장 대중적인 작품인 『스톤 다이어리』로 1995년 퓰리처상을 탔다. 이 장편으로 그녀는 최초의 퓰리처상과 부커상 동시 수상자가 될 뻔했지만 아깝게도 부커상은 놓치고 말았다. 미국문학에 주어지는 퓰리처상과 영연방 작가에게 주는 부커상을 동시에 타는 것은 사실상 불가능한 일이다. 그런데도 쉴즈에게 그런 가능성이 열렸던 것은 그녀가 미국 국적과 캐나다 국적을 함께 갖고 있는 이중국적자이기 때문이다.

시종일관 풍부한 여유와 유머와 감동으로 읽혀지는 한 여자의 평범하고도 평온한 일생이 매혹적이긴 한데 책을 덮고 나서 제일 먼저 느끼는 감정이 뜻밖에도 불편함인 것. 그 불편하지만 거부할 수 없는 독후감에 중독되어 1년에 두어 번씩, 벌써 스무 번쯤이나 이 작품을 읽고 있다는 이도 봤다.

연대기 형식을 취하고 있는 『스톤 다이어리』는 탄생에서 죽음까지 모두 10부로 이뤄진 작품이다. 1905년부터 10년 단위로, 한 여자가 태어나서 겪을 수 있는 모든 인생 역정이 사실적으로 그려진다.

한 세기에 가까운 90년 생애를 그리고 있다면, 그것도 격변의 20세기를 꽉 채워 산 인생을 그리고 있다면 역사에 속절없이 휘둘리는 한 개인의 파란만장한 삶을 떠올리기 쉽다. 하지만 데이지 굿윌의 인생일기 맨 앞장에 작가는 이런 시를 인용해 놓고 있다.

'별달리 한 일도

말한 것도 없었다.

그것이 바로

그분이 뜻한 것이었다.

그럼에도 그분의 삶은

기념비적이었다.

빗긴 광선으로

형상화되고,

들을 만한 음악의

시작이었다.'

그랬다. 『스톤 다이어리』의 묘미는 바로 거기에 있었다. 별달리 주목할 것도 없는 한 평범한 여자의 일생. 누군가의 딸에서 누군가의 아내로, 또 어머니로 그러다가 마침내 할머니로 자신의 역할에 순하게, 충실하게 살다간 한 여자. 자신을 내세우지도 않고 자기주장을 강하게 하지도 않아 얼핏 순종적이고 의존적인, 자아라곤 없어 보이는 한 여자의 삶이 실은 자기만의 색깔로 가득 차 있었던 것이다. 아무도 들을 수 없는, 그러나 엄청나게 큰 메아리로 울리는 자아로 그녀는 자신의 삶을 이해하기 위해 한평생 줄기차게 투쟁을 해 온 것이다.

처음부터 잘못 끼워진 단추처럼 그녀의 삶은 시작되었다. 어머니는 워낙 뚱뚱했기 때문에 자신이 임신했다는 사실도 모른 채 그녀를 낳다 자간(분만할 때 전신의 경련 발작과 의식 불명을 일으키는 사망률이 높은 질환)으로 죽었다.

아버지는 아내 대신 아이가 주어진 상황에 어쩔 줄 몰라 하다가 이웃집 아주머니에게 갓난아이를 맡기게 된다. 아주머니는 '잘 있으라' 는 한마디 메모만 남긴 채 남편을 버리고 아들의 하숙집으로 들어갔다.

아주머니가 불의의 자전거 사고로 죽었을 때 그녀는 열한 살이었다. 그때까지 그녀는 아버지를 한 번도 만난 적이 없었다. 아주머니의 아들 바커를 떠나 아버지와 살다가 그녀는 결혼을 하게 된다. 유럽으로 간 신혼여행에서 그녀는 그만 과부가 되고 만다. 신랑은 창턱에 올라서서 균형을 잡으며 광장의 아이들에게 동전을 뿌려대고 있었는데 그녀가 재채기를 한 뒤 눈을 떴을 땐 눈부시고 텅 빈 사각형만 있었다.

'저 여자가 그 여자' 라는 소리를 뒤통수에 달고 산 지 9년. 어느새 서른 줄에 접어든 그녀는 어떤 일이 일어나기를 갈망하면서 여행을 떠난다. 그 어떤 일은 바커 플렛과의 결혼이 되었고 세 아이의 엄마가 되어 그녀는 1955년까지 현모양처로 살아간다.

1955년. 그해 그녀는 다시 과부가 되었고 태어나서 처음으로 일을 하게 되었다. 남편의 유산이 풍족했으므로 돈을 벌기 위해 일한 것은 아니었다. 신문에 '원예부인' 이 되어 칼럼을 연재하는 일을 그녀는 10년 동안 한다. 그 일을 더 이상 할 수 없게 되었을 때 그녀에게 심각한 우울증이 찾아온다. 머리는 헝클어지고 손톱은 부러지고 키우던 식물들은 시들고 일상생활은 엉망이 되어 버렸지만 그녀는 침대에 누워 멍한 시선을 던질 뿐이다.

'나로서는 단 한 번도 소멸된 시간을 이해해 본 적이 없다. 다른 사람들처럼 계절이 부풀어 올랐다가 사그라지는 것이나, 한 해가 끝나고 또 한 해가 시작되었다는 사실을, 의식적으로 받아들이기가 쉽지 않았다. 이러한 일들은 우리 인간들이 본질적으로 무력하다는 것과, 우리 인생의 태반이 낭비되고 불투명하다는 사실을 보여주는 것이다. 어떻게 그렇게 많은 시간에 그렇게 아무 일도 없을 수가 있을까? 어떻게 그 시간이 깨끗이 사라질 수 있을까?

'인생이란 끝없는 증언의 연속이기 마련이다. 그것이 사치스러운 것이든 부끄러운 것이든 간에, 우리의 상태는 목격될 필요가 있는 모양이다. 우리는 우리에 대해 남들이 관심을 쏟아주기를 원한다. 우리 자신의 추억은 너무도 소중한 것이기 때문이다.'

고독과 침묵, 고문과도 같은 권태로 지낸 오랜 나날들…. 우울증이야 금세 왔다 가버렸지만 그녀는 여전히 침대에 누운 채 어두운 진공과 입을 딱 벌린 골짜기를 모아놓은 것 같은 자신의 인생을 응시한다. 자신의 삶에서 빠져 있는 그 무언가에 대해 생각하고, 지금껏 살아온 인생처럼 앞으로도 어떻게든 자신의 인생에 자리매김을 해보려고 애쓴다. 침대에 누워 어떤 때는 주먹을 쥐고 어떤 때는 눈물이 글썽한 채 생각에 생각을 거듭하는 일…. 그럴 때 멀리서 목소리가 들리기도 하고 사람 그림자라든가 말을 거는 사람도 있었지만, 그래도 그녀는 여전히 혼자였다.

평범한 일생에 담겨 있는 운명의 비틀림 탓인가? 90년 인생의 여정을 따라가는 여행이 줄곧 재미있었는데도 여행이 끝나자 한동안 마음이 불편하다.

"난 평온하지 못해."

입 밖에 내지 않은 그녀의 마지막 말이 곧 독자의 말이 된다.

행복은 우리의 난롯가에서 자라는 것이지,
남의 정원에서 주울 수 있는 것이 아니다.
…

데이지 굿월 플렛을 기리기 위해 꽃다발은
고맙게 받아들여졌다. 그녀는 정원과 아이들,
추억의 풍선 같은 자라나는 것들 모두를 흔쾌히
받아들였을 뿐 아니라 그 일에 유능하기도 했다.
하지만 고독과 침묵의 그림자에 에워싸일까 두려워했는데,
그녀는 그것을 곧 자신의 인생으로 삼았던 것이다.

– 「스톤다이어리」 중에서…

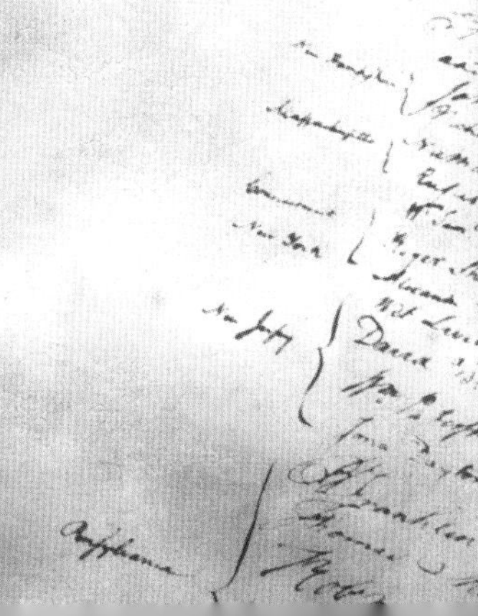

새장에 갇힌 새가
왜 노래하는지 나는 아네

마야 앤젤루 Maya Angelou, 1928~

미국 최초의 흑인 시인 던바 Paul Laurence Dunbar의 〈동정〉에 나오는 시구에서 제목을 따온 『새장에 갇힌 새가 왜 노래하는지 나는 아네』는 미국의 거의 모든 학교, 특히 남부의 학교에서 필독서로 꼽힌다. 오프라 윈프리가 가장 존경한다고 공공연히 말하는 마야 앤젤루는 이 자전적 소설에서 세 살부터 열여섯 살 미혼모가 될 때까지, 못생긴 흑인 여자아이가 조금씩 자신의 정체성을 찾아가는 과정을 보여준다. 강간, 혼전 섹스, 동성애 같은 문제도 아무런 거리낌 없이 솔직하게 다룬다. 마야 앤젤루는 이렇게 말한다.

"용기야말로 모든 미덕 중에서 가장 중요하다."

앤젤루는 '오늘 하루가 아무리 엉망이어도 인생은 굴러가고, 내일이 되면 더 나아진다' 는 믿음으로 『내 이름으로 함께 모여라』, 『크리스마스처럼 노래하며 춤추며 즐겁게』, 『한 여인의 마음』 등 자신의 삶을 다룬 작품들을 계속 발표했다.

『하느님의 모든 자녀들은 여행용 신발이 필요하다』, 『내가 죽기 전에 찬물 한잔만 주오』, 『아, 제발 내 날개가 내게 잘 맞기를』 등의 시집이 있다.

　　20세기 초엽에 할머니는 벌목장 벌목꾼들과 목화공장 일꾼들에게 점심을 팔았습니다. 바삭바삭한 고기 파이와 시원한 레모네이드. 이동식 점심식당 말고도 할머니는 돈을 벌 만한 두 지점 사이에 간이매점을 열어 일용품을 팔았죠. 그러고 난 뒤에 흑인지역 중심부에 '가게'를 열었습니다.

　　아칸소 주 스탬프스에서 '가게'라고 하면 언제나 할머니 가게를 가리키는 거였죠. 가게는 마을에서 일어나는 모든 사건의 중심이 되었습니다. 토요일이면 이발사들이 가게 그늘 밑에 손님들을 앉혀 이발을 했고, 떠돌이 악사들은 가게 벤치에 기대어 주스하프(조그마한 원시적 악기)를 켜고 시가 박스를 뜯어 만든 기타를 치며 슬픈 노래를 불렀습니다.

　　소녀는 가게 건너편 들판이 애벌레 색깔 같은 초록빛에서 점점 서리처럼 희뿌연 흰색으로 변해가는 모습을 지켜봅니다. 얼마나 시간이 지나야 새벽녘에 마차들이 가게 앞마당에 들어와 목화 따는 사람들을 태우고 농장으로 실어 나르는지 소녀는 정확히 압니다.

　　목화 따는 계절이 돌아오면 할머니는 어김없이 새벽 4시에 일어납니다. 가게의 램프 불빛에는 부드럽고 신비스러운 그 무엇이 감돕니다. 양파와 오렌지와 등유 냄새가 밤새도록 뒤섞여 가게 안에 진동합니다. 이윽고 문에서 나무 빗장이 떼어지고, 몇 마일을 걸어온 목화 따는 인부들과 함께 이른 아침 공기가 가게 안으로 밀려들어옵니다. 아침이면 가게 안은 온통 웃음과 농담, 자랑과 허풍으로 가득합니다. 다들 목화를 많이 따서 돈을 많이 벌고 싶어 합니다.

　　뒷날, 목화 따는 일꾼들이 흥겹게 노래를 흥얼거리며 일하는 모습을 판에 박은 듯이 묘사하는 걸 보고 그녀는 엄청나게 분노하죠. 그녀는 목화 꼬투리에 베인 손가락들을 직접 보았고, 더 쓸 수 없을 정도로 망가진 등과 어깨와

#59

팔과 다리를 목격했으니까요.

하루 종일 일해서 뻣뻣해진 손가락으로 램프 아래에서 목화 자루를 깁고 있는 일꾼들의 모습을 떠올리면 지금도 온몸이 움츠러듭니다. 안간힘 쓰면서 하루하루를 맞이하는 일꾼들. 결국 이번 목화철도 곧 끝나게 될 거라는 걸 그들은 알고 있을까요. 한 가족이 일 년은커녕 석 달을 버틸 만한 돈도 없고 신용도 없는 삶이 그들을 기다리고 있다는 것을…. 목화를 따는 계절의 늦은 오후는 남부 흑인들의 고달픈 삶을 그대로 보여줍니다. 그런데 그 고달픈 삶이 이른 아침에는 자연의 축복인 노곤함과 건망증 그리고 부드러운 램프 불빛으로 어쩐지 다르게 보이죠.

무엇이 한 남부 마을을 다른 남부 마을과 다르게 하는 걸까요? 무엇이 남부의 마을을 북부의 마을이나 촌락 또는 대도시와 다르게 하는 걸까요? 이 질문에 대한 답은 사정을 잘 모르는 다수(그것)와 사정을 잘 아는 소수(너) 사이에 공유하는 경험임에 틀림없다고 마야 앤젤루는 말합니다.

어린 시절 답을 얻지 못한 모든 의문은 결국 다시 마을로 되돌아가 그곳에서 대답을 찾아야 하는데, 그 무렵 소녀는 안타까운 사랑에 빠지죠. 소녀의 애인은 백인이었고 바로 셰익스피어William Shakespeare였답니다. 그가 한 말 "운명과 인간의 눈에 버림받았을 때"가 자신의 처지와 너무 잘 맞아떨어졌기에 소녀는 할머니 몰래 피부색 다른 애인을 가슴에 품습니다.

옳은 일을 할 때는
생각할 필요가 없다

어쩌다 보니 하퍼 리Harper Lee의 『앵무새 죽이기』와 랠프 앨리슨Ralph Ellison의 『보이지 않는 인간』과 마야 앤젤루의 『새장에 갇힌 새가 왜 노래하는지 나는 아네』를 다 읽고 말았다. 미국에서 중고등학교 학생들에게 필독서로 읽히고 있다는 이런 소설들….

나야 이제 학생도 아닌데, 더군다나 피부색이 흑도 아니고 백도 아니어서 새삼 절박한 심정이 되는 것도 아닌데 왜 이런 소설들이 자꾸 손에 잡히는지 영문을 모르겠다. 토니 모리슨Toni Morrison과 앨리스 워커Alice Walker까지 줄줄이 읽어댈 만큼 내가 인종문제에 관심이 많았던가.

아주 오래전 어느 토요일 오후였다. 할 일이 있어 회사에 남게 되었는데 마침 월초였는지 그 넓은 편집국이 텅 비어 있었다. 회사에서 발행하고 있는 여러 잡지들이 한 층을 통째로 쓰고 있어서 늘 시끄럽고 산만했던 편집국이었다. 그런데 창가에 햇살 가득했던 그 토요일 오후는 달랐다. 취재해 온 내용을 정리한 뒤 내친 김에 미리 기사까지 써놓기로 했다. 급할 것 하나 없는 기사를 쓰다 말고 누군가의 책상에서 뒹굴고 있는 소설책 한 권을 집어 들었다. 보랏빛. 그때는 앨리스 워커라는 이름도 낯설었고 제목만 보고서는 가벼운 연애소설인가 했다. 그게 나중에 영화 〈컬러 퍼플〉로 다시 만나게 될 한 흑인 여성의 괴롭고도 진지한, 잔인하고도 아름다운 삶의 이야기였다.

돌이켜보면 내 어린 시절은 그다지 행복하지 않았다. 십대로 다시 돌아가고 싶은가 묻는다면 단호하게 고개를 저을 것이다. 마야 앤젤루 식으로 말하자면 "아주 극소수만이 십대를 견뎌내고 살아남는다." 선택권을 박탈당한 채 내 삶을 남의 손에 맡기고 살아야 하는 처지가 늘 마땅치 않았다. 순종과 순응만이 미덕이 아니라는 걸 알면서도 거기에서 벗어날 방법을 몰라 괴로웠다. 그러나 그래도 그건 성장통 같은 거였지 소설 속의 여성들에게 닥친 거역하기 힘든 운명하고는 거리가 있었다.

〈컬러 퍼플〉의 주인공은 자신에게 무슨 일이 일어났는지 전혀 모르는 상태에서 아이를 낳는다. 아이가 어머니 노릇을 할 수는 없는 처지여서 그녀는 자신의 아이들을 멀리 보낼 수밖에 없다. 그녀는 자신의 운명에 조금도 자기 의사를 반영할 수 없다. 그녀는 원하지 않는 곳으로 시집을 가고 원하지 않는 이별을 겪고 원하지 않는 삶을 산다. 그녀 삶의 주인공은 그녀가 아닌 듯하다. 그녀는 자신이 자기 운명을 위해 무슨 일을 할 수 있는지, 주어진 운명에 거스를 수는 있는 건지, 삶을 주도적으로 산다는 게 어떤 건지를 전혀 알 수가 없다. 그녀는 스스로를 사랑하는 방법을 전혀 모른다.

『새장에 갇힌 새가 왜 노래하는지 나는 아네』는 주인공이 무슨 짐짝처럼 손목에 꼬리표를 달고 캘리포니아에서 아칸소 주 시골 마을로 보내지는 장면에서부터 시작된다. 그때 그녀는 세 살이었다. 그녀는 아직 자기 삶이라는 것에 눈뜰 수도 없는 어린아이였다. 불행한 결혼생활에 종지부를 찍기로 한 부모

때문에 한 살 위인 오빠와 함께 보호자도 없이 대륙을 가로질러 할머니한테로 보내진 어린 흑인 소녀. 그녀에게는 인종과 성과 계급 차별이라는 삼중으로 된 새장이 앞에 놓이게 된다.

자전적 소설인 이 작품에서 마야는 그 후 13년 동안 아칸소 주 스탬프스에서 미주리 주 세인트루이스로, 거기에서 다시 아칸소 주로, 또 로스앤젤레스로, 오클랜드로, 샌프란시스코로 영문도 모르고 거처를 옮겨 다니는 동안 새장에 갇혀 희망을 포기한 무력한 새가 아니라 삶에 대한 인식과 통찰을 가진 주체적인 인간으로 성장하는 모습을 보여준다. 소설은 열여섯 살 십대 소녀가 미혼모가 되기를 선택하고 어머니로서, 한 여성으로서 당당하게 세상에 첫발을 내딛는 데서 끝난다. 최고를 원하지만 최악에 대비하고, 그 중간에 일어나는 어떤 일에도 놀라거나 흔들리지 않는 자기 어머니를 닮기로 하는 것이다.

딸의 임신을 알자 어머니는 처음으로 딸을 여자 취급하면서 묻는다.

"누구의 아이냐?"

그런 다음 모녀는 간단명료한 문답을 주고받는다.

"그 애하고 결혼하고 싶니?"

"아뇨."

"그 애는 너하고 결혼하고 싶어 하니?"

"아뇨."

"그래. 그럼 그것으로 끝이지. 세 사람의 삶을 망가뜨려봤자 무슨 좋은 일이 있겠니."

그러면서 딸이 미혼모가 되는 걸 돕는 어머니가 세상에는 흔치 않다. 그 어머니는 딸에게 부드럽게 말한다.

"옳은 일을 할 때는 생각할 필요가 없는 거야. 만약 네가 하려는 일이 옳은 일이라면 생각하지 않고서도 저절로 하게 된단다."

앤젤루는 이 소설에서 자신이 세 살에서 열여섯 살까지 '나이를 먹는 것'이 아니라 '성장하는 것'을 보여준다. 성장하는 데는 고통과 시련이 따른다.

"성장한다는 것은 극복할 수 없는 악마가 있다는 사실을 인정하는 겁니다. 아, 그렇지요. 천사와 씨름을 한 그 예언자처럼 씨름을 하지 않으면 안 되는 거지요."

앤젤루는 성장하려면 무엇보다 용기가 필요하다는 이야기를 한다. 용기가 없고서는 나머지 다른 미덕들을 일관성 있게 행동으로 옮길 수 없다고 믿기 때문이다.

여덟 살 때 강간을 당한 뒤 말문을 닫아버린 마야에게 한 동네에 사는 플라워스 부인이 찾아온다.

"그래, 아무도 네게 말을 하도록 할 수 없을지 모르지. 어쩌면 아무도…. 하지만 이 점을 명심하거라. 언어란 인간이 다른 인간과 의사소통을 하기 위한 수단이고, 또 언어만이 인간을 짐승과 구별해 준다는 것을."

플라워스 부인은 어린 마야에게 각박한 현실세계 말고도 다른 세계가 있다는 것을 깨우쳐주면서 그녀를 문학과 예술의 길로 인도한다. 누군가 자신을 좋아한다는 것, 그것이 이 세상을 얼마나 달라 보이게 하는지를 그녀는 플라워스 부인을 통해 비로소 알게 된다.

"할머니께서 네가 책을 많이 읽는다고 하시더라. 틈이 날 때마다 읽는다고. 좋은 일이지만 그것만으로는 충분하지가 않아. 말이란 종이에 쓰여 있는 것 이상의 의미를 담고 있어. 인간의 목소리만이 그 말에 더 깊은 의미를 지닌 미묘한 차이를 불어넣을 수가 있거든."

책을 몇 권 내주면서 반드시 읽으라고, 뿐만 아니라 꼭 소리 내어 읽으라고, 그것도 한 문장을 될 수 있으면 여러 방법으로 소리 내어 읽어 보라고 권한 플라워스 부인 덕분에 그녀는 실어증을 고치게 된다. 그리고 나중에 말을 다루며 그 말에 목소리로 의미를 부여하는 여러 직업을 갖게 된다. 시인이며 소설가이며 극작가, 가수이자 연극배우이자 영화배우, 교육가인 동시에 강연가인 마야 앤젤루는 그렇게 태어나게 되는 것이다.

흑인들에게는 초콜릿 아이스크림만 허용될 뿐 바닐라 아이스크림을 먹을 수 없던 시절이 있었다. 말을 할 때 백인처럼 "By the way(그런데 말이야)"라고 했다가 복숭아나무 생가지로 매질을 당했던 시절이 있었다. 흑인소녀의 '마가렛' 이라는 이름을 부르기 어렵다고 굳이 '메리'로 바꿔 부르려는 백인 부인이 살던 시절이었다. 그 시절을 살아낸 마야 앤젤루는 이 소설과 같은 제목의 시에서 이렇게 읊는다.

 '새장에 갇힌 새는 두려움에 떨리는 소리로 노래를 하네

 알 수 없지만 그러나 여전히 열망하는 것들에 대해

 그 노랫가락은 먼 언덕 위에서도 들을 수 있다네

 새장에 갇힌 새는 자유를 노래하니까.'

브로크백 마운틴

애니 프루 Edna Annie Proulx, 1935~

'인생에서 가장 중요한 것은 지구력이다. 바로 그랬다. 오래 버티고 서 있으면 앉을 자리가 생긴다.'

애니 프루는 세 번의 결혼, 세 번의 이혼으로 세 아들을 혼자 키우느라 장편소설을 쓸 여가를 내지 못해서 쉰 줄에야 겨우 『엽서』를 발표한다. 채찍을 휘두르듯 신랄한 언어로 산업화 대열에서 밀려난 사람들의 부랑아적 삶을 치밀하게 보여준 이 작품으로 PEN/포크너 상을 수상했다.

한곳에만 머물러 있기를 싫어해서 늘 새로운 곳으로 옮겨가 산다는 그녀는 작품의 배경이 될 곳으로 이사를 가 살면서 사람들의 언어와 생활을 관찰하는 것으로 유명하다.

『시핑뉴스』로 퓰리처상을, 『브로크백 마운틴』으로 오 헨리 단편상을 수상했다.

"우리가 가진 건 브로크백 마운틴뿐이야. 모든 게 거기서 시작된 거야"라는 대사와 요절한 히스 레저 Heath Andrew Ledger. 소설만큼 이안 Lee Ang 감독의 영화도 가슴을 시리게 한다.

1997년부터 와이오밍에 대한 단편들을 쓰기 시작한 애니 프루는 지금도 와이오밍에 살고 있다.

미국 중서부에 있는 와이오밍 주는 그 넓은 땅에 인구가 겨우 50만 명밖에 안 되는, 무척이나 인구 밀도가 낮은 곳이죠. 산악 지대와 평원이 혼재되어 있는 와이오밍은 전체 토지의 38퍼센트가 목초지인데, 그렇다고 저 푸른 초원의 낭만을 떠올리지는 마시기를.

커다란 세이지 덤불, 토끼풀 덤불, 엉클어진 하늘, 허공에 카드 한 벌을 뿌려놓은 것 같은 작은 새떼, 붉은 바위기둥이 장막을 치고 있는 지평선, 그 지평선을 향해 표류하는 희미한 길. 세상에는 그런 거칠고 황량하고 메마른 풍경에 매료되거나 그리워하는 사람들이 물론 있습니다.

거기 그렇게 가만히 서 있어 보라고 애니 프루는 속삭입니다. 여드름처럼 울퉁불퉁하고 메스껍게 덮여 있는 땅의 입자들, 쉿쉿 소리를 토하며 사납게 불어대는 바람, 활활 타오르듯 펼쳐진 하늘. 거친 자연은 우리 영혼에 전율을 일으킵니다. 들을 수는 없고 느낄 수만 있는 깊은 음처럼, 또는 뱃속 깊이 박힌 짐승의 발톱처럼. 위험하고도 냉담한 대지 위에서 펼쳐지는 인간의 비극은 그러나 하찮기만 합니다. 그 어떠한 살육이나 잔혹함이, 사고나 살인사건이 모두 덧없다고 그녀는 말합니다. 여러 가지 풍속이 와이오밍의 황무지 위에 머물다 사라졌지만 의미 있는 것은 오직 대지와 하늘뿐.

미국 대공황 시절의 와이오밍은 인간이 겪을 수 있는 모든 시련을 다 겪게 했다고 하네요. 가뭄을 동반한 대공황에 초원을 태운 화재, 홍수, 폭설, 먼지폭풍, 사고, 곤두박질친 쇠고기 값, 메뚜기와 귀뚜라미 떼의 습격, 가축 도적, 싹쓸이….

그래도 와이오밍의 카우보이들은 휘파람을 불면서 말을 타고 황야를 누볐죠. 래러미 요새가 서부 개척사에서 이 지방이 얼마나 중요한 역할을 했는지

#67

알려줍니다. 1867년 최초의 대륙횡단철도가 와이오밍 주도인 샤이엔을 통과했고, 옐로스톤 국립공원이 와이오밍 안에 있습니다. 덴버 시와 로키산맥 그리고 콜로라도 강을 미칠 듯이 좋아했던 가수 존 덴버John Denver는 〈Song of Wyoming〉을 노래 부르기도 했죠.

자연단체 '네이처 컨서번시'의 청탁을 계기로 와이오밍에서 일어나는 이야기로 단편집을 내게 된 애니 프루가 처음에 쓴 단편은 「벌거숭이 소」였다는군요. 이 단편은 아이슬란드 민간설화를 바탕으로 한 것이고요, 또 다른 단편 「블러드 베이」는 와이오밍에서 전래되는 이야기인 「나그네를 잡아먹은 송아지」를 바탕으로 한 것이랍니다. 빅혼 슬로프 남쪽에 위치한 1만 에이커에 이르는 텐 슬립 보호 지역을 여행하면서 그녀는 모든 비현실성과 환상 그리고 사실 같지 않은 일들이 어떻게 이야기를 채색해주는지를 구상합니다. 와이오밍에서는, 이 거칠고 무자비한 땅에서 목장일로 생계를 꾸려간다는 결정 자체가 환상이라고는 조금도 없는 현실과 직면하는 것이라면서 작가는 「와이오밍의 주지사들」 속에 이런 대사를 짐짓 집어넣어 둡니다.

"와이오밍에 온 걸 환영해요. 지상 낙원에 온 걸 환영합니다."

물론 이 말을 하는 사람은 무미건조한 목소리를 유지해야 합니다. 누가 뭐래도 와이오밍보다 더 현실적인 곳은 이 세상에 없으니까요.

그녀는 바에 갔다가 한 남자를 보게 된다. 마침 금요일 밤이었다. 남자는 카우보이였고 60대 후반으로 보였다. 그녀는 그의 눈에서 비통한 갈망을 읽었다. 그의 눈길은 아리따운 아가씨들이 아니라 청년들을 향해 있었다.

바로 거기에서 모든 것이 시작되었다. 단편소설 「브로크백 마운틴」이 그 짧은 분량으로 엄청난 후폭풍을 몰고 온 시초는 그렇게 대수롭지 않게 제공되었다.

여성으로서는 처음으로 PEN/포크너 상을 탔고, 퓰리처상과 내셔널 북 어워드 수상으로도 명성 높은 작가 애니 프루는 30쪽짜리 단편 하나를 쓰기 위해 많은 걸 뒤지기 시작했다. 역사를 전공한 그녀는 아날학파에 경도되어 있는 편이라, 한 개인의 삶을 온갖 기록을 통해 미시적으로 분석하는 걸 좋아했다. 회계장부, 유언장, 사건 기사, 도시 안내서, 속어사전, 직업목록, 인물 회고록, 지질학과 지역 날씨에 관한 글, 게시판의 글, 편지와 엽서, 심지어 길거리에서 주운 글까지….

그녀는 주인공이 아니라 장소와 역사에 중심을 두고 글을 쓰는데 그래서 '지리학적 결정론자' 나 '역사 애호가' 로 불리는 것도 마다하지 않는다. 지역적 풍광과 대기와 지형학, 그 지역의 문화적 전통, 그 지역주민들이 선택할 수 있는 직업의 종류, 술집과 저자에서 그들이 쓰는 말이 창작이라는 과정을 거쳐 그녀의 손에 의해 소설 속 캐릭터로 탄생된다.

젊은 시절 세 번의 결혼과 세 번의 이혼을 경험한 작가는 세 아들과 먹고 살기 위해 쉬지 않고 잡문을 써야 했다고 한다. 전공 불문, 장르 불문, 매체 불문, 길이와 분량 불문으로 밥벌이 글을 정신없이 써대는 세월을 그녀는 장장 15년 이상 보냈다. 그래서 그녀가 첫 장편을 발표했을 때는 이미 나이가 쉰 줄에 접어들어 있었다는데, 이 숙련되고 노련한 글쓰기 장인이 「브로크백 마운틴」을 쓰면서 60번 이상 퇴고에 퇴고를 거듭했다는 사실이 놀랍기만 하다.

그녀는 글이 막힐 때마다 찰리 헤이든Charles Edward Haden과 팻 매스니Patrick Bruce Metheny의 [Beyond The Missouri Sky]에 수록된 〈Spiritual〉을 들었다고 한다. 두 주인공 잭과 에니스의 뒤죽박죽 엉킨 감정이, 그들이 오래도록 말하지 않은 것들과 끝끝내 말할 수 없는 것들이, 그들이 억누를 수도 이해할 수도 없이 기억하고 갈망했던 것들이 음악을 통해 절실히 전해지고는 했기 때문이다. 결국 두 인물의 주제가라 할 수 있는 그 음악이 그녀로 하여금 공들인 금욕적인 문장을 내놓는 데 성공하게 만든다.

잭 트위스트와 에니스 델마는 와이오밍 주의 반대쪽 구석에서 각자 작고 가난한 목장의 귀할 것 하나 없는 아들로 자랐다. 그들은 둘 다 고된 노동과 궁핍 속에서 컸고 아무 전망도 없는 고등학교 중퇴자였다. 둘 다 예절에 서툴고 말도 거칠었다.

1963년 봄, 일이라면 뭐가 되었든 절실했던 두 사람이 브로크백 마운틴에서 방목하며 지내는 양치기 고용 계약서에 함께 서명한다. 고립된 산 속에서 #71

양들과 그 여름을 날 때 그들은 스무 살도 채 되지 않았다. 하지만 8월에 우박을 동반한 거센 폭풍이 닥쳐오고 첫눈이 일찌감치 내려 30센티미터나 쌓이는 와중에 그들이 양떼를 몰고 산에서 내려왔을 때, 그들에게는 이미 말 못할 비밀이 인생의 틈바구니에 끼어들어 있었다.

일이 뜻대로 풀리지 않는 두 남자를 사실은 소설보다 영상으로 먼저 만났다. 영화 〈브로크백 마운틴〉 시사회에서 벌겋게 된 눈을 보이지 않기 위해 밥 딜런Bob Dylan의 〈He Was a Friend of Mine〉이 흐를 때 서둘러 일어서서 나왔는데, 그 바람에 음악감독 구스타보 산타올라야Gustavo Santaolalla가 선물하는 보너스 음악을 놓치고 말았다. 나중에 보니 너나없이 눈가가 벌겋게 부어 있었고, 〈헐크〉를 찍은 뒤 감독 은퇴를 생각하며 갈등하던 이안도 애니 프루의 작품을 읽고 눈물을 흘리고 말았다던데.

이안은 잭 역할을 맡은 제이크 질렌할Jacob Benjamin Gyllenhaal에게 이런 말을 했다고 한다.

"브로크백 마운틴은 아무도 그들을 심판할 수 없는, 그들이 자신이 아닌 다른 존재인 척하기 위해 애쓰지 않아도 되기 때문에 가고 싶어 하는 장소다. 우리 모두는 자신만의 브로크백 마운틴을 가지고 있다."

브로크백 마운틴이 말하자면 유토피아라는 얘기다. 유토피아. 어디에도 없는 장소. 그래서 천국으로 여겨지는 장소. 잭은 에니스를 다시 만났을 때 말한다.

"알아? 옛날 브로크백이 우리에게 좋은 선물을 주었고, 그건 끝나서는 안 된다는 걸. 이제 해결책을 찾아야 돼."

하지만 사랑을 제대로 표현하지 못하고 자신의 느낌에 대해서도 더듬거릴 수밖에 없는 에니스는 머리를 흔든다.

"난 내가 가진 것에 묶여 있어. **내 올가미에 내가 걸려 있다고.** 빠져 나갈 수 없어. 고칠 수 없으면 견뎌야 해."

브로크백에서 보냈던 그 아득한 여름 이후 두 사람의 문제는 끝난 것도, 시작된 것도, 해결된 것도 아닌 채 그렇게 1년에 한두 번, 낚시여행을 가장한 만남으로 20년 세월을 이어간다.

애니 프루는 작품의 배경이 될 곳으로 직접 찾아가 살면서 그곳 사람들의 생활과 언어를 관찰하는 작가로 유명하다. 그녀는 역사의 변천뿐 아니라 역사의 뒤안길에서 어쩔 줄 모른 채 뒤엉켜 살고 있는 개개 인생들을 꼼꼼히 들여다보는 눈길을 가졌다. 그녀는 아메리칸 드림의 성공담에는 관심이 없고 오히려 외딴 벽지의 부랑아적 삶을 통해 미국 사회의 근본적 문제점을 집요하게 파고들고자 한다.

장편 『엽서』에서는 금광에 들뜬 시절 미국 전역을 달군 일확천금의 꿈과 그 대열에서 밀려난 사람들을 냉정하게 묘사해 독자의 마음을 산란하게 하더니 이번에는 카우보이 이야기다.

목축과 원료 채굴이 와이오밍 주의 주요산업이었는데 삭가는 그 카우보이 시대로 슬쩍 넘어 들어가서 이렇게 묻는다. 석탄과 석유가 고갈되었을 때, 쇠고기 시장이 침체되었을 때, 그때 전통적인 생활방식 외에는 삶의 방식을 모르는 이들에게 무슨 일이 벌어질까?

애니 프루에게 전통경제 기반의 실패 또는 붕괴는 주요 관심사다. 1997년부터 와이오밍에 대한 단편들을 쓰기 시작해서 모두 11편의 와이오밍 이야기가 소설집 『브로크백 마운틴』으로 묶였다. 작가는 이 소설집에 "이곳보다 더 현실적인 곳은 없다"는 어느 카우보이의 말을 인용해 책머리말로 쓰고 있는

데, 거칠고 무자비한 땅에서의 삶이 도저히 사실 같지 않은 일들을 현실로 보여준다.

소설집에 실린 작품 중에는 동명의 단편보다 더 호평을 받은 「벌거숭이 소」가 실려 있다. 한 자연단체로부터 청탁을 받아 쓴 그 작품이 그녀에게 다시금 단편 작업을 하게 했고, 거주지를 와이오밍으로 옮기게 했으며, 마침내 한 권의 뛰어난 소설집을 탄생시켰다. 「벌거숭이 소」에는 소설집의 다른 단편들에서처럼 차라리 눈 뜨고 싶지 않은 현실만 있는 게 아니라 마술적 리얼리즘도 보인다. 하얀 러닝셔츠를 입은 달리기 선수처럼 가죽 벗겨진 맨살에 흰 눈을 엎고 있는 벌거숭이 소와 그의 붉은 눈. 존 업다이크John Hoyer Updike는 이 작품을 '금세기 최고의 단편' 이라고 극찬한다.

겨우 세 문단으로 이뤄진 「주유소까지 55마일」은 소품치고는 둔중한 통찰을 안겨준다. 사람이 너무 멀리 떨어져 살게 되면(무엇으로부터?) 나름대로 낙을 찾는 법(비록 그것이 엽기적인 낙일지라도)이라는 것. 「목마른 사람들」은 와이오밍 역사책에 실린 실화를 바탕으로 쓰인, 개인적으로 가장 가슴 아파 읽기 힘들었던 작품이었다.

작가는 「목마른 사람들」의 이야기가 어려웠던 시절의 이야기일 뿐이고 우리에게는 더 이상 그런 절망적인 일이 일어나지 않는다고 말하며 무뚝뚝하게 토를 다는 걸 잊지 않는다.

"당신이 정말 그렇게 믿는다면…"

잭은 돈이 중요한 목적이라고 말했고,
에니스는 인정하지 않을 수 없었다.
두 사람은 서로의 견해를 존중했고,
아무도 없을 것이라 생각했던 곳에 동지가 있다는
사실에 기뻐했다. 취해 비틀거리는 등불을 들고
바람을 맞으며 말을 타고 양 떼에게 돌아가면서,
에니스는 이렇게 좋은 시간은 평생 처음이라고 생각했다.
발을 뻗으면 달에라도 닿을 수 있을 듯한 느낌이었다.

– 「브로크백 마운틴」 중에서…

ca thedral

대성당

레이먼드 카버Raymond Carver, 1939~1988

'너는 그래도 아직, 이 인생에서 원했던 만큼의 것을 손에 넣었다고 생각하는가? 손에 넣었고 말고. 그렇다면 너는 무엇을 원했는가? 자신을 사랑받는 사람이라고 부르는 것, 이 지상에서 스스로를 사랑받는 사람으로 느끼는 것.'

그의 마지막 책인 『폭포로 가는 새로운 길』에 수록되어 있는 시의 일부다. 생활고와 알코올 중독, 장편을 쓸 엄두를 못내는 일상, 힘든 양육, 이혼 그리고 목숨을 앗아간 암 등에도 불구하고 그는 자신에게 타인의 동정을 거부할 권리가 있음을 기억한다. 그는 아무리 불행한 처지에 빠져도, 그 일로 인해 편협한 사람은 되지 않았다.

길지 않은 생애에도 불구하고 그는 완전히 다른 두 종류의 인생을 살았다. 첫 번째는 음주와 자기 파괴적인 욕구불만으로 이루어진 인생이었고 두 번째는 금주와 명성으로 빛나는 인생이었다. 그는 그 변화가 1978년 6월 2일에 시작되었다고 기록해 두었다. 그의 인생을 돌아보면 밝은 날보다 어두운 날이 훨씬 많았지만 그 즈음부터 그는 "전대미문이야, 이 인생이라는 건"이라고 말하고는 했다.

일이 좋은 방향으로 흘러가게 되자 『제발 조용히 좀 해줘』, 『사랑을 말할 때 우리가 말하는 것들』, 『대성당』 등의 단편집이 발표되면서 그의 뛰어난 단편작가로서의 역량이 인정받게 되었다.

이것은 여성이 남성보다 많다고 합니다. 또 젊은이가 늙은이보다 많다고 합니다. 철든 어른보다 철없는 아이에게 많다는 이것. 그렇지만 생후 3개월 이내의 신생아에게는 이것이 없다고 하죠. 그리고 이것은 땅 위에 사는 척추동물에게만 있다고도 합니다. 누구는 이것이 많은 게 불만이고 누구는 이것이 없어서 각박해지는데, 칼릴 지브란Kahlil Gibran은 그럽니다.

"이것은 생의 불가사의와 비밀을 알게 해준다."

혹시 눈물 없는 세상, 눈물 없는 생을 꿈꾸고 계신가요? 예수를 세 번이나 "모른다"고 한 베드로는 새벽닭이 두 번 울자 제정신이 돌아옵니다. 그는 땅에 엎드려 슬피 웁니다.

"나는 여러분이 말하는 그 사람을 알지 못하오."

그 세 번째 부인은 저주와 맹세로 이루어졌으니 그는 죽을 때까지 그 기억을 지울 수 없었을 겁니다. 그런데 그가 엎드려 크게 운 그 땅에, 시온산 남쪽 중턱에 지금 '베드로 통곡교회'가 세워져 있습니다. 레이먼드 카버의 「대성당」은 어떤 땅 위에 세워져 있는 걸까요?

카버의 소설은 대체로 집안을 무대로 하죠. 오레곤의 작은 마을에서 태어난 그는 미국 지방도시의 여러 마을을 전전하며 전형적인 노동계층의 삶을 산 것 같습니다. 경제적인 문제는 항상 그를 괴롭힙니다. 그의 작품들 대부분은 소시민이 일상 속에서 느끼는 고통과 기쁨과 슬픔을 그리고 있죠. 인생이 대부분 잔돈 나부랭이 같은 것, 그리 많은 빛이 뚫고 들어오지 못하는 혼란의 도가니와도 같은 것임을 그의 단편들은 무심한 일상의 풍경으로 일깨워 줍니다.

물론 약간의 변화는 일어날 것이지만 그런다고 해서 상황이 정말로 달라지는 것은 아니라는 걸 그는 독자들에게 은연중에 암시합니다. 열심히 노력하고 하나하나 인생을 쌓아 가면 올바른 보상이 주어질 거라는 기대. 우리는 그 기대를 희망이라 부르며 살아가지만 안타깝게도 그 기대가 바스러지는 모습을, 그는 무심한 듯 있는 그대로 보여주곤 합니다. 다행히 「대성당」이 보여주는 것은 그런 먹먹한 광경이 아니네요.

코네티컷에서 기차로 다섯 시간쯤 걸리는 곳에 그들 부부의 집이 있습니다. 10년 전 여름, 아내는 시애틀에서 살고 있었죠. 그녀는 수중에 돈이 한 푼도 없어서 눈먼 이에게 책을 읽어주는 일을 하게 되는데, 아내와 그 눈먼 사람은 그러니까 10년지기라는 이야깁니다. 아내는 눈먼 이에게 친절하고, 힘이 닿는 한 그를 도와주려 합니다. 하지만 온정주의자의 한계. 연민과 동정에 그칠 뿐, 진심어린 공감과 소통의 단계엔 이르지 못한다는 거죠. 평범한 소시민의 특색 없는 거실에서 소통은 엉뚱한 남편에게 이루어집니다. 하필이면 세 번씩이나 예수를 부인한 베드로가 교회의 반석으로 선택된 것처럼, 인정머리 없고 시큰둥하며 좀 시니컬해 보였던 남편이 늦은 밤 눈먼 이와 대성당을 그리며 신비롭게도 한마음이 됩니다.

인생이란 이상야릇한 것. 생전 잘못 한 일 없고 그래서 눈물 철철 흘리며 후회 한 번 하지 않을 천사표 인간에게는 좀처럼 은총이 주어지지 않습니다. 반면 숱한 잘못을 저질러 참으려야 참을 수 없을 만큼 눈물 홍수를 이루고 사는 허술한 인간. 불가사의하게도 그런 이들 중에 대성당의 멋진 그림을 그려내는 이가 종종 있습니다.

어떤 사랑을 하느냐에 따라
어떤 인간이냐가 결정된다

행복은 언제나 과거형이라고 생각한 적이 있었다. 정작 좋았던 시절에는 그게 얼마나 벅찬 시간인지 깨닫지 못하고 꼭 그 시절이 지난 다음에야 깨닫게 되는 것. 그래서 행복은 늘 놓친 기차인양 안타깝고 아쉽기만 했다.

1999년부터 2004년까지 성 베네딕도 수도원에서 발행하는 월간지 《들숨날숨》에 편집위원으로 참여한 적이 있는데 한 달에 두 번 시간을 내는 걸 그 당시에는 참 힘들어했다. 하지만 돌아보니 헐레벌떡 장충동으로 달려가던 그때가 행복한 시절이었다. 내가 시간을 내준 것이 아니라 하느님께서 내게 시간을 내어주신, 과분하게 행복한 시절이었다.

"어떠한 사랑을 하느냐에 따라 어떤 인간이냐가 결정된다"는 말은 아우구스티누스St. Augustinus 설교집에 실려 있는 말이다. 편집회의를 하면서 다른 분들로부터 배우는 게 많았는데 아우구스티누스의 사랑론도 그때 얻어들었다. 물체가 중력의 법칙에 따라 이끌려가듯이 우리의 영혼도 사랑에 따라 어디로든 이끌려간다면서 그는 "진정 행복한 사람은 사랑하는 바를 소유하는 사람이 아니라 사랑할 만한 것을 사랑하는 사람"이라고도 했다. 사랑할 만한 것을 사랑하는 사랑을 카리타스caritas(애덕)라고 부른다. 아마도 하느님은 우리들 마음 깊숙한 곳 어딘가에 있는 그 카리타스의 공간에서 손을 벌리며 우리를 기다리고 계실 것이다.

『대성당』은 레이먼드 카버의 세 번째 단편집이다. 1983년에 출판된 이 단편집의 표제작인 「대성당」은 같은 해에 『베스트 아메리칸 단편소설』에 최우수작품으로 수록되기도 했다. 소설의 공간배경은 어디에서나 흔히 볼 수 있는 중산층 부부의 집이고 시간배경은 그 집에서의 하루 저녁과 밤이다. 등장인물은 부부와 손님 달랑 세 사람인데, 그 세 사람이 함께 저녁을 먹고 술을 마시고 텔레비전을 보며 이야기를 나누는 게 소설 내용의 전부다. 로댕Auguste Rodin의 걸작 〈대성당〉이 성당의 모습을 조각한 게 아니라 단지 마주하는 양손을 조각한 것처럼 카버의 이 단편도 독자로 하여금 "왜 이 소설의 제목이 「대성당」이지?" 하면서 고개를 갸우뚱거리며 많은 생각을 하도록 유도한다.

카버는 뛰어난 단편 작가답게 작품에서 모든 걸 다 이야기해주지 않고 늘 모호하게, 아리송하게, 묘하게 이야기를 하다 만 것처럼 이야기한다. 그는 빙산 전체를 보여주지 않고 겉으로 드러난 부분만 슬쩍, 그것도 아주 불친절하고 무뚝뚝한 문체로 보여준다. 그래서 그의 작품은 처음엔 손에 확 잡히는 게 없이 밋밋한 듯 여겨지는데 시간이 흐를수록 그 여운이 이상하게 가슴을 저릿하게 하면서 커지는 걸 느끼게 된다. 겉보기에는 별거 아닌 사소한 일상의 한 부분인 것 같았지만 그것이 한 사람의 삶에서 더없이 중요한 순간이었고 결정적인 기로였다는 것. 「대성당」에서도 뜻하지 않은 타인과의 소통은 그렇게 이루어진다.

처음에 남편은 아내의 손님이 와서 하룻밤 자고 가는 게 마땅치 않았다. 아내는 그런 남편이 마땅치 않아서 이런 말까지 한다.

"만약 당신이 나를 사랑한다면, 나를 위해서라도 그 사람을 따뜻이 맞아주세요. 만약 나를 사랑하지 않는다면, 그렇다면 할 수 없죠. 하지만 만약 당신에게 친구가 있어서 우리집을 찾아온다면 난 그 사람이 편안한 마음으로 놀다 갈 수 있게 할 거예요."

아내의 말에서 눈치 챌 수 있듯이 남편은 다른 사람과의 소통과 교류에 문제가 좀 있는 사람이다. 그에게는 편하게 집으로 초대할 만한 친구가 한 명도 없다. 아내의 친구라는 손님이 하필이면 시각 장애인이라는 사실도 그를 불편하게 한다. 아내는 자신의 손님이 불과 얼마 전에 상처를 했으니 오랜 친구로서 그를 위로해 주어야 한다지만, 남편은 그 사람이 자기 아내가 어떻게 생겼는지 한 번도 보지 못한 채 8년을 같이 살다가 땅에 묻었다는 상황이 도무지 이해되지 않을 뿐이다.

사랑하는 사람의 눈에 비친 자신의 모습을 한 번도 볼 수 없었던 여인을 상상해 보라. 사랑하는 사람에게서 1년 열두 달이 지나도 오늘따라 유난히 예뻐 보인다, 옷이 잘 어울리는 것 같다는 칭찬 한 번 못 들어본 여인을 상상해 보라. 화장을 하거나 말거나 아무런 차이가 없는 여인, 마음만 먹으면 한쪽 눈에만 초록색 아이섀도를 바르고, 한쪽 콧구멍에만 코걸이를 하고, 노란 바지를 입고, 보라색 구두를 신어도 남편이 아무 말도 하지 않는 여인을 생각해 보라. 그러다가 어느 날 불쑥 찾아온 죽음 앞에서 눈먼 남편이 손을 잡은 채 뜨거운 눈물만 흘리고 있을 때 그 여인은 마지막으로 어떤 생각을 했을까?

살면서 한 번도 눈이 먼 사람을 만나 본 적이 없었던 남편에게 아내의 손님은 예상과는 다른 모습과 태도와 행동을 보인다. 아무것도 보지 못하는 사람이 수염을 탐스럽게 기르고, 포크와 나이프를 정확하게 사용하고, 집에서 하루 종일 텔레비전을 틀어놓은 채 지낸다는 것. 심지어 그는 할 이야깃거리가 떨어진 남편이 텔레비전을 켜자 이렇게 말한다.

"이건 컬러텔레비전이로군. 어떻게 알았는지는 묻지 마시오. 아무튼 아는 수가 있으니까."

어떻게 대해야 할지 몰라서 여러모로 불편한 손님만 남겨두고 아내가 잠에 곯아떨어지자 남편은 텔레비전 채널을 이리저리 돌리면서 어쩔 줄 몰라 한다.

"괜찮소, 친구. 난 아무래도 상관없으니까 뭐든 선생이 보고 싶은 걸 봐요. 나는 언제 어디서나 뭔가를 배우곤 하지요. 나에게도 귀는 있으니 말이오."

그때 텔레비전은 어떤 성당의 모습을 보여 주고 있었다. 화면이 천천히 바뀌면서 내레이션이 흐르는 식인데, 때로 내레이터가 아무 말도 하지 않는 동안 카메라가 돌며 그림만 비춰주기도 했다. 남편은 내레이션이 나오지 않자 자신이라도 설명을 해주어야 할 것 같았다.

"지금 화면에는 성당 바깥쪽 그림이 나오고 있습니다."

"지금 나오는 화면은 잘은 모르겠지만 이태리 같은데요. 맞아, 성당 벽에 그려진 벽화가 나오고 있습니다."

그렇게 내레이션의 빈틈을 메우며 설명을 해주다가 남편은 문득 묻는다.

"갑자기 물어보고 싶은 게 생겼어요. 혹시 성당이 뭔지 그 개념을 갖고 있습니까? 다시 말해서, 어떻게 생긴 건물을 성당이라고 하는지 아시냐는 얘깁니다."

성당이 무언지 설명해 달라는 손님의 부탁을 들어주기 위해 고심하지만 남편은 시각적 재료를 동원하지 않고서는 어떻게 성당을 설명해야 할지 모른다.

난감해 하던 두 사람은 성당을 설명하고 이해하기 위해 함께 그림을 그리기로 한다. 두 사람이 서로 손을 포갠 채 네모난 상자를 그리고 그 위에 지붕을 얹고 지붕 양옆에 첨탑을 그려 넣는다. 남편은 자신에게 그런 일이 일어날 수 있을 거라고는 한 번도 생각하지 못했다. 하지만 두 사람은 성당을 정말로 그럴 듯하게 그려가고 있었다. 성당 그림에 사람까지 그려 넣고 있는 두 사람을 보고 잠에서 깬 아내가 묻는다.

"도대체 어떻게 된 거죠? 무슨 마술이라도 부리는 거예요?"

그것은 아내의 말처럼 마술이었다. 남편은 눈먼 이의 처지에 진정으로 공감을 하고 두 사람의 영혼은 교감된다. 눈을 감고 있는 남편의 몸은 자기 집 거실에 앉아 있지만 그의 영혼은 날개를 단 듯 드넓게 확장되고 그 장면은 마치 한 편의 멋진 그림 같기만 하다.

아우구스티누스의 말처럼 우리의 영혼은 사랑에 이끌려 어디로든 간다. 눈먼 이와 진정한 이해의 감정을 공유하기 위해 애쓰던 남편은 비로소 어둠 속에 갇혀 있던 마음의 눈을 뜨고 카리타스의 공간에 이른다. 앞 못 보는 친구에 대한 아내의 동정심과 측은지심은, 안 됐지만 아무래도 그 멋진 그림 바깥에 있는 것처럼 보인다.

The ballad of the sad cafe

슬픈 카페의 노래

카슨 매컬러스 Carson Smith McCullers, 1917~1967

2004년 오프라 윈프리 북클럽은 카슨 매컬러스의 첫 장편 『마음은 외로운 사냥꾼』을 선정했다. 주로 미국 남부를 배경으로 평범한 일상에 순응하지 못하는 영혼들의 열망과 고독을 담담한 문장으로 그린다.

그녀의 작품들은 연극이나 영화로 각색된 것이 많다. 열다섯 살에 열병을 앓은 뒤 여러 가지 병으로 평생 극심한 고통에 시달려야 했던 그녀는 병의 후유증으로 스물아홉 살 무렵부터 걷는 것조차 힘들어졌다. 휠체어의 인생을 살았지만 그녀는 육신의 고통을 정신의 힘으로 극복, 뇌출혈로 쓰러져 죽을 때까지 왕성한 집필력을 보인다.

"사람들은 자신에게 몹시 필요한 이들을 미워하게 된다."

남부가 낳은 가장 위대한 산문 작가라는 찬사를 들을 만큼 주관적 해석이 배재된 문장으로 인간의 감수성을 섬세하게 파헤쳐 보여준다. 『슬픈 카페의 노래』에도 독자로 하여금 밑줄 그으며 오래오래 사랑의 본질을 생각하게 하는 문장이 많다.

『짧은 여행의 기록』에서 시인 기형도는 회사에서 받은 휴가로 경상도와 전라도에 가는 목적을 이렇게 기록합니다.

'그것을 나는 편의상 희망이라고 부를 것이다. 희망이란 말 그대로 욕망에 대한 그리움이 아닌가. 나는 모든 것이 권태롭다.'

하지만 여행이 마냥 달콤하지만은 않다는 것을 우리는 경험으로 이미 알고 있습니다.

'나는 너무 좁다. 처음 대구에 내렸을 때나 전주에 내렸을 때 감당하기 힘들었던 막막함. 그토록 증오했던 서울. 내가 두고 온 시간과 공간의 편안함에 대한 운명적 그리움. 난 얼마나 작은 그릇이냐.'

떠나 보면 자신의 그릇의 크기를 알 수 있어서 우리는 그렇게 떠나려고 애를 쓰는 걸까요? 이상하게 유목민의 유전자에 전혀 시달리지 않는 이들도 있습니다. 붙박이로 살면서도 아쉬움 하나 없고, 한평생 단 한 번도 떠나야 할 이유를 찾아 본 적 없는 이들이죠. 미스 아밀리아 같은 부류의 사람들. 그녀는 미국 남부 조지아 주의 어느 작은 마을, 그중에서도 카페를 자신의 전 생애의 배경으로 삼습니다. 여기가 아닌 저기 어딘가에 두고 온 시간과 공간이 전혀 없는 그녀 같은 사람들은 무엇으로 자신의 크기를 가늠할 수 있을까요?

카페가 있는 마을과 그렇지 않은 마을은 천지 차이입니다. 카페가 없는 마을에서는 직조기와 저녁 도시락, 잠자리 그리고 다시 직조기…. 방적공의 일상은 무미건조하게 흐르기 마련이지만 카페가 있으면 얘기는 달라지니까요. 카페에서 술을 조금 마시면, 아무리 퍽퍽한 삶을 사는 이라도 늪에 핀 백합 한 송이를 우연히 보게 될지도 모른다는 희망을 품게 됩니다.

올림픽이 열렸던 애틀랜타가 조지아 주의 주도인데 그런 현대적 도시와 미 [#]85

스 아밀리아의 카페가 있는 마을도 천지 차이죠. 방적공장, 직공들이 사는 초라한 집들, 복숭아나무 서너 그루, 보잘것없는 교회, 볼품없는 큰길 말고는 이렇다 할 만한 것이 하나도 없는 황량한 마을은 어쩐지 외롭고 슬프죠. 기차역도 저 멀리에 있고, 버스 노선도 4, 5킬로미터 떨어진 고속도로를 이용해야 하고…. 더군다나 미스 아밀리아의 카페가 문을 닫은 뒤에는 제일 가까운 양조장이라고 해봤자 12킬로미터나 떨어져 있습니다. 그런 마을에서는 도무지 할 일이라곤 없어서 사람들은 더 견딜 수 없어 하죠. 사람들이 성격적으로 '이상해지는' 것도 무리가 아닙니다.

넓디넓은 미국 땅에도 사람들 북적이는 대도시가 있는가 하면 미스 아밀리아가 회색빛 사팔눈으로 몰래 내다보는 초라한 마을이 있습니다. 교양과 균형 감각을 잃지 않고 사는 사람들이 있는가 하면 자신의 작은 그릇에 담긴 본성을 날것 그대로 내보이며 위태롭게 사는 사람들이 있습니다. 부대끼며 살면서 날카로운 본성을 조약돌처럼 매끈하게 하는 것만이 잘 사는 것일까요?

목수는 나무를 고를 때 무조건 잘 자란 나무만 재목으로 고르지 않는다고 들었습니다. 목수는 들보와 기둥으로 쓸 목재와 서까래로 쓸 목재를 따로 고른답니다. 목수에게는 부드럽고 펑퍼짐한 나무나 단단하고 깡마른 나무나 다 필요한 데가 따로 있는, 좋은 재목입니다.

혹시 미국 남부의 폐허와 같은 마을에 가게 되면 다시 한 번 목수의 손을 떠올려주세요. 그 사람이 어떤 삶을 살든, 또 그가 어떤 사랑을 하든 다른 이들은 무어라 말할 수 없다는 것. 누구나 다 자신의 방식으로 첫눈을 맞이한다는 것을 잊지 말아주세요.

무엇이 정상이고
어떤 것이 이상한 걸까?

계절이 가을에서 겨울로 완전히 돌아서고 라디오에서 더 이상 건스 앤 로지스Guns N' Roses의 〈November Rain〉이 흘러나오지 않을 즈음, 그 카페는 불을 밝힌다. 칠흑같이 어둡고 고요한 겨울밤에 사람들은 따뜻하고 아늑한 그 무엇을 찾아 저마다 카페의 문을 열고 들어선다.

커다란 무쇠 난로는 타다닥 소리를 내며 벌겋게 달구어져 있고 창문에는 빨간색 커튼이 달려 있다. 인생이 단지 생존을 위해 필요한 것들을 얻기 위한 하나의 길고 어두운 싸움일 뿐이라는 사실을 거기에 가면 잊을 수 있어서일까. 카페에 앉아 있는 동안 사람들은 조금쯤은 떨쳐버릴 수 있다. 영혼 깊숙한 곳으로부터 밀려오는, 나 자신이 결국 가치 없는 존재라는 그 쓰디쓴 자괴감을….

감기 없는 겨울이 있을 수 있을까. 살면서 우리가 피하려야 피할 수 없는 것으로 감기와 교통사고와 자연재해 그리고 사랑을 꼽는 이들이 많다. 그런 것들은 예기치 않은 곳에서 짐작과는 다르게, 느닷없이 우리를 덮쳐 제아무리 완벽한 전문지식과 철저한 이론으로 무장을 해도 소용없게 만든다. 감기와 교통사고와 자연재해와 사랑의 공통점. 우리에게 허영을 용납하지 않는다는 것이다. 당할 때 당하더라도 그래도 품위는 지키고 싶은데 그런 것들은 자신의 포로에게 인간이 가진 최소한의 존엄성과 이성을 허락하는 자비를 보여주지 않는다.

서영은의 단편소설 「먼 그대」에서 지고지순한 사랑을 바치는 주인공 문자가 괴물처럼 느껴진 이유. 순전히 그녀가 사랑하는 남자 때문이었다. 가치 없는 대상에게 바치는 사랑은 그것이 순은처럼 깨끗한 것이라 해도 혐오스럽고, 보석처럼 빛나는 것이라 해도 유치찬란해 보이기 마련이다.

문자의 사랑 앞에서 지긋지긋한 느낌과 구질구질한 기분을 감출 수 없었다면 카슨 매컬러스의 『슬픈 카페의 노래』는 어떤가. 이상하고 기이한 것을 넘어 엽기적인 느낌을 주는 세 남녀의 엇갈린 사랑을, 당신은 과연 사랑이라고 받아들일 수 있겠는가?

'아침에 사람들이 잠을 깨어 보니 세상이 온통 달라져 있었다. 아무것도 모르는 아이들은 창밖을 내다보고는 이상하게 변한 세상의 모습에 너무 당황하여 소리 내어 울기 시작했다. 나이 든 사람들이 지난 기억을 샅샅이 더듬어 보았지만 이 지역에서 이런 일이 일어난 것은 처음이었다. 밤새 눈이 내린 것이다.'

소설 속 미국 남부 조지아 주의 어느 작은 마을에 첫눈이 내린다. 자정이 지나서 아주 깜깜할 때부터 희끗희끗한 눈송이가 마을 위로 내려앉기 시작해서 새벽녘에는 땅이 완전히 뒤덮인다.

눈이 내린 마을은 어딘지 모르게 지치고 황량해 보인다. 방 두 칸짜리 집들은 더럽고 일그러져 금방이라도 무너져 내릴 것만 같고, 어쩐지 모든 것이 전보다 더 작고 어두워 보인다.

같은 산에 사는 나무 중에도 햇빛을 바로 받아 쑥쑥 잘 자란 나무가 있는가 하면, 그늘진 곳에서 자라 우울하고 고약해진 나무가 있는 것처럼 마을 사람들은 첫눈이 내렸다는 일생일대의 사건 앞에서 각기 다른 반응을 보인다.

미스 아밀리아는 한동안 창가에 서 있다가 셔터를 내리고 집에 있는 모든 창문을 잠근다. 그녀는 이 새로운 사건에 대해 어떤 견해를 가져야 할지 몰라 그냥 무시해 버리려 한다. 그녀는 음산하게 불이 켜진 집안을 이리저리 돌아다니며 마치 아무 일도 일어나지 않은 것처럼 행동한다.

한때 아밀리아의 남편이었던 전과자 마빈 메이시는 눈에 관해 아는 사람은 자기밖에 없다고 떠들어댄다. 그는 마치 눈송이 하나하나가 모두 자신의 소유물이나 되는 양 으스댄다. 윌린 목사는 일요일의 설교를 어떻게 눈과 연관시킬까만 골똘하게 생각한다. 어떤 사람들은 필요 이상으로 '고맙습니다' 또는 '실례합니다' 라는 표현을 쓰고, 몇몇 심약한 사람들은 어쩔 줄 몰라 술을 마신다.

아밀리아의 사촌오빠인 꼽추 라이먼은 눈이 비처럼 내리지 않는다는 사실에 놀란다. 그는 꿈결처럼 부드럽게 내리는 눈송이들을 어찌나 뚫어져라 쳐다보았는지 나중에는 어지러워서 비틀거릴 지경이다. 그는 미칠 듯이 흥분하여 여기저기 쫓아다닌다.

바로 그날, 그는 아밀리아의 숙적 마빈 메이시를 그녀의 집으로 끌어들인다. 사랑 때문에 스스로 사악하고 잔인한 본성을 바꿀 기회를 얻었지만 그 사랑을 거부당한 열흘 동안의 결혼생활이 본성을 더욱 악화시키고 말았던 마빈 메이시. 그가 가석방으로 고향에 돌아오자 라이먼은 한눈에 그에게 홀리고 말

있다.

상대의 냉대와 무시와 거부에도 불구하고 한시도 쉬지 않고 그 뒤를 따라다니고 싶어 하며 어떻게 해서든 상대의 관심을 끌어보려고 온갖 터무니없는 계획을 세우는 모습은 비단 꼽추 라이먼만의 안타깝고 우스꽝스러운 모습이 아니다. 그것은 모든 사랑을 하는 이의 애처로운 초상이다.

도대체 사랑이라는 것은 무엇이기에 사람의 몰골을 그토록 참담하게 만드는 것일까? 이 소설을 읽은 이들이 즐겨 인용하는 그리고 사랑에 대해서 이야기할 때 우리가 어쩔 수 없이 말하게 되는 것들은 다음과 같다.

'우선 사랑이란 두 사람의 공동경험이다. 그러나 여기서 공동경험이라 함은 두 사람이 같은 경험을 한다는 것을 의미하지는 않는다. 사랑을 주는 사람과 사랑을 받는 사람이 있지만, 두 사람은 완전히 별개의 세계에 속한다. 사랑을 받는 사람은 사랑을 주는 사람의 마음속에 오랜 시간에 걸쳐 조용히 쌓여온 사랑을 일깨우는 역할을 하는 것에 불과한 경우가 많다. 사랑을 주는 사람들은 모두 본능적으로 이 사실을 알고 있다.'

'아주 이상하고 기이한 사람도 누군가의 마음에 사랑을 불지를 수 있다. 어디로 보나 보잘것없는 사람도 늪지에 핀 독백합처럼 격렬하고 무모하고 아름다운 사랑의 대상이 될 수 있다. 선한 사람이 폭력적이면서도 천한 사랑을 자극할 수도 있고, 의미 없는 말만 지껄이는 미치광이도 누군가의 영혼 속에 부드럽고 순수한 목가를 깨울지도 모른다.'

'사랑하는 사람은 아무리 고통을 수반할지라도 자신이 사랑하는 대상과 가능한 한 모든 관계를 맺기를 갈망한다.'

사람들은 사랑을 피하려야 피할 수 없는 외부의 사건사고 같은 것으로 치부하지만 사랑은 본질적으로 자기 안에서 싹튼다. 어느 날 누군가에게 일깨워진 자신의 사랑 때문에 그는 새롭고 이상한 외로움을 영혼 깊숙이 느낀다.

겨울은 혹독하고 여름은 작열하는 태양으로 하얗게 불타오르는 그 황량한 마을을 혹시 지나게 된다면, 폐쇄된 집 속에서 머리가 제멋대로 자란 유령 같은 얼굴을 어쩌다 마주치게 되더라도 절대 놀라지 말라. 창백한 그 여자의 사팔뜨기 두 눈이 심하게 가운데로 몰려 있어도 우리가 그녀에게서 보아야 할 것은 마치 슬픔과 고독을 나누기 위해 은밀하게 서로를 찾고 있는 듯한 두 눈의 눈빛일 뿐이다.

'어떤 사랑이든지 그 가치나 질은 오로지 사랑하는 사람 자신만이 결정할 수 있다.'

사랑을 두고 누가 감히 솔로몬의 지혜를 운운하며 판관 노릇을 할 수 있을까.

사람에 따라서는 첫눈을 재앙처럼 여기기도 한다. 게다가 눈 온 다음 날 아침, 도시의 출근길은 아수라장이 되어버린다. 어제 내린 눈의 질척거림은 곧잘 눈 내리던 순간의 순수한 기쁨을 잊게 만든다. 하지만 눈길이 얼어붙을까 지레 걱정하고 눈 녹을 때의 지저분함을 미리 떠올리는 이와 더불어 우리는 사랑을 이야기하지 않는다. 사랑을 이야기할 때 우리는 정답이나 모범답안을 찾지 않는다.

겨울밤 카페 안에서 우리가 골똘히 생각하는 건 언젠가는 죽을 운명인 하찮은 우리에게 무언가 극적인 삶을 살게 하는 힘, 그게 바로 사랑이라는 사실이다.

이 마을에도 한때는 카페가 하나 있었다.
지금 판자로 막아 놓은 이 건물은 그때만 해도
인근에서 좀처럼 볼 수 없는 카페였다.
식탁보와 종이 냅킨이 놓인 테이블이 있었고,
선풍기에는 색색의 종이 리본이
휘날렸으며, 토요일 밤에는 늘 손님들로 흥청거렸다.
이곳의 주인은 미스 아밀리아 에반스였다.
하지만 이곳이 그렇게 번창하고 즐거운 곳이
된 데에는 라이먼이라는 꼽추의 공이 컸다.

– 『슬픈 카페의 노래』 중에서…

우연한 여행자

앤 타일러 Anne Tyler, 1941~

출간될 때마다 화제를 불러일으키며 베스트셀러가 될 만큼 앤 타일러의 소설들은 매력적이다. 지극히 일상적인 이야기를 가지고 대중의 관심과 공감을 살 수 있는 그녀의 작가적 역량이 대단하다. 살아 있는 인물 묘사와 눈물이 나면서도 유머러스한 사건들, 거기에 통찰력 넘치는 삶의 지혜가 소설 곳곳에서 읽힌다.

앤 타일러는 평범한 보통 사람들이 겪는 고통과 갈등, 사랑과 기쁨, 희극과 비극 등을 아주 생생하게 들려줌으로써 누구나 자기 인생의 주인공이라는 것, 아무도 시시한 인생을 사는 게 아니라는 것을 새삼스럽게 알려준다. 간단한 이야기를 장편으로 풀어내면서도 물 흐르듯 유연하게 그리고 따뜻함이 온몸에 스며들게 한다.

『우연한 여행자』로 전미 도서비평가협회 상을, 『종이시계』로 퓰리처상을 수상했다.

앤 타일러는 대중 앞에 모습을 드러내지 않는 작가다.

볼티모어 구시가지의 주택가로 갑니다. 앞마당에 아름드리 참나무들이 있어 더운 여름의 햇살을 가리고 바람을 막아 주기도 하는 집 안으로 들어갑니다. 칠월 초의 더운 날, 창가에 서면 하늘이 파래서 눈이 시립니다. 부엌 옆에 있는 방이 그의 작업실입니다. 그는 속기사용 의자에 앉아 타자기를 두드려 여행 안내서를 씁니다. 『프랑스에 간 우연한 여행자』, 『독일에 간 우연한 여행자』, 『벨기에에 간 우연한 여행자』 등…. 안내서에서는 도시만 다릅니다. 그는 여행서를 쓰지만 그의 관심은 구경거리를 찾는 데 있지 않고 오로지 객지에서도 집을 떠나지 않은 듯이 지낼 수 있는 방법에 있을 뿐입니다. 그는 여행 지역의 유명한 와인을 소개하는 대신, 그곳에서 집에서 먹는 저온살균 우유를 찾는 법을 가르쳐 줍니다.

'다행스러운 것은 이제 스톡홀름에서도 켄터키 프라이드치킨을 살 수 있다는 점이다.'

그는 여행을 아주 싫어합니다. 하지만 직업상 늘 여행 가방을 꾸려야 하죠. 매일 다니는 동네에서도 문득 길을 잃고 헤매는 남자답게 그는 집보다 더 좋은 곳은 없다고 생각합니다. 해외여행은 비용이 너무 많이 들고 국내여행은 너무 지루해서 그들 가족은 매년 여름 베타니 해변에 가죠. 그곳은 여행지라기보다 집을 그대로 옮겨놓은 것 같은 해변이기 때문인데, 그는 그곳에서도 임대별장의 손잡이를 손보거나 창문을 고치거나 하수구를 뚫으며 보냅니다.

같은 볼티모어 안에 있어도 뮤리엘이 사는 동네는 그에게 낯선 외국과 마찬가지. 그래서 그는 지도부터 챙기죠. 쓰레기가 넘쳐나고 바닥에 금이 간 어두운 거리들을 헤매면서 그는 그녀가 어떻게 이런 데서 안전하다고 느낄 수 있는지 의아해 합니다. 쓰레기가 널브러진 계단이며 포스터가 줄줄이 붙은 문들, 쇠창살을 한 상점들, 한눈에도 날림으로 지은 게 드러나는 연립주택들, 지붕은 납작하고 창문은 모양 없는 평면인 집들 사이에서 그는 16번지를 찾아냅니다. 현관 앞 계단 위에 벌레를 쫓는 오렌지색 전구가 매달려 있는 집. 철제 침대와 니스를 칠한 주황색 침대 그리고 꽃무늬 천으로 만든 옷장이 있는 침실. 그는 거기서 잠을 자는 사고를 치고 맙니다.

외국이나 다름없는 싱글턴 가에서 그는 완전히 다른 사람이 되었습니다. 고지식하다는 의심을 받아본 적이 없는 사람, 냉정하다는 비난을 받아본 적이 없는 사람, 마음이 약하다고 놀림을 받아본 적이 없는 사람…. 어느새 그도 싱글턴 가가 편해지기 시작하죠. 동네는 여전히 가난이 흐르고 흉물스러웠지만 더 이상 위험하게 느껴지지 않았고요. 또 뮤리엘의 집은 얼마나 엉망이고 허술한지 그는 손볼 곳을 찾아 휘파람 불며 집안을 돌아다닙니다.

'여행자는 미리 경계해야 한다.'

우여곡절 끝에 메이컨은 세라와 재결합하기 위해 다시 자기 집으로 돌아오는데 타자를 치다가 열어놓은 창틀에서 흰 철쭉이 흔들거리는 걸 봅니다. 꽃 사이로 벌이 윙윙거리며 날아다니는 걸 보니 문득 뮤리엘의 부주의함이 걱정됩니다. 아무 생각 없는 뮤리엘. 정말 대책 없는 뮤리엘. 남들은 그녀가 남자 하나 잘 물어 팔자를 고치려 한다고 뒤에서 쑥덕거리는데 그녀는 그걸 모르는지 엉뚱하게 주장합니다.

"당신에게는 내가 필요해요. 나를 만나기 전에 당신은 엉망진창이었어요."

남의 집에서 안전하게 자고 있을 때, 지붕에 빗방울 떨어지는 소리만큼 평온한 소리가 있을까요?

세상에, 이 남자는 저 여자의 어디가 좋다는 걸까?

세상에는 두 종류의 사람이 있다. 뭐든지 규칙과 체계와 메뉴얼을 따르는 사람과 되는 대로 닥치는 대로 마구잡이로 하는 사람. 어느 쪽이 세상을 사는 데 더 좋은지는 모른다. 다만 장담할 수 있는 것은 생각 없이 엉터리로 사는 것 같아 보여도 그것도 세상을 사는 하나의 방법이고 심지어는 지혜일 수까지 있다는 것. 여행 안내서 없이는 감히 길 떠날 엄두도 못 내는 사람이 있는가 하면, 그냥 아무 계획 없이 발 닿는 대로 마음 가는 대로 훌쩍 떠나서 우연한 여정을 즐기는 사람이 있는 것이다.

그는 첫사랑이자 평생 유일한 여자친구와 결혼을 했다. 20년 동안 함께 사는 동안 일심동체가 아니라고 느낀 적도 물론 있었다. 아내는 계획성 없고 발랄했고, 그는 찬찬하고 한결같았다. 아내는 아들을 설렁설렁 키웠다. 그는 일어날 가능성이 있는 모든 사태를 대비하느라 아들 키우는 재미를 느낄 짬이 없었다. 그 아들이 열두 살 때 캠프에 갔다가 우연히 만난 강도에게 목숨을 잃었다. 사교적이고 생기발랄하던 아내는 힘든 한 해를 보내며 어느 날 남편에게 말한다.

#97

"메이컨, 이던이 죽고 나니 인생에 의미가 있는지 모를 때가 있어."

그러자 남편이 대답한다.

"여보, 솔직히 말하면 난 애초부터 별 의미가 없었던 것 같아."

그는 왜 아내가 더 이상 당신이랑 살 수 없다며 집을 떠나는지 영문을 모른다. 어쨌든 혼자 남겨진 그는 집안을 다시 배치하기로 한다. 늘 아내의 살림 솜씨가 불만이었는데 그는 집안일에 체계를 세우고 취미인 에너지 절약에 몰두하기로 한다. 부엌 찬장부터 집안 구석구석까지 모두 청소하고 처음부터 다시 정리정돈해서 집을 새롭게 정비한 뒤 그는 침실 창틀에 커피 메이커와 전기 프라이팬을 놓는다. 아침식사를 향긋한 커피와 버터 팝콘으로 한다는 생각은 꽤 괜찮아 보인다. 그런데 문제가 터졌다. 그가 기르는 개가 아침으로 팝콘을 먹는 걸 거부한 것이다.

화요일마다 슈퍼마켓에 가서 일일이 수첩을 뒤적이면서 여러 상표의 제품을 꼼꼼히 비교하며 장을 보다가 그는 진저리를 친다. '왜 굳이 그래야 하지? 뭐 하러 먹는 거야?' 그는 어쩐지 사람들이 자기한테서 도망치는 것 같아 혼자 중얼거린다.

'다들 어디로 갔지? 모두 어디 있어? 내가 무슨 나쁜 짓을 했다고 이 지경이 됐나?'

그는 주인만큼이나 문제가 많은 개 에드워드를 훈련시키기 위해 뮤리엘을 만난다. 원작과 같은 제목의 영화에서 지나 데이비스가 맡아 연기했던 뮤리엘은 야한 의상과 진한 매니큐어 그리고 쉴 새 없이 떠드는 큰 입을 가진 싱글맘인데 펼쳐 놓은 책처럼 자신을 모두 보여주는 스타일이다. 그녀는 쉰 가지도 넘는 직업을 전전하며 온갖 병치레를 하는 아들을 혼자 키우지만 그래도 늘

신이 자신을 보살펴 준다고 믿는다.

여행 안내서 『우연한 여행자』 시리즈를 쓰고 있지만 메이컨은 사실 여행을 싫어한다. 그가 좋아하는 것은 글쓰기일 뿐이고 그는 세상에 집보다 좋은 곳은 없다고 생각한다. 마지못해 여행을 떠나게 되면 그는 한시라도 빨리 집으로 돌아가고 싶어 안달을 한다. 그런 그가 어떻게 하다 보니 집을 떠나 뮤리엘의 집에서 생활하게 된다. 여기서는 이웃 사람을 만나고, 저기서는 집 없는 개를 보고, 그 너머에서는 강도를 만나리라 예상하고 길을 활보하는 것 같은 뮤리엘. 그 모든 것이 똑같이 삶의 일부라고 생각하는 듯한 그녀에게 그는 경외심을 느낀다. 전혀 예상하지 못한 곳에서, 전혀 어울릴 것 같지 않은 사람에게서 사랑을 받으며 메이컨은 자신도 모르게 조금씩 사랑하는 법을 배우게 된다.

"당신은 자신이 뭘 원하는지 몰라요. 한순간은 나를 좋아하지만 이내 바뀌죠. 한순간은 나와 같이 있는 걸 누가 보면 창피하지만 곧 내가 당신이 만난 최고의 행운이라고 생각하구요."

어법에 맞지 않는 말이나 틀린 발음에 얼굴을 찌푸리던 메이컨은 자기도 모르게 뮤리엘의 '키타 등등' 에 중독되어 나중에는 제대로 된 발음을 들으면 어쩐지 빈약하다는 느낌을 받는다. 그래도 그는 자기와는 어울리지 않는 뮤리엘의 집을 떠난다. 그는 자기 집으로 돌아가서 아내 세라와 예전의 익숙한 일상을 다시 시작한다.

"어떤 나이가 지나면 선택의 여지가 없나 봐. 당신이 내가 함께 할 사람이야. 난 변하기에는 너무 늦어버렸어. 내 인생을 너무 많이 써버려서 말이야."

세라의 이 말은 메이컨의 대사이기도 하다.

앤 타일러의 소설은 낯선 타인과 타인이 만나 우리가 되어 둥지를 이루면서 사는 소소한 이야기다. 그녀는 심각한 주제를 난해하게 천착하는 작가가 아니다. 그녀는 편안한 어조로 재미있게 결혼과 사랑의 이야기를 들려준다. 하지만 아무렇지 않게 내보이는 정교한 투사와 묘사, 예리한 심리 포착과 따뜻하게 퍼지는 유머 감각이 대중적인 소설도 얼마든지 예술성을 지닐 수 있다는 걸 보여준다. 이 작품으로 미국도서비평가협회상을 수상하고 『종이시계』로 퓰리처상을 수상한 것이 그 증거이기도 하다.

평범한 주인공들이 인생을 살면서 이런저런 일들로 비틀거리고 엎어지거나 궤도를 이탈했다가 돌아오는 이야기를 즐겨 들려주며 앤 타일러는 그녀 특유의 사랑에 대한 통찰력을 뽐낸다. 『때로는 낯선 타인처럼』에서 델리아는 결국 집으로 돌아오지만 『우연한 여행자』에서는 메이컨이 집을 떠나는 것으로 소설이 끝맺어진다. 그는 평생 자신이 먼저 무슨 일을 한 적이 별로 없다는 생각을 하게 된다. 결혼, 직업, 뮤리엘과 보낸 시간, 세라에게 돌아간 일… 그 모두가 하나같이 그냥 일어난 일이었다. 그가 자발적으로 처리한 중요한 일은 한 가지도 없었다. 그래서 그는 마침내 자신에게 묻게 된다.

'이제 와서 시작하기에는 너무 늦을까? 일을 다르게 하는 방법을 과연 배울 수 있으려나?'

제인 오스틴Jane Austen의 소설이 "사랑에 대한 이야기인 줄 알았는데 어느 순간 돈에 대한 이야기라는 걸 깨닫게 되었다"는 어느 독서가의 말을 들은 적 있다. 오스틴의 소설에 나오는 여자들은 하나같이 돈 때문에 자신이 진정 원하는 것을 외면하거나 포기한다는 것이다. 듣고 보니 그럴 듯하다는 생각이 들었다. 앤 타일러의 소설 속 인물들은 가족이라는 조직 속에서 느끼는 고독과 단절이라는 극히 개인적인 문제에만 매달린다. 그들은 사회적 이슈나 정치적 현안으로 고통 받는 법이 없다. 그들은 늘 사소한 일상사로 휘청거린다. 그런데 어느 순간 사소한 일상사가 인생에서 그 무엇보다 거대하고 중요한 일이 아닐까라는 의문이 들었다. 삶의 무게는 겉으로 보기에 평온한 일생을 산 사람이 더 무겁게, 더 극적으로 짊어질 수도 있는 일 아닌가.

미리 철저한 계획을 세우고, 예약을 확인하고, 지도와 안내서와 준비물을 챙기는 사람이 반드시 좋은 여행가라고 말할 수는 없을 것이다. 여행기를 아무리 잘 쓰고 사진까지 멋지게 찍어왔어도 그의 마음이 거기에서도 여기를 향하고 있었다면 그건 진정한 여행이 아닐 것이다. 그건 그냥 장소의 이동이었을 뿐.

메이컨은 사람들의 '세상에, 이 남자는 저 여자의 어디가 좋다는 걸까? 왜 저렇게 안 어울리는 사람을 택했을까? 어떻게 저런 여자를 참아줄 수 있지?'라는 시선에도 아랑곳하지 않고 뮤리엘과 즐거운 여행을 계속할 것이다.

Story 03

The Debt to
pleasure

아주 특별한 요리 이야기

존 란체스터 John Lanchester, 1962~

독일 함부르크에서 태어나 영국에서 교육을 받은 존 란체스터는 신문과 잡지의 음식점 가이드 란의 레스토랑 감정가로 활동했다.

오래전부터 많은 사람들로부터 "음식에 대한 책을 쓰지 그래?"라는 말을 듣다가 드디어 『아주 특별한 요리 이야기』를 써서 데뷔하게 되었다.

남프랑스야말로 자기 영혼의 고향이라고 생각한다는 그는 1년 중 꽤 오랜 기간을 그곳에서 머문다. 기억과 꿈과 회고를, 여행 중의 장소와 사건들이 한데 어우러져 스튜처럼 그 맛과 본질이 훨씬 더해지는 글을 쓰고자 한다. 독특한 소재와 재기 넘치는 구성이 신선하다.

인간의 최고 즐거움인 음식을 통해 인생을 이야기하는 작가는 치즈의 숙성 과정과 우리가 지혜를 얻고 성숙하는 과정이 서로 비슷하다고 여긴다. 두 과정 모두, 삶이 100퍼센트의 사망률을 기록하는 불치병이라는 사실을 깨달음으로써 얻어진다는 것이다.

요리하는 것은 좋아하지만 요리책은 좋아하지 않는다는 사람이 그 이유를 말해줍니다.

"요리책에는 각 요리를 만드는 목적이 빠져 있기 때문이죠. 그것은 어떤 손이, 어떤 삶이 그 요리를 준비했는지, 어떤 상황에서 어떤 사람들을 위한 음식이었는지를 말해주지 못합니다. 요리책은 누가 그 요리를 만들든 똑같은 맛이 날 거라고 믿게 만들고 싶어 하죠."

반대로 요리책을 아주 좋아하는 사람도 있기 마련이어서 누군가는 이렇게 말합니다.

"난 요리책을 너무 좋아해서 그걸 소설처럼 읽어요!"

늦여름 그는 프랑스 남부의 프로방스로 갑니다. 그는 그 여행 중에 음식을 주제로 한 자기 나름의 생각을 적자고 결심합니다. 기억과 꿈과 회고를 그리고 계절별로 정리된 메뉴를. 그는 프로방스에 대해서 이렇게 씁니다.

'그 이름 자체가 인생의 감각적인 가능성을 나타내며 그 가능성을 넓혀주는 곳. 감정의 키보드에 키 몇 개를 더 붙여주며, 심리라는 교회의 오르간에 새 음전 몇 개를 더 만들어주고, 사람이 가진 감각의 방을 넓혀주며, 몸과 정신과 영혼이 새롭게 가까워지도록 해주는 곳. 그 땅은 하나의 관념이자 매개체이고, 기교이자 프로그램이며, 교육이자 철학이고, 요리이자 어휘다.'

그런데 그는 프로방스에 가기 전 먼저 은밀하게 영불해협을 건넙니다. 영국 노퍽의 별장에 있는 척하면서 실제로는 렌터카와 가짜 수염과 가발, 선글라스와 모자로 프랑스 곳곳을 여행하는 건데, 공교롭게도 그는 가는 곳마다에서 신혼여행을 온 어떤 젊은 커플을 보게 되네요.

프랑스에 도착하면 처음 얼마간 공기며 빛이며 존재감 자체가 약간 고양되 #105

고, 지성과 쾌감이 배가될 가능성이 감지된다고 그는 말하죠. 작가 프루스트의 칭찬이 좀 지나치다 싶은 몽생미셸, 빛바랜 영광의 노르망디 해안, 저속한 영국의 유흥지 같은 분위기의 디낭 그리고 영국의 콘월 지방을 그대로 옮겨놓은 것처럼 협곡과 동굴이 버티고 있는 브루타뉴. 사탕무 밭과 젖소 떼를 지나니 놀랍게도 보랏빛 라벤더 밭이 펼쳐져서 그는 좀 으스스해지죠. 브루타뉴는 전통적으로 초자연적인 요소가 강한 곳이라고 합니다.

카베르네 포도로 과일 풍미가 강한 깊은 맛의 와인을 만드는 시농을 거쳐 퐁트브로 사원에 가서 그는 변장을 벗어던졌는데, 오는 길에 충동적으로 구경을 하러 간 어떤 성에서 하필이면 신혼부부의 모습을 보게 됩니다. 기겁을 한 그는 부랴부랴 달아나서 프로방스에 있는 그의 별장으로 가죠. 프로방스에서 지낼 때 그가 가장 좋아하는 시간은 이른 아침입니다. 한낮의 산들바람이 불기 전에 가볍게 살랑이는 바람도 좋고요, 부엌이랑 테라스랑 수영장 부근에 핀 꽃잎에 맺힌 이슬도 정말 좋습니다. 새벽녘이면 자주 나타나는 수정처럼 푸른 하늘은 보기만 해도 기분을 저절로 좋게 하고요.

프로방스의 공기에는 야생풀 향과 잡목으로 뒤덮인 땅의 내음이 실려 있는데 그는 이른 아침에 버섯 따기 나들이를 갑니다. 그는 야생버섯 오믈렛으로 근사한 식탁을 차리죠. 그가 초대한 신혼부부를 접대하기 위해서인데, 아침식사 후 그는 문간에 서서 떠나는 신혼부부의 자동차 뒤꽁무니에 말없이 손을 흔들어줍니다. 그가 몸을 돌려 집안으로 들어섰을 즈음, 독살당한 커플은 이미 길모퉁이를 돌아 큰길에 접어들죠. 자동차는 그렇게 계속 달려갑니다. 뒤에 느릿느릿 일어나는 먼지구름을 남긴 채….

#106

안단테, 안단테… 델리카토,
그 남자의 살인법

한동안 케이블 TV에서 방송해주던 제이미 올리버의 요리쇼를 즐겨 보고는 했다. 수다스럽게 자연스럽게 힘들지 않게 요리하는 모습이 보기 좋았다. 나로 말할 것 같으면 요리하는 걸 좋아하지 않는 정도가 아니라 아주 싫어하는 편이다. 그러면서도 가사 노동자의 어쩔 수 없는 숙명상 매일 요리를 하고 있다. 무슨 요리든 기꺼이 신속배달 해주는 대한민국의 배달 시스템이 아니었다면 숨이 막혀 진작 주부파업을 선언하고 도망갔을지도 모르는 일이다.

캘리포니아의 한적한 섬마을에 체류하던 시절, 하루 세 끼를 꼬박 식구들 밥해 먹이는 게 너무 지겹고 버거워 다산 정약용의 귀양살이를 다 부러워했었다. 지금도 부엌이 없는 유배지 풍경을 떠올리면 차라리 누가 나를 귀양 보내 주면 좋겠다 싶기도 하다.

이제부터 우리가 만나러 갈 사람은 음식에 대한 열정이 놀라운 인물이다. 그는 지적으로 우수한 미식가이자 요리를 우아한 예술의 경지로 끌어올릴 줄 아는 타고난 요리사다. 그의 이름은 타퀸 위넛. 어느 늦여름, 그는 짧은 휴가를 떠나기로 하고 프랑스의 남부로 간다. 남프랑스야말로 그의 영혼의 고향이고 아주 특별한 요리를 만들기에 좋은 장소이기 때문이다.

"당신이 무얼 먹는지 말하면, 당신이 어떤 사람인지 말해주겠다"는 유명한 경구로 잘 알려진 브리야 사바랭Brillat Savarin은 일평생 먹는 것에 대해 정리한 다음 이런 말을 남겼다고 한다.

"나는 쾌락의 한계는 아직 알려지지도 정해지지도 않았다고 단정하게 되었다."

다 읽고 덮기 전에는 우리도 이 특별한 책의 장르가 무엇인지 알 수도 없고 정할 수도 없음을 미리 명심해 두는 게 좋다.

독일에서 태어나 영국에서 자란 존 란체스터는 신문과 잡지의 음식점 가이드란에 오랫동안 글을 써왔다. '레스토랑 감정가' 라는 직업은 음식의 맛뿐 아니라 음식점의 설비, 분위기, 직원들의 서비스, 음식 가격 등을 종합해서 소개하는 일을 하게 된다.

란체스터는 한때 종사했던 직업을 바탕으로 독특한 소재와 재기 넘치는 이야기 구성의 소설 한 편을 써낸다. 이 소설은 그의 데뷔작인데 크게는 계절별로, 작게는 음식과 여행 그리고 가정사 등으로 구성된 메뉴별로 이야기가 전개된다.

"메뉴란 내게 질서와 아름다움, 일정한 패턴에 대한 충동과 비슷한 것이다. 그것은 모든 예술의 바탕에 깔린 신들을 끌어내고 문화나 인간 심리의 인류학을 형성하기도 하며, 자서전이나 문화사 혹은 사전이 될 수도 있다."

타퀸 위넛은 예민하고 섬세한 기질을 타고 났다. 덕분에 그는 '학교 교육 같은 무시무시한 교육을 받는 걸 간신히 면할' 수 있었다. 집에서 가정교사에게 교육받는 그와는 달리 그의 형은 강제노동수용소 같은 사립 기숙학교에 '감금' 되어 있는데 소설의 첫대목은 그가 부모와 함께 형의 학교에 점심식사 초대를 받아 간 장면이다. 거기서 그는 멀건 진흙빛 국물에 연골이 그대로 떠 있는 끈적끈적한 스프를 만난다. 그리고 말이 아침에 실례해 놓은 것같이 생긴 의심스러운 고기 요리가 그의 앞에 놓이자 토하려고 한다. 이 일이 그의 성장 과정에서 분명한 순간을 경험하게 해주었다. 이때의 경험이 인간과 미학, 요리를 한데 뭉뚱그려 그의 머릿속에 거대한 힘에 대한 부정적인 생각을 심어주었기 때문이다.

혐오는 자신과 세계의 경계를 더 확실히 긋고, 분리된 사물을 명확히 해준다. 혐오는 어느 정도는 한정과 식별의 승리, 나아가 삶의 승리이기도 하다. 영국보다는 프랑스가, 사회보다는 예술이, 어울림보다는 외톨이가, 무모한 확실성보다는 회의가, 민트 소스를 곁들인 양고기 구이보다는 거위고기 요리가 어울리는 타퀸 주변에는 어쩐 일인지 사건과 사고가 끊이지 않는다. 어릴 적 그를 돌보던 보모는 익사사고로 죽는다. 그의 집 요리사는 기차 사고로 죽고, 프랑스어 가정교사는 벌에 쏘여, 그의 형은 식중독으로, 그리고 그의 부모는 가스 폭발사고로 죽는다. 심지어 그의 이웃집에 살던 노파는 사냥을 하던 사냥꾼들의 오인 사격으로 죽는다.

제이미 올리버가 요리를 랩이나 힙합 스타일로 흥겹게 한다면 타퀸 위넛은 클래식 음악을 연주하듯, 그것도 안단테로 차근차근 세심하게, 미묘한 뉘앙스를 살려가며 우아하게 요리하는 걸 좋아한다. 그는 요리 재료를 구하기 위해 직접 시장을 보고 산에 가는 수고를 마다하지 않는다. 그는 야생버섯의 생태와 성질과 효능을 누구보다 잘 알고 있다. 그가 만든 버섯 오믈렛은 별미 중의 별미다. 그의 버섯 오믈렛을 화가이자 조각가인 그의 형도 먹었고, 나중에 그

형의 전기를 쓰기 위해 취재차 온 여자와 그녀의 새신랑도 먹게 된다.

『아주 특별한 요리 이야기』에서 가장 중요한 요리로 등장하는 것은 특별할 것 하나 없는, 평범하고 일상적인 요리인 오믈렛이다. 이 오믈렛 조리 비법을 가르쳐 달라는 어느 미식가의 편지에 유명한 요리사는 이런 답장을 보냈다고 한다.

'오믈렛 조리법은 이렇습니다. 신선한 달걀을 그릇에 깹니다. 잘 풀어줍니다. 잘 자른 버터를 불에 녹입니다. 달걀 푼 것을 거기 넣어서 잘 흔듭니다. 이 요리법이 선생을 기쁘게 한다면 저도 즐겁겠습니다.'

하기사 이 책에 소개된 망고 빙수 레시피도 어이없기는 마찬가지다.

'1. 아이스크림 만드는 기계를 구입한다.

2. 망고 몇 개를 산다.

3. 망고 빙수 만드는 방법을 그대로 따라한다.'

평범한 요리를 특별하다고 말하는 이유는 요리를 만든 사람만 알고 있게 마련이다.

"예술에서는 세 가지 질문만 할 수 있어. 나는 누구인가? 당신은 누구인가? 그리고 대체 무슨 일이 벌어지고 있는가?"

저명한 예술가인 형 바르톨로뮤의 말인데 형의 전기 작가에게 타퀸은 형 이야기 대신 자기 이야기만 잔뜩 늘어놓다 불쑥 이렇게 말한다.

"아마 로라도 알겠지만 내 세례명은 로드니였어요. 타퀸은 내가 맘에 드는 이름을 찾아 심혈을 기울인 끝에, 셰익스피어의 작품에 나오는 카리스마 넘치는 악인의 이름에 영향을 받아 지은 이름이지요."

 "우리 문화권에서는 행위와 생각의 차이가 우스꽝스러우리만치 과장되어 있지요. 살해하고 싶은 욕망을 마음에 품는다면 그건 살인을 저지른 것과 다를 바 없어요. 행동으로 옮기는 것과 생각하는 것의 차이는 종잇장 정도일 뿐이지요.”

예술가와 살인자, 이 둘의 차이에 대해 타퀸은 분명한 소신을 가지고 있다. 그에 의하면 예술가는 이 세상에 영원히 인상을 남기고 싶어 하는 욕망을 가진 자다. 자기에 대한 기억을 남기고자 하는 예술가의 욕망에 비하면 살인자는 현실과 현대 세계의 미학에 더 잘 적응하는 인물이다. 왜냐하면 그는 존재 사실을 남기는 대신 궁극적이고도 성취감 높은 무언가를 남기는 인물이기 때문이다. 그 뭔가란 바로 ‘존재하지 않음’ 이다. 목숨을 빼앗는 대신 그 자리에 몇 가지 아스라한 추억과 함께 ‘존재하지 않음’ 이라는 사실을 들여놓는 것. 돌을 집어서 연못에 던지고 나서 잔물결이 일지는 않는지 확인하는 것….

추리소설인데도 탐미주의 철학서처럼 읽히는 대목이 많다.

향수

파트리크 쥐스킨트 Patrick Süskind, 1949~

"그러니 나를 좀 제발 그냥 놔두시오."

쥐스킨트를 처음 알게 되었을 때, 이 대사를 영 잊을 수 없었다. 힘겨운 일상들과 얽히고설킨 온갖 관계들에서 벗어나고 싶어서 덩달아 속으로 그 대사를 자꾸 외쳐대던 날들. 철저한 은둔으로 유명한 그를 두고 사람들은 괴짜라고 하지만, 작가라면 친구고 부모고 자식이고 가리지 않고 몽땅 절연하고 싶은 욕구가 분명 있을 거라고 생각한다. 자꾸만 뻔한 일상의 행복(정말 행복하냐고 묻기라도 해주지…) 속으로 끌고 들어가지 못해 안달하는 사람들과 기를 쓰며 거리 두기.

더러 붙임성 좋고 사교성 뛰어난 작가들을 보게 되지만 그들이 돌연변이일 뿐, 작가라면 적어도 고독을 견디겠다는 자세와 외고집, 불타협이 필요하다고 믿는다.

희곡 『콘트라베이스』의 성공으로 필명을 알리게 된 그는 곧 '어느 살인자의 이야기' 라는 부제가 붙은 장편 『향수』로 단숨에 독자들을 사로잡는다. 『비둘기』에 이어 1991년에 발표한 『좀머 씨 이야기』로 많은 팬을 확보했는데, 그동안 "나 좀 내버려 둬!"라고 외치고 싶었던 사람들이 참 많았나 보다.

『로시니 혹은 누가 누구와 잤는가 하는 잔인한 문제』로 독일 시나리오 상을 받았고, 단편집으로 『깊이에의 강요』가 있다.

파리의 첫인상을 잊지 못합니다. 시차와 수면 부족과 감기 기운 탓이었는지 파리에서 지낸 며칠이 그때까지 품고 있던 그 도시에 대한 환상을 깨뜨리기에 충분한 시간이었죠. 카페에서 만난 화장한 남자의 지독한 향수 냄새 때문에 머리는 더 지끈거렸고, 몽마르트 언덕을 오를 땐 개똥을 밟지 않으려고 애써야 했고, 교통신호를 무시하고 아무렇게나 활보하는 사람들, 그냥 내려주면 될 것을 몇 바퀴 뱅뱅 돈 다음에 내려줘서 엄청난 요금을 내게 한 택시, 꼬박꼬박 화장실 사용료를 받는 낡고 비좁은 카페들. 한국 음식점의 비싸기만 하고 맛없는 요리는 더 치명적이었죠. 화학조미료 범벅인 떡국과 파전은 지금까지도 입맛을 버리는 기억으로 남아 있습니다.

하긴, 이게 다 옛날이야기일 겁니다. 20년 다 된 옛이야기를 굳이 할 필요는 없을 거예요. 그렇다면 200년이 훨씬 지난, 거의 3세기 전의 파리로 가보는 건 어떨까요? 당시에도 파리는 유럽의 중심도시였는데 파트리크 쥐스킨트는 이 도시를 거대한 악취 덩어리로 묘사하고 있네요. 길에서는 똥 냄새가, 뒷마당에서는 지린내가, 계단에서는 나무 썩는 냄새와 쥐똥 냄새가 코를 찌른다는군요. 부엌에서는 상한 양배추와 양고기 냄새가 퍼져 나오고 거실에서는 곰팡내가, 침실에서는 눅눅한 이불 냄새와 함께 요강에서 나는 지독한 오줌 냄새가, 굴뚝에서는 유황 냄새가, 사람들에게서는 충치로 인한 구취와 쉰 땀 냄새와 상처 곪은 냄새가 난답니다. 강이고 광장이고 교회고 어디고 할 것 없이 악취에 휩싸여 있죠. 농부와 성직자와 장인과 귀족, 심지어는 왕까지도 악취에 젖어 있고요.

그는 강변에 서서 냄새로 파리 전역을 샅샅이 여행합니다. 뇌일리 인근의 초원 냄새, 생 제르맹과 베르사유 궁전 사이에 있는 숲의 냄새, 생 퇴스타슈와 시청 사이의 구역 냄새, 루앙이나 카엥처럼 멀리 떨어져 있는 도시의 냄새까지 그는 놓치지 않습니다. 서쪽 생 토노레 방향도 가보고, 생 안투안느를 거쳐 바스티유까지 그리고 강 건너편 부자들이 사는 소르본느도 냄새로 꼼꼼하게 탐색합니다. 그는 숨을 쉴 때마다 새로운 냄새, 예상치 못한 냄새, 적대적인 냄새가 나타나지 않을까, 혹은 마음에 드는 냄새를 놓치지나 않을까 걱정하느라 자유롭게 숨을 쉬지 못하죠.

파리에서는 사람들의 눈을 피해 숨을 수 있는 장소가 단 한 곳도 없었는데, 파리를 벗어나자 그는 진하게 뭉쳐 있던 사람들의 냄새 덩어리로부터 벗어나 마음 놓고 숨을 쉽니다. 그는 호흡의 자유를 찾아 점점 더 사람들이 없는 곳으로 향합니다.

그는 코의 나침반에 의지해 자꾸 더 외진 곳, 인간의 냄새가 없는 고독의 극점을 향해 갑니다. 그곳은 오베르뉴 산맥 한가운데에 위치하고 있었죠. 클레르몽에서 남쪽 방향으로 닷새 정도의 거리에 위치한 플롱 뒤 캉달이라는 이름의 2,000미터 높이의 화산 봉우리 꼭대기. 동쪽에는 생 플루트의 드넓은 고지대와 리우 강의 늪지대가 펼쳐져 있고, 북쪽은 석회암으로 이루어진 산맥, 서쪽에서는 가벼운 아침 바람에 돌과 억센 잡초 냄새만 실려 올 뿐이고, 남쪽으로는 산에서 뻗어 나온 지맥들이 수 마일의 트뤼예르 협곡을 형성하고 있는 곳.

아무 냄새도 맡을 수 없는 곳. 고요만이 남아 있는 곳. 난파선의 선원이 오래 표류하다가 드디어 사람이 사는 섬을 발견했을 때처럼 그는 고독의 극점에 서서 기쁨의 탄성을 터뜨립니다. 그의 행복한 비명소리는 밤이 깊을 때까지도 계속됩니다.

#114

사람의 향기

천재와 우리네 보통사람의 구분은 공식으로 이루어진다. 천재는 공식을 모르고도 그냥 저절로 답을 이끌어낸다. 우리는 애써 공부해서 공식의 시작과 끝을 알아야만 비로소 답을 알아낼 수 있다. 아무리 노력해도 우리는 천재만큼 알 수가 없고 잘할 수가 없다.

그렇다고 천재는 늘 부러움의 대상일까. 『좀머 씨 이야기』로 우리나라 독자들에게 자신의 낯선 이름을 금세 매력적인 작가의 이름으로 바꾸었던 파트리크 쥐스킨트가 들려주는 어느 살인자의 이야기. 이것은 한 천재의 악취 진동하는, 결코 부럽지 않은 일생의 이야기다.

18세기의 파리. 그 시절에는 인류가 아직 박테리아의 분해활동에 제약을 가할 방법을 알지 못했으므로 인간의 활동 중 냄새 없이 이루어지는 것은 하나도 없었다. 사람이 모인 곳에서는 항상 참을 수 없는 냄새가 났다. 따라서 프랑스에서 가장 큰 도시인 파리는 한마디로 프랑스에서 '가장 악취가 심한 곳'일 수밖에 없었다.

파리 내에서도 악취가 지옥의 냄새처럼 배어 있는 곳에서 1738년 7월 17일, 그 해의 가장 무더웠던 날에 장 바티스트 그르누이가 태어났다. 그는 태어나자마자 부패된 생선 내장과 잘린 생선 대가리 틈에 내던져졌다. 그의 생모는 앞서 그녀가 출산했던 네 명의 영아들처럼 그 핏덩어리가 저녁 무렵에는 멀리 쓰레기로 버려질 거라고 생각했지만 새 생명은 자신의 존재를 쉽게 포기하지 않고 울음으로 나타냈다. 결국 아이는 살고 아이 엄마는 단두대에서 목이 잘려 죽는다.

"애가 전부 빨아먹는 바람에 나는 이제 뼈만 앙상하다고요. 이 아이가 세 명 몫이나 먹어치우는 동안 난 체중이 10파운드나 줄었다니까요. 이 아인 악마에 씌었어요. 이 사생아 몸뚱어리에서는 아무 냄새도 나지 않아요. 사람의 아이라면 누구한테서나 나는 그런 향기가 없다고요."

아이에게 젖을 먹이도록 고용된 여인이 더 이상 그에게 젖을 먹일 수 없다고 말하는 이유. 그것은 황당하게도 그에게서 아무런 냄새도 맡을 수 없다는 내용이었다.

냄새 없는 그르누이는 영혼이 없는 여인에게 맡겨진다. 어린 시절 이마와 코가 만나는 바로 그곳을 부지깽이로 맞아 후각과 함께 인간적 감정을 잃어버린 그 여인은 고아들의 양육을 돈벌이로 하고 있었는데 그는 보살핌, 애정, 다정함, 사랑 등 아이에게 필요하다는 그 모든 것들이 없는 여인 밑에서 죽지 않고 잘 자란다.

그는 사랑을 거부하고 생명을 선택한다. 그는 진드기처럼 자기 자신 속에 틀어박힌 채 더 좋은 때가 오기를 기다리며 산다.

학교에서는 저능아 취급을 했지만 그에게는 아주 특별한 능력과 재능이 있었다. 그것은 바로 냄새를 통해 주변의 모든 사물을 파악할 수 있다는 것이었는데 그가 구분할 수 없고, 확인할 수 없고, 기억하지 못하는 냄새는 하나도 없었다. 그는 냄새의 분류와 재조합에서 말할 수 없는 쾌감을 느꼈다. 또 다른 사람들이 눈으로 볼 수 있는 것보다 더 세세한 것들까지 냄새로 알 수가 있었다. 그에게는 좋은 냄새, 나쁜 냄새라는 일반적 분류가 무의미했다. 그는 이 세상에서 냄새라고 부를 수 있는 모든 것을 있는 그대로 소유하고 싶어서 모든 냄새를 먹어치우고 빨아들였다.

1753년 9월 1일, 바람에 뭔가가 실려 왔다. 그것은 거의 알아차릴 수 없을 정도로 작고 미세한 한 조각, 향기의 원자였다. 극히 짧은 순간 은근한 암시처럼 향기 한 조각이 나타났다가는 곧 사라져 버려서 그는 심장까지 아파졌다. 그 향기를 갖고 싶다는 욕망. 그 향기를 알아내지 못하면 향기에 대해서는 영영 아무것도 알지 못하게 될 거라는, 아니 그 냄새를 붙잡는 데 실패한다면 자신의 인생은 실패라는 생각이 그를 강 건너편으로 향하게 했다.

냄새를 추적해 간 그에게 촛불에 비친 한 소녀의 뒷모습이 잡혔다. 소녀의 목을 조를 때 그는 눈을 꼭 감고 있었다. 향기를 하나라도 놓칠세라 그는 자신의 내부에 있는 모든 방에 빗장을 질렀다. 소녀의 향기를 마지막 한 방울까지 다 들이마신 밤, 그는 비로소 자신이 어떤 사람인지 알게 되었다.

그는 자신의 운명을 회피할 생각이 없었다. 향기의 세계에 혁명을 일으킬 수 있는 사람은 자신뿐이었다. 수백만 가지의 냄새 조각들을 분류해서 체계적인 질서에 따라 배열하고 냄새로 이루어진 근사한 성채를 짓는 것. 누군가 좋은 냄새를 가지고 있다면 그것을 빼앗아 자신의 것으로 만들어야 했다. 그것이 바로 '향기의 법칙'이었다.

그는 그렇게 멋진 일이 살인으로부터 시작되었다는 사실에 조금도 개의치 않았다. 천재 향수 제조인이자 살인마의 탄생. 악마성을 지닌 천재들이 모두 외부로부터의 어떤 계기를 통해 정신적 혼돈의 소용돌이 속에서 자신의 길을 찾아낸 것처럼 그도 그렇게 향기의 창조자가 되어야 했다.

자신에게 체취가 없다는 사실을 알게 된 뒤 그르누이는 인간의 냄새를 만들 계획을 세웠다. 사실 인간의 냄새라는 것은 존재하지 않았지만, 인간의 냄새라고 뭉뚱그려 말할 수 있는 그런 냄새가 있어서 그는 '인간의 냄새'를 지니고 있는 향수를 만들었다.

그는 그 향수를 바르고 사람들 속으로 들어갔고 감쪽같이 사람들을 속였다. 극히 한정된 재료만을 갖고도 천재성을 이용해 인간의 냄새를 만들어낼 수 있게 되자 그는 인간의 냄새일 뿐만 아니라 초인간적이기도 한 냄새, 그러니까 그 냄새를 맡은 사람은 누구나 다 그 냄새의 주인공을 마음속 깊이 좋아할 수밖에 없는 천사의 냄새를 만들기로 했다. 그는 전지전능한 냄새의 신이 되고 싶었다.

연쇄 살인범으로 체포된 그는 이제 막 여자로 피어나는 나이의 아름다운 소녀들 스물다섯 명에게서 채취한 향기로 사형 집행장을 집단 난교의 대규모 향연장으로 변모시킨다.

그는 처형대 위에 서서 자신이 완벽하게 승리했음을 과시하며 냉소를 짓는다. 그렇게 자신의 생에서 가장 위대한 승리를 맛보고 있다가 갑자기 그는 두려워지기 시작했다. 그 순간 그의 내면에서 인간에 대한 모든 역겨움이 되살아나 승리를 철저하게 무너뜨렸기 때문이다.

사람들로 하여금 자신을 사랑하게 만드는 일에 성공한 그 순간 그 일이 참을 수가 없게 되다니! 그는 자신이 사랑이 아니라 증오 속에서만 만족을 얻을 수 있다는 사실을 깨닫는다.

마음만 먹으면 못할 일이 없다는 건 축복일까? 그렇게 할 수 있는 능력을 지니면 행복해질까? 하지만 그르누이는 사람들로부터 사랑을 이끌어 내는 힘을 갖고서도 절망에 빠진다. 그 힘이 미치지 못하는 곳이 꼭 한 군데 있어서였다. 그곳은 바로 자기 자신. 그는 세상과 자신 그리고 향수를 비웃고 만다.

"냄새는 오랜 세월 잡초에 묻혔던 지뢰처럼 우리의 기억 속에서 조용히 폭발한다"면서 감각에 대한 뛰어난 저서를 여러 권 쓴 박물학자 다이안 애커만 Diane Ackerman은 숨 쉴 때마다 냄새를 맡을 수밖에 없는 우리의 운명을 이야기한다.

보기 싫으면 눈을 감으면 되고 듣기 싫으면 귀를 막으면 되지만 냄새를 맡기 싫다고 코를 오래 막으면 우리는 죽는다. 살아 있는 인간으로 숨을 쉴 때마다 우리는 냄새분자를 우리의 생체조직에 넘쳐흐르게 한다.

우리의 잠재의식 속에 지뢰처럼 묻혀 있는 냄새들. 냄새만큼 기억에 오래 남는 것도 없어서일까. 『향수』를 처음 대한 후 오랜 세월이 흘렀는데도 이 소설은 가끔씩 바람에 악취와 향기를 번갈아 전해오고는 해서 낡은 책장을 다시 뒤적이게 된다.

아기의 얼굴 중앙에서 두 개의 구멍을 싸고 있는
식충식물의 꽃받침처럼 코를 벌름거리면서
눈보다 더 예리하게 테리에를 탐색하는 듯이 보였다.
마치 코로 테리에에게서 뭔가를 휘감아 빨아들이는 것처럼 말이다.
그것을 막을 수도, 그걸 피해 숨을 수도 없었다…….
그 자신은 아무 냄새도 없는 아이가
뻔뻔스럽게도 남의 냄새를 맡고 있다니!
냄새로 남의 존재를 알아차리다니!
테리에는 갑자기 자신의 몸에서 땀 냄새, 시큼한 체취,
절인 양배추 냄새 그리고 빨지 않은 옷 냄새 등의
악취가 퍼져나가는 기분이 들었다.

– 『향수』 중에서…

Der
Vorleser

책 읽어주는 남자

베른하르트 슐링크Bernhard Schlink, 1944~

법대 교수이자 헌법재판소 재판관도 겸하고 있는 그가 처음에 쓰기 시작한 건 추리소설이었다.
1987년 『젤프의 법』으로 작품 활동을 시작한 그는 『젤프의 기만』, 『젤프의 살인』, 『고르디우스의
매듭』 등의 추리소설을 발표해, 두 개의 추리문학 작가상을 수상했다. 그의 데뷔작은 〈죽음은 친
구처럼 왔다〉라는 제목의 추리영화로도 제작되었다.

1995년 작인 『책 읽어주는 남자』는 1999년 〈오프라 윈프리 쇼〉의 북클럽에 소개되어 미국에서만
100만 부가 넘게 팔리는 베스트셀러가 되었다. 35개국어로 번역 출간된 이 작품이 최근 영화로
만들어져 다시 한 번 화제를 불러일으키며 전 세계에서 책 판매고가 부쩍 높아졌다. 작가는 여주
인공이 왜 자살을 택하는가 묻는 질문에 이렇게 대답한다.

"모든 자살이 그렇듯이 한나의 결정은 작가 자신에게도 알 수 없는 비밀로 남아 있다."

다만 교도소를 세상으로부터의 후퇴의 장소로 받아들인 그녀가, 뒤늦게 자신의 생의 흐름을 되돌
릴 수 없다는 절망에 빠진 것이 아닐까 짐작할 뿐이라고.

단편집 『사랑의 도피』와 『다른 남자』도 독자들에게 좋은 반응을 얻고 있다.

'비행기의 엔진이 고장 났다고 해서 그것이 비행의 끝은 아니다. 비행기는 날아가던 돌멩이처럼 하늘에서 떨어지지는 않는다. 계속해서 미끄러지듯이 날아간다. 초대형 다발 여객기는 착륙 시도 시에 산산조각이 날 때까지 30분에서 45분 정도까지는 날아간다. 승객들은 아무것도 눈치 채지 못한다. 오히려 이때의 비행은 조금 더 조용하다. 승객들은 어쩌면 약간 더 조용해진 비행을 특히 쾌적하게 느낄지도 모른다.'

그해 여름 그는 그녀와 사랑의 활공비행을 합니다. 그들은 『전쟁과 평화』를 들고 먼 러시아 여행길에 나섭니다. 그러나 40에서 50시간은 걸린 그 여행 후 그들의 관계는 새로운 책을 시작하지 못한 채 산산조각이 납니다. 남자는 책을 읽고 여자는 그걸 들으며 떠나는 여행. 황혼 속에서 그는 그녀와 함께 침대에 머물고 싶어서 더 오랫동안 책을 읽죠. 이윽고 그녀가 그의 몸 위에서 잠들고 마당의 톱질 소리가 잦아들면 그리고 지빠귀 노랫소리가 들려오고 부엌의 물건들이 음영 속에 잠길 때면 그는 이 세상에서 가장 행복했습니다. 하지만 고장 난 비행기가 추락의 운명을 피하기란 어려운 일입니다.

그는 일요일들을 기억합니다. 법대를 다니며 금요일마다 세미나 모임을 갖느라 법정에서 보내는 날들이 많아지자 그에게는 자연의 색깔과 냄새를 향한 새로운 열망이 생기죠. 그래서 그는 일요일만 되면 집을 나서서 똑같은 산책 코스를 돕니다. 하일리겐베르크, 성 미하엘 교회, 비스마르크 탑, 철학자의 길, 강가 등. 때로는 뜨거운 열기의 아지랑이 속에서, 때로는 비의 베일 너머로, 때로는 시커먼 비구름 아래에서 짙어지는 신록과 라인 평야를 바라보던 그. 숲 속에서 햇빛을 듬뿍 받고 있는 산딸기와 꽃향내를 맡으면서, 비 내리는 날의 흙냄새를 맡으면서, 지난해 떨어진 낙엽이 썩어가는 냄새를 맡으면서 자연의 더없는 다채로움을 느끼던 그. 하지만 원래 그는 그렇게 많은 다채로움을 필요로 하지도 않고 추구하지도 않는 성격이죠.

그래도 그는 좀 더 대담해져야겠다고 생각해서 실론과 이집트 그리고 브라질 등지를 여행합니다. 그러다 결국 미뤄두었던 장소를 찾아 출발하기로 하죠. 수 주일을 기다린 끝에 비자를 받고 엘자스에 있는 슈트루트호프 강제수용소를 찾아가는 길. 그때까지 한 번도 강제수용소를 본 적이 없는 그는 판에 박힌 진부한 이미지들을 몰아낼, 실제의 것을 보고자 하죠. 히치하이크를 해서 슈트라스부르크를 지나 소도시 쉬르메크에 가서 그는 '슈트루트호프-나츠바일러 강제수용소' 라는 팻말이 붙은 가시철조망을 두른 대문 앞에 섭니다.

막사들의 토대들 사이로 경사지게 이어진 계단을 따라 내려가던 그. 막사에 전시되어 있는 화덕들을 보며, 또는 독방들과 가스실을 보며 수감자들과 감시원들 그리고 고통으로 가득 찼던 수용소의 모습을 세세하게 머릿속에 떠올려 보려고 헛되이 애를 쓰던 그. 그는 수용소에서 비참하고 부끄러웠을 뿐입니다. 그는 그녀의 범죄를 이해하고 싶었고 동시에 그에 대해 유죄 판결을 내리고 싶었지만, 이해와 유죄 판결, 그로서는 그 두 가지를 동시에 할 수는 없었습니다.

나이가 든 뒤 그는 다시 한 번 그 수용소를 찾아갑니다. 두 번째 방문은 아주 맑고 추운 겨울날에 이뤄지죠. 나무들은 하얀 가루를 뒤집어썼고 땅에도 하얗게 눈이 쌓였습니다. 포게젠 산맥의 탁 트인 경사지에 자리 잡은 강제수용소를 뒤로하고 돌아오는 길에 그는 한 마을에서 '꼬마' 라는 간판을 단 레스토랑을 발견합니다. '꼬마' 는 그녀가 그를 부를 때 쓰던 말이었죠.

#124

행복이 아니라
품위와 자유에 대해서 말할 때

이제는 없어진 출판사가 한때 미스터리 시리즈를 포켓북 형태로 펴냈었다. 흥미진진한 추리의 세계로 초대한다면서 편집자들은 이렇게 말했다.

"인간이란 복잡하고도 난해한 존재입니다. 그의 내면에는 선량함과 사악함, 분별력과 맹목성, 문명과 야만이 동시에 존재하며 사랑과 증오, 우정과 불신, 관용과 편견이 혼재합니다. 인간의 갖가지 행위 중에는 남김없이 이해할 수 있는 것도, 완전히 이해할 수 없는 것도 없습니다."

나도 한때 추리소설 작가가 되는 꿈을 꾼 적이 있었다. 인간이라는 모호한 존재를 논리와 재미로 파헤치는 추리소설이라는 장르가 아주 매혹적이었다. 하지만 인간의 꿈과 욕망이라는 기본 얼개에 뼈와 살과 피가 제대로 붙어 그럴 듯한 형상으로 나타나는 행운은 얼마나 드문가.

『유니스의 비밀』은 그 미스터리 시리즈의 아홉 번째에 있는 작품인데 『책 읽어주는 남자』를 처음 읽기 시작했을 때 '데자뷰'와 '세렌디피티'라는 단어가 동시에 떠올랐다. 어쩌면 베른하르트 슐링크가 루스 렌들Ruth Barbara Rendell의 아이디어를 살짝 차용한 것일까. 여주인공이 필사적으로 감추려드는 비밀

#125

의 내용과 그 결과 이어지는 법정 장면이 두 소설의 공통점이다.

차이점은 유니스는 자신의 비밀을 지키기 위해 살인죄를 저지르지만 『책 읽어주는 남자』의 한나는 비밀을 지키기 위해 살인죄를 다 인정한다는 것이다. 물론 이 차이점은 아주 큰 것이어서 두 소설은 전혀 다른 색깔의 작품이 된다.

애거서 크리스티Agatha Christie 이후 영국을 대표하는 추리작가가 된 루스 렌들은 극단적인 인물을 통해 서스펜스를 만들어낸다. 그녀는 사건보다 인간성으로 독자를 서스펜스의 한계까지 몰아간다. 개인의 이상심리가 일상생활에 균열을 일으키면서 보여주는 공포가 그녀의 특기다.

최근 우리는 추리소설이 아니라 실제상황으로 그런 공포를 자주 대하게 된다. 바로 사이코패스 범죄의 공포인데, 내가 좋아하는 배우 랄프 파인즈Ralph Fiennes는 어쩐 일인지 〈쉰들러 리스트〉의 냉혹한 나치 대령, 〈레드 드래곤〉의 연쇄 살인마, 〈해리 포터〉의 볼드모트, 〈킬러들의 도시〉의 킬러 보스 등 나쁜 짓을 하는 걸 알면서도 양심의 가책을 느끼지 않는 사이코패스의 모습을 영화 속에서 자주 보여주고 있다. 그런 그가 『책 읽어주는 남자』를 원작으로 한 영화 〈더 리더〉에 출연한 뒤 이런 말을 한다.

"인간으로서의 성공 여부는 그가 살아 있는 존재의 감정을 어떻게 채울 것인지, 다른 존재들과 어떻게 조화를 이루고 살아갈 것인지에 달려 있다. 난 단지 돈이나 사업이 잘된 사람에게 성공했다는 말을 붙이지 않는다. 성공이란, 다른 사람에게 무언가를 베풀 수 있는 존재가 되는 것이다."

한 법대생이 법정에서 피고가 자존심 때문에 중죄를 선고받을 처지에 놓인 것을 보게 되었다. 그는 피고가 단지 자신의 비밀이 알려지는 걸 원치 않아 하지도 않은 일을 한 것으로 인정하고 있다는 걸 알아차린다. 그는 궁금했다. 피고에게는 자신의 이미지가 감옥에서 보낼 세월 이상의 가치가 있다는 말일까?

그건 정말로 그만한 가치가 있을까? 비밀을 지키기 위해, 아니 거짓된 자기 이미지를 지키기 위해 중형을 선고받는 길을 택하는 피고를 보며 그는 갈등한다. 자신이 사실을 밝힘으로써 피고를 구해주어야 하는 걸까? 그는 이 문제를 의논하기 위해 아버지를 찾아가는데 아버지는 아들에게 주체로서의 인간과 그의 자유 그리고 품위에 대해 이야기한다.

"어른의 경우에는 내가 그들에게 좋다고 생각하는 것을 그들 스스로가 좋다고 여기는 것보다 우위에 두려고 하면 절대 안 돼."

『책 읽어주는 남자』는 인간의 수치심과 자존심을 소재로 한 소설이다. 이 소설은 그러니까 인간의 행복이 아니라 품위 또는 자유에 대해서 이야기하고 싶어 한다. 어떠한 경우에도 인간을 객체로 보아서는 안 된다는 아버지의 충고를, 아들은 진실을 밝히는 대신 피고의 선택을 존중해야 한다는 말로 알아듣는다.

"네가 상대방을 위해 무엇이 좋은 건지 알고 있고 그 사람이 그것을 깨닫지 못하고 있는 상황이라면, 너는 마땅히 그 사람이 그에 대해 눈을 뜨도록 해주어야 한다. 물론 최종 결정은 본인한테 맡겨두어야 한다. 하지만 그 사람과 이야기를 해야 해. 그 사람과 직접 말이야."

"상대방과 이야기할 수 없으면, 어떻게 되는 건가요?"

열다섯 살 가을, 황달에 걸린 그는 서른여섯 살 한나를 만나 첫사랑을 하게 된다. 그들의 만남은 일정한 의식으로 진행된다. 책 읽어주기, 샤워, 사랑 나누기 그리고 나란히 누워 있기…. 모든 첫사랑이 그러하듯이 분명한 것은 상대에 대한 나의 마음일 뿐 나에 대한 상대의 마음은 알 수가 없다. 그래서 그는 자신의 절대적 몰입에도 불구하고 자신에 대한 한나의 사랑에 대해서는 확신을 갖지 못한다. 그러다가 어느 한순간 그가 한나를 잠깐 외면하는 일이 생긴다. 그 짧은 순간 속에 그녀를 향한 내키지 않는 마음이 뭉쳐 있었던 것이다. 그리고 갑자기 한나가 사라진다.

첫사랑이 깨진 다음 누구나 후유증에 시달리게 된다. 자신과 상대에 대한 불신과 환멸. 간혹 그 상처가 너무 깊은 나머지 다시는 사랑을 하지 못하는 이도 있다.

말 한마디 없이 사라지기는 한나의 주특기인데 그 이해할 수 없는 행동 뒤에는 그녀의 본원적인 약점이 있다.

"그러니까 저는… 제 말은… 하지만 재판장님 같았으면 어떻게 했겠습니까?"

그녀는 어떻게 달리 행동해야 하는지 몰라서 나치 친위대에 들어갔고, 수용소에서 감시원이 되었고, 교회에 가둔 유대인 여자들이 불에 타 죽는 걸 방관했다. 글을 읽지도 쓰지도 못한다는 치부를 감추기 위해 그녀는 회피하고 방어하고 숨기고 위장하고 또 남에게 상처를 주며 살아왔다. 그녀에게는 범죄자의 정체가 드러나는 것이 문맹의 정체가 드러나는 것보다 두렵지 않았다. 그녀는 자신의 이익보다 자신의 진실과 정의를 좇으며 살아왔다. 그것은 안타까운 진실이자 안타까운 정의일지 몰라도 그녀의 것이었다.

종신형을 선고받은 그녀만이 아니라 그의 인생도 순조롭지 않았다. 그의 내면에 박혀 있는 그녀와의 관계에 대한 기억이 그의 현실생활을 어렵게 했다. 한나가 수감된 지 8년이 지난 어느 날, 그는 예전에 그랬듯 책을 읽어 카세트

테이프에 담아 보내기 시작했다. 그는 어떤 사적인 말도 담지 않았고 그녀의 안부도 묻지 않으며 계속 책을 읽어 보냈다. 그렇게 10년이 또 지나갔다. 그러다가 그녀가 사면을 받아 석방되기 전 두 사람은 만난다. 그리고 그가 그녀를 데리러 오기로 한 날 새벽에 그녀는 목을 매단다.

'한나에 대한 사랑 때문에 겪은 나의 고통이 어느 면에서는 나의 세대의 운명이고 독일의 운명이라는 사실, 그리고 그 때문에 나는 다른 사람들보다 그 운명에서 더욱 빠져나오기 힘들고 또한 다른 사람들보다 슬쩍 넘어가기도 힘들다'는 언급처럼 이 소설 전반을 지배하는 사랑과 죄의식, 그리움과 부끄러움, 이해와 갈등, 배신감과 책임감… 이런 서로 상반되는 심리는 개인적인 것과 동시에 공동체로서의 것이기도 하다. 인간은 한 개인으로든 집단으로든 지난 시간에서 자유롭기가 어렵다는 점을 다시 한 번 생각해본다.

The Sea
The Sea

바다여 바다여

아이리스 머독 Iris Murdoch, 1919~1999

20세기 영국의 대표적 작가인 아이리스 머독은 영어로 된 최초의 사르트르 연구서를 쓴 철학자로도 유명하다. 하지만 그녀는 옥스퍼드 대학 철학교수직을 사직하고 문학작품 창작에만 몰두한다. 1954년 『그물 속에서』로 등단, 『바다여 바다여』로 부커상을 수상했다. 조지 엘리엇 George Eliot 이래 가장 지적인 작가로 불리며 사랑을 받던 그녀가 기억과 언어를 잃고 말년을 비참하게 보냈다는 것은 충격적인 일이다.

'미모가 사라지고 머리가 이상해지던 말년에 그녀는 얼마나 미치고 약해졌던가. 그리고 아연실색할 만큼 추잡한 얘기를 자꾸만 되풀이하던 그녀는 얼마나 한심하고 따분한 상대였던가. 술 냄새, 눈물의 냄새 그리고 신경질…. 늙는다는 것은 처참하다. 나도 곧 그렇게 되리라.'

『바다여 바다여』 속의 이 문장을 영화 〈아이리스〉를 보는 내내 떠올렸다.

'글을 쓰고 있으려니까 앞에 펼쳐진 바다는, 온화한 5월의 햇빛을 받아 반짝인다기보다는, 차라리 광채를 낸다. 파도가 쳐도 잔물결이나 거품이 아무런 얼룩도 남기지 않으며 바다가 조용히 땅에 눕는다. 수평선 근처는 화려한 보랏빛이며, 에메랄드빛이 규칙적인 무늬를 수놓는다. 수평선은 쪽빛이다. 웅크린 노란 바위 더미가 솟아 시야를 가리는 바닷가 근처에는 차갑고 맑지만, 광채가 덜 나고, 투명하지도 않고 칙칙한 초록빛 띠가 보인다. 이곳은 북쪽이어서 밝은 햇살이 바다로 스며들지 못한다. 부드러운 물결이 바위를 때리는 곳은 아직도 피부 빛깔이다. 은빛 연필로 살짝 그은 듯한 쪽빛 수평선에는 하늘이 구름 한 점 없이 무척 하얗다.'

바다, 그는 그것을 묘사하는 글만으로도 책을 한 권 채울 수 있다면서 자기 회고록의 첫 구절을 바다 풍경으로 시작합니다. 그는 지금 바다가 내다보이는 창문에서 세 종류의 갈매기와, 제비와, 가마우지와, 노란 바위 위를 팔랑거리며 돌아다니는 수많은 나비들을 보고 있는 중이죠.

그는 슈러프 엔드 지역에 있는, 1910년경에 지어진 낡은 집을 삽니다. 집값은 싸지 않았고 전기나 난방 장치도 없었지만 그는 작은 곶 위, 그야말로 바위 꼭대기에 서 있는 집의 위치를 마음에 들어 합니다. 바다 쪽 창문에서는 온통 바다만 보이고, 밑쪽 창문에서는 바다 대신 바닷가의 바위들만 보이는 집. 영국 중부의 숲 지대에서 태어나 열네 살 때까지 바다를 보지 못했던 그는 왜 말년에 외딴 바닷가 마을로 왔을까요?

그는 돌투성이 바닷가에서 비를 맞으며 수영을 합니다. 아무도 없는 곳이라서 수영복도 입지 않습니다. 그는 발가벗고 앉아 따스한 비를 맞으며 바닷물을 구경합니다. 연극계에서 권세와 명성을 한껏 누렸던 그가 화려한 무대를 버리고 느닷없이 은둔생활을 선택한 것인데, 오직 바다의 침묵과 고독만을 유일한 벗으로 삼겠다는 결심은 그러나 꼬리를 물고 그의 앞에 나타나는 지난날의 여인들에 의해 혼란에 휘둘리게 됩니다. 파멸의 절벽 한 발자국을 남기고 가까스로 멈춰 설 수 있었던 그. 그건 바다의 계시였을까요?

그는 낭떠러지 위 풀밭에 침구를 펴놓고 드러누워 머리 위에서 반짝이는 밤하늘을 바라봅니다. 그러면서 부드러운 바다 소리에 귀를 기울입니다. 자아가 정화되는 순간. 밤하늘에서 반짝이는 무수한 별은 진실로 이끄는 빛의 원천이었던가요. 별들은 스스로의 운명을 찾아 조용히 흘러 떨어지죠. 별의 저편에 있는 별의 또 그 저편의 별까지 마법처럼 눈에 보이게 되는 우주적 체험. 그는 그 바닷가로 온 뒤 처음으로 물개까지 보게 됩니다.

인생에서 거센 폭풍의 계절을 보내고 난 뒤 그는 조용한 가을을 맞이하려고 다시 런던으로 돌아가죠. '서서히 런던의 가을이 무르익는다. 노랗고 빨갛고 환하게 얼룩진 플라타너스 잎사귀들은 눅눅한 보도에 작은 편지들처럼 붙어 있다. 콕스 오렌지가 상점에 나왔다. 식료품실 꼭대기 선반에 오렌지를 쌓아두었다. 나는 아침저녁으로 길거리를 걸어 둑으로 내려가서 굽이치는 템스 강의 영원한 드라마와 배터시 발전소의 음산한 탑 위에 펼쳐진 요란한 하늘을 구경한다. 나는 기다린다.'

그의 인생에 이번이야말로 진짜 아늑함과 신뢰와 평화가 찾아올까요?

질투는 사랑과 함께 태어나지만
사랑과 함께 죽지는 않는다

아이리스 머독이라는 작가를 내게 처음 알려준 사람은 문학평론가 유종호 선생이다. 아주 오래전 선생께 수필을 청탁했는데, 그때 받은 원고에 '행복의 슬픈 얼굴'이란 표현이 있었다. '나의 행복은 슬픈 얼굴을 하고 있다. 너무 슬퍼서 오랫동안 나는 그것을 불행인 줄 알고 내던졌었다'는 구절을 찾아낸 건 한참 뒤의 일이다. 그 말이 마음에 들어, 인터넷 검색이 없던 당시에 서울의 여러 대형서점과 출판사에 일일이 전화를 해봐도 그녀의 작품이 출판된 게 없는지 "모르겠다"는 대답뿐이었다. 그러다 우연히 들른 서점에서 『바다여 바다여』를 발견했을 때의 기쁨이란! 깨알 같은 활자가 빼곡히 들어찬 500쪽이 넘는 소설답게 책값은 당시로서는 고가인 3,500원이었다. 그 두께와 무게도 뿌듯했지만 책장을 열었을 때 현란한 묘사 속에 거침없이 펼쳐지는 바다 풍경이 눈보다 먼저 마음에 들어왔다.

1999년 어느 날 신문을 보다 아이리스 머독의 부음이 아주 짤막하게 실려 있는 걸 발견했다. 어리둥절한 기분이었다. 그때까지 그녀가 생존해 있을 거라는 생각을 조금도 하지 못했기 때문이었다. 그러나 신문에는 그녀의 불우한 말년에 대한 언급이 조금도 없었다.

열정과 지성과 매력, 모든 걸 다 갖춘 자유분방한 여자였던 그녀가 알츠하이머병에 걸려 죽음과도 같은 길고 막막하고 어두운 망각 속에 잠겨 있었다는 걸 알려준 건 영화 〈아이리스〉였다. 영화에서 케이트 윈슬렛Kate winslet은 빛나는 얼굴로, 주디 덴치Judi Dench는 굼뜨고 두려움에 가득 찬 몸짓으로 아이리스 머독을 연기했다. 영화를 보고 난 뒤 왈칵 밀려든 감정이 뭐였는지 분명히 알 순 없지만 한동안 가슴이 먹먹해서 손을 놓고 가만히 있어야 했다.

『바다여 바다여』는 공기 없이 살 수 없듯 언어 없이도 살 수 없다던 머독이 그 언어를 놓치기 전 원숙한 필치로 마음껏 머릿속에 떠오른 생각들을 기록한 작품이다. 마침 그녀는 옥스퍼드대학 철학교수직을 사직하고 문학작품 창작에만 몰두하고 있는 중이었다. 케임브리지에서 비트겐슈타인Ludwig Josef Johann Wittgenstein에게 직접 철학을 배웠고, 옥스퍼드에서 그리스 라틴 문학 등 고전 문학을 공부한 그녀의 배경이 작품 곳곳에 드러난다.

이 작품의 번역을 맡은 안정효 선생은 『바다여 바다여』가 셰익스피어의 『템페스트』를 현대적으로 재해석한 작품이 아닌가 한다. 주인공 찰스 애로우비가 『템페스트』에서 프로스페로 역을 맡아 유명해졌고 그의 연극관이나 인생관이 셰익스피어의 그것들과 매우 닮았다는 이유에서다. 작품 여기저기에서 볼 수 있는 아름답고도 섬뜩한 바다 풍경의 묘사도 에어리얼의 노래처럼 여겨진다고 했다. 마법의 지팡이를 스스로 꺾어버리고 그 세계에서 벗어나 평화로운 생활로 돌아가려는 프로스페로, 아니 찰스는 '이제 나는 마술을 포기하고 은둔자가 될지니, 선함을 배우는 이외에 할 일이 아무것도 없다' 는 이야기를 정직하게 하기 위해 회고록을 쓰기 시작한다.

'글을 써야 한다는 필연성만큼은 확실한데, 이제껏 썼던 글과는 상당히 다르게 써야 한다. 지금까지 써온 덧없는 글은 일부러 무성의하게 쓴 글이었다. 이것은 오래 남아야 할, 영원한 내용이다.'

쓰다 보니 회고록이 아니라 일기가 될 것 같다면서 그는 아무 일도 일어나지 않을 바닷가 외딴 집에서 사건들이 아니라 생각들의 기록을 담은 일기를 적기로 한다. 그는 바다를 묘사하는 글만으로도 책을 한 권 채울 수 있다고 자신한다. 한때는 요리책 외에는 저서를 하나도 남기지 않겠다고 작정했던 이 연극계의 거물은 자신을 이렇게 소개한다.

'나는 찰스 애로우비이고, 이 글을 쓰는 지금 나이가 예순이 넘었다고 해두자. 나는 아내도 없고, 아이도 없고, 형제도 누이도 없고, 명성 때문에 찬란하고 나약해졌던 사람이다.'

그런데 연극계의 폭군으로서 누렸던 영광을 정리하고 평온한 바닷가에서 인생의 5막 5장을 준비하려던 그에게 난데없이 첫사랑이 나타난다. 마을에서 꼿꼿하고 늙은 여자가 후줄근한 갈색 천막 같은 옷을 입고 장바구니를 들고 느린 걸음으로 가게를 향해 걷는 모습을 보고 그는 달려간다. 그녀였다. 이마에는 굵직한 주름이 옆으로 패었고, 입 위에는 털이 길고 거무스레했고, 빨간 립스틱을 발랐고, 얼굴에는 분가루가 여기저기 덩어리를 지었고, 머리는 백발이었지만 그녀가 틀림없었다.

열두 살 때 신성하고 계시적인 사랑이 싹터서 열여덟 살이 되면 결혼하자고 약속했던 동갑내기 연인. 사랑의 보호를 받으며 천국에서 살고 있다고 믿었는데 뜻밖에도 그녀는 그와 결혼할 수 없다면서 갑자기 행방을 감춘다. 신문에 광고까지 내며 미친 듯이 그녀를 찾았지만 결국 그가 받아들여야 하는 쓰디쓴 진실은 '그녀가 다른 남자를 사랑하고 그를 원치 않는다' 는 거였다. 그녀의 잠적, 그녀의 결혼을 납득하고 나서 그는 그녀를 미워하지는 않았지만 질투의 악마에게 자신을 내어준다.

'질투란 아마도 강렬한 여러 감정 가운데 가장 마음이 내키지 않는 것인지도 모른다. 그것은 생각보다도 깊이 깔려 양심을 훔친다. 눈의 티처럼 그것은 항상 존재하며 세상을 더럽힌다.'

'질투보다도 더 심하면서 쓸모가 없는 정신적인 고통이 있다면 그건 아마도 후회일 것이다. 상실의 고통까지도 그보다는 덜 가혹한데, 후회는 회개가 아니다. 후회에는 죄의식이 포함되어 있지만, 그것은 고통스러운 아픔을 달래 줄 줄 모르는 무기력하고 희망도 없는 죄의식이다.'

'질투는 사랑과 함께 태어나지만 꼭 사랑과 함께 죽지는 않는다.'

머독은 사랑과 질투를 같은 현상의 두 표현으로 본다. 『바다여 바다여』에 나오는 인물들은 그러니까 사랑을 호소할 때 질투에 사로잡혀 있는 셈이고, 그 질투는 사랑이 끝났음에도 불구하고 살아남아서 집착과 탐욕을 부른다. 성심 강림 축일을 맞아 찰스의 바닷가 집을 찾아온 그의 옛 애인들과 옛 동료들은 저마다 질투와, 회한과, 두려움과, 돌이킬 수 없는 도덕적 실패의 소용돌이 속에서 허우적댄다.

누구보다도 질투심이 강한 찰스는 마침내 첫사랑인 하틀리를 그 못지않게 질투심 강한 그녀의 남편 벤으로부터 납치한다. 그는 그녀를 불행으로부터 구출해야 한다는 광기와 집념에 사로잡혀 분별을 잃고 앞으로만 돌진한다. 그러다가 어느 날 밤 그는 누군가에게 떠밀려 절벽에서 떨어진다. 죽음에 직면한 그는 바위에 머리를 부딪쳐 정신을 잃기 직전 검은 몸을 틀고 앉아 있는 바다

뱀을 본다. 초록으로 빛나는 눈을 가진 그 괴물의 정체는 질투였다.

"넌 욕망에 쫓겨 우리를 짓고는 텅 빈 그 속에다 그녀를 잡아넣었어. 허영, 질투, 복수, 젊은 시절에 대한 너의 사랑. 이런 강렬한 감정들이 온통 그녀를 둘러쌌지만, 그런 것들은 초점이 맞지를 않아 그녀에게 닿지 않았지. 넌 그녀의 영상을, 인형을, 헛것을 놓고 굿을 한 셈이야."

어떤 신비한 힘을 사용해 찰스를 구해준 사촌 제임스는 그에게 영혼의 인과응보라는 굴레에 대해 말한다. 그 제임스가 스스로 생각의 힘에 의해 의식을 단절시켜 세상을 떠난 뒤, 즉 해탈을 한 뒤 그는 여태껏 알지 못했던 묘하고 새로운 감각을 느낀다. 그것이 고독임을 깨닫고 그는 묻는다. 한 사람의 첫사랑은 누구인가? 진실로 누구였던가.

바닷가를 떠나 사촌이 남긴 유산인 런던의 아파트로 거처를 옮기고 나서 그는 자신의 사랑을 뒤돌아본다. 과거는 과거를 파묻고 침묵으로 끝나야 하지만, 그것은 눈을 뜨고 휴식하고 의식을 지닌 침묵일 수도 있다는 생각. 그것은 제임스가 말한 최후의 용서일지도 모른다.

그녀는 틀림없이 올 것이다.
그리고… 만일 오지 않으면… 조용히 벌써부터
준비해온 다른 계획들이 있다.
나는 속수무책이 되지는 않으리라. 기다려야지.
그런 생각을 하면서 나는 괴이하게
불안한 마음의 평화를 찾았다.

— 『바다여 바다여』 중에서…

어두운 밤 나는 적막한 집을 나섰다

페터 한트케 | Peter Handke, 1942~

걷는 사람이 생각하는 것만이 유효하다고 페터 한트케는 말한다. 걷는 사람만이 머리가 어깨 위에서 자라고, 걷는 사람만이 자기 발에 뒤꿈치가 있다는 것을 경험한다는 것이다. 걷는 사람만이 만회할 수 있으며, 자기 자신에게로 갈 수 있다는 것은 얼마나 유쾌한 선언인가! 나는 독자가 걷는 사람이라고 일방적으로 생각한다.

독일문학 안에서도 오스트리아 작가들을 편애하고 있다는 사실을 깨달은 건 얼마 전이다. 우선 한트케와 바흐만은 스무 살 전후의 나를 온통 사로잡은 작가들이었고 그밖에도 릴케와 무질, 비트겐슈타인, 옐리네크, 베른하르트… 변방의식에 기인했을지도 모르는 반권위적이고 비판적인 그들의 도발적 저항적 기류가 내게는 딱 좋았다.

한트케의 『왼손잡이 여인』과 『소망 없는 불행』은 문학이 독자에게(특히 여성 독자에게) 자신에 대해 생각하도록 가르쳐 주어야 한다는 본연의 역할을 다시금 일깨운다. 『페널티킥을 앞둔 골키퍼의 불안』, 『긴 이별 짧은 편지』, 『느린 귀향』, 『아무도 없는 만에서 보낸 나의 1년』 등의 소설과 『관객모독』, 『카스파』 등의 희곡이 있다.

'탁스함은 거의 잊혀진 곳이었다. 이웃도시 잘츠부르크의 주민들조차 대부분 그게 어디 붙어 있는 고장인지 모를 정도였다. 그 이름부터가 벌써 많은 사람들에게 낯설었다. 탁스함? 버밍함? 노팅함?'

'버스 앞머리 표지판에 탁스함이라고 써 붙인, 여느 버스들에 비해 승객이 더 많지도 적지도 않은 버스가 도심을 통과하는 게 더러 눈에 띄지만, 그 도시에서 그 버스를 직접 타본 사람은 아무도 없었다.'

'전후 신도시인 탁스함은 어쩌다가라도 놀러 갈 만한 곳이 못 되었다. 시선을 끌 만한 번듯한 여관 하나 없었고, 볼거리는커녕 팔짝 달아나게 할 만큼 놀라운 것조차 없었다.'

'늦은 밤이면 더 어둡고 적막해진 중심가를 이리저리 돌아다니다 길모퉁이에서 유령처럼 출몰하는 탁스함이라는 이름은 해가 갈수록 점점 더 사람들의 관심에서 멀어지는 듯했다.'

'탁스함은 홀로 고립되어 있어서 인근 마을에서조차 걸어가려면 한참 걸렸고, 그건 자전거로도 마찬가지였다. 특히 멀리서는 온갖 교통수단을 다 동원해도 탁스함에 이르기가 어려웠다.'

작가는 탁스함을 '온갖 교통수단의 삼각지대 안에 건설되어, 번잡한 도로들과 계속되는 커브 길을 돌고돌아 지하도로들을 통과하고 나서야 다다를 수 있는' 곳이라고 묘사합니다. 외부에서 그 많은 장애들을 극복하고 간신히 탁스함에 이르면, 진입 저지망 같은 게 또 하나 나타납니다. 철둑 뒤나 활주로 울타리 뒤나 어느 곳이든지 철책 아니면 관목 울타리들이 빽빽이 들어차 있어서, 탁스함이 또 하나의 원형 저지망을 두르고 있는 것처럼 보이는 것이죠.

그곳은 찾아 들어가기도 어렵지만, 걸어서든 차를 타든 다시 나오기는 더욱 어려운 곳입니다. 그토록 분명하게 보이던 길들은 한결같이 굽어들고, 한 블록을 우회하거나 작은 집의 정원들 사이로 헤매다 보면 어느새 출발점으로 되돌아가기 일쑤. 아니면 들판인지 뭔지 그 틈새로 희미하게 보일 뿐 그 사이를 뚫고 나갈 수 없는 울타리 앞에서 결국 다시 끝나게 마련입니다.

약사의 집은 탁스함 외곽의 시골 마을 강둑 변에 있는데, 그의 생활은 집과 약국 그리고 공항을 축으로 하는 삼각지대 안에서 이루어지죠.

'독수리 약국.' 이것이 탁스함의 약국 이름입니다. 약국은 조그만 구멍가게처럼 보입니다. 하지만 이 약국이 탁스함에 최초로 등장한 영업활동이었고 최초의 대중적 공공시설이었죠. 초창기에는 미개발지의 보건소 역할을 하다가 이후로는 차츰 임시 주민회관이 되어간, 지역의 중심입니다.

이야기가 진행되는 시기는 여름. 공항 주변과 그 뒤편 울타리 단지의 초원은 벌써 한 차례 풀을 베어냈는데도 그새 다시 훌쩍 자라 있죠. 멀리서 보면 그 지역에는 있지도 않은 밭처럼 보일 정도입니다. 한 해 중 과일이 거의 나지 않는 시기. 버찌는 이미 거둬들였거나 까마귀들에게 약탈당했고 사과도 아직 여물지 않아 파란 풋사과뿐인 그런 계절. 점심때면 약사는 탁스함과 잘츠부르크 공항 사이에 있는 숲으로 갑니다. 그는 숲속에 숨어 있는 또 다른 숲을 알고 있습니다. 그 작은 숲은 물웅덩이와 야생딸기 덤불에 둘러싸여 있죠. 그는 맨발로 맨땅을 밟는 것을 좋아합니다. 특히 이제 막 떨어진 밤나무 꽃잎들이 수북이 쌓여 있어 발걸음마다 부드러운 감촉이 느껴지는 그 숲길을 좋아합니다.

그해 여름 들어 처음으로 비가 내린 날. 그는 숲으로 갑니다. 날이 어두워져서 사물을 분간하기 어렵고 모든 것이 흐릿한 속에서 무언가가 번쩍합니다. 그리고 순식간에 칠흑같은 어둠이 찾아옵니다.

나는 왜 나이고, 여기에 있고, 어떻게 내가 되었을까?

"당신도 가끔 그럴 때가 있나요?"

그는 이렇게 묻고 나서, 한참 후에야 말을 이었다.

"그토록 오랫동안 찾아 헤매도 매번 허사였던 무언가를 얼떨결에 갑자기 발견하게 되는 경우요. 내겐 그런 일이 바로 산타페에 도착하던 저녁에 일어났다오. 행운처럼 말이오. 그 도시를 찾아 위아래로 사방을 헤매던 끝에, 갑자기 나는 우리를 기다리는 곳이 어디에 있는지를 알게 된 거요. 그곳은 내가 전혀 모르는 곳이었고, 그래서 그곳을 뭐라고 설명할 수도 없었지만 나는 단 한순간도 머뭇거리지 않고 순식간에 질주해 갔어요. 달과 낯선 별자리를 따라, 그게 아니라면 오로지 우리의 얼굴 위로 스쳐가던 밤바람에만 이끌려서 말이오."

이야기에 약간 오해의 소지가 있어서 사람을 혼란스럽게 하거나 현혹하기도 하는 '산타페'라는 지명에 대해서 미리 밝혀 두어야겠다. 그가 이야기하는 산타페는 미국 뉴멕시코 주의 주도인 산타페와는 다른 도시다. 아르헨티나의 부에노스 아이레스 근처에 있는 오래된 항구도시 산타페와도 상관없고 에콰도르 갈라파고스 제도에 있는 산타페 섬과도 전혀 관계가 없다. 물론 콜롬비아의 수도 보고타의 정식명칭 '산타페 데 보고타'와는 더더욱 상관이 없다. 그나저나 그가 저녁에 도착했다는 그 산타페에 가려면 어떻게 해야 할까?

'잘츠부르크를 떠나, 탁스함을 벗어나, 틀림없이 그 유일무이한 산타페에, 멀리, 아주 먼 곳에, 어느덧 다른 하늘을 통해, 특히 그동안 줄곧 열려 있던 차창으로 들어오는 밤바람을 통해' 그렇게 그는 이제까지 찾아 헤매던 거리에, 바로 그 집 앞에 도착했다면서 말한다.

"산타페라는 이름을 대신할 만한 다른 이름이 떠올랐소. 바로 '밤바람 도시' 요."

지금은 페터 한트케에게서 도발적인 악동 이미지를 찾기 어렵지만(악동이라니! 그도 이제 할아버지 나이인데…) 처음 그의 이름을 들었을 무렵에는 '이단아'라는 단어가 항상 함께 들려 왔었다. 그렇지 않아도 언어와 관념과 질서에 대한 부정으로 가슴이 들끓었던 중고등학교 시절, 겉멋에 그의 작품을 열심히 찾아 읽었다. 『관객모독』, 『긴 이별 짧은 편지』, 『페널티킥을 앞둔 골키퍼의 불안』….

『왼손잡이 여인』은 고통스럽게 많은 부분에서 왼손잡이를 포기해야 했던 경험 때문에 괜히 좋아한 작품이었다. 나중에는 기국서가 연출한 연극 〈관객모독〉을 보러가서 얼떨결에 물벼락도 맞고 이유 없이 욕과 핀잔도 들었다. 그러면서 차츰 열정이 식어버렸는데 페터 한트케가 다시 좋아진 건 영화 〈베를린 천사의 시〉 덕분이었다. 독일어가 그렇게 아름답게 시적으로 들리다니 그 지겨웠던 정관사와 부정관사들을 다시 외워보고 싶어질 정도였다.

천국은 건조한 흑백으로, 우리가 사는 세상은 생생한 컬러로 표현한 그 영화에서 공중곡예사 마리온은 늘 추락의 공포에 시달린다. 하지만 천사 다미엘은 추락을 통해 만지고 안고 보이는 존재로 거듭난다. 그가 인간의 필멸성 속으로 뛰어든 뒤 마시던 뜨거운 커피, 그리고 느리게 깔리는 페터 한트케가 쓴 〈아이의 노래〉는 오래오래 여운을 남긴다. 아이가 아직 아이였을 때 질문의 연속이었지. 왜 나는 나이고 네가 아닐까. 왜 나는 여기에 있고 거기에는 없을까. 나는 내가 되기 전에 대체 무엇이었을까. 지금의 나는 어떻게 나일까….

『어두운 밤 나는 적막한 집을 나섰다』에서도 페터 한트케는 특유의 시적이고 철학적인 질문들을 던진다. 잘츠부르크 근처 탁스함에 있는 약국은 그곳에 최초로 등장한 공공시설이었다. 마을 한가운데 있는 약국에서 가업을 잇고 있는 약사는 집과 약국 그리고 공항을 축으로 하는 삼각지대 안에서 생활한다. 그는 약국 안에서는 약사이지만 약국 문을 닫는 동시에 더 이상 약사가 아니다.

"내 작업에서 중요한 것은 분리와 제거예요. 약장이 아니라 인체에 빈자리를 마련하는 거죠. 빈자리 마련하기와 물꼬 트기."

탁스함 주민들은 병원보다 그를 찾아와 조언과 도움을 청하지만, 약국 문을 나섬과 동시에 그에 대한 고마움을 잊고 더불어 그도 잊는다. 그렇다면 그는 도대체 누구이며 뭐하는 사람이란 말인가?

약사이자 버섯 전문가이자 중세 서사시 읽기 중독자인 그는 어느 비오는 날 불의의 일격을 당한다. 뭔가 번쩍하더니 순식간에 눈앞이 깜깜해졌는데 그 이후 그는 말을 하지 못하게 되었다. 실어증에 걸린 약사는 올림픽 금메달리스트로 한때 전성기를 누렸던 스키 선수와 역시 한때 유명했었지만 지금은 잊힌 시인과 함께 자동차를 타고 남쪽으로 향한다. 그들은 '승리자'라 불리는 과부의 집에 묵게 되는데 약사는 한밤중에 그녀로부터 말없이 매를 맞게 된다. 비는 계속 오고 다음 날 과부의 집에서 나와 운전을 하면서 그는 지금 체험하고 있는 일들은 그 어떤 신문이나 책 따위에도 기록되지 않을 것이며, 따라서 읽히지도 않으리라는 생각을 한다.

수천 개의 선회로에서 급정거와 커브 돌기를 반복하며, 휴일 나들이에 나선 수백만 대의 차량으로 인한 정체 행렬 속에 서 있기도 하고, 줄잡아 오백 개는 되는 길고 짧은 터널들을 통과하면서 그들 사이에 은연중에 공감대가 형성된다. 많은 것이, 아니 모든 것이 걸려 있는 어떤 불확실하고 위험한 모험에 대한 의식. 그들은 여행한다는 것은 온갖 어려움에도 불구하고 여전히 새롭고 엄청나게 흥미 있는 일이라는 사실을 체험한다. 많은 마을들을 오른편 아니면 왼편으로 지나치면서 마치 어디로 가는지 정확히 알고 있는 것처럼 거침없이 달려 그들은 산타페에 도착한다. 거기에서 약사는 길 끄트머리의 어둠 속에서 불어온 밤바람과 함께, 그가 잠시 행복이라고 여겼던 어떤 냄새가 코끝을 스치고 지나가자 그만 깜짝 놀라고 만다.

밤바람 속에서 약사는 문득 실어상태에 빠져 있는 것을 아주 만족스럽게 느낀다. 더 이상 말할 수 없다니 잘된 일이야. 결코 다시 입을 열지 않아도 돼. 이건 자유야! 아니 그 이상이지. 홀로 서야 해. 묵묵히, 자유롭게 그리고 마침내 당연히 혼자서.

"중세 서사시를 읽어서 나는 잘 알고 있소. 호칭이나 이름은 때때로 정반대를 의미하지요. 승리자는 그러니까 처음부터 실패자였던 거요. 서사시의 비밀은 당연히, 언젠가는 모험이 무사히 끝나 패배자가 마침내 승리자가 된다는 것이오. 승리자가 된다는 것은 지금 현재의 실패자에게 정해진 운명이오. 그 사이에는 모험만이 팽팽한 긴장을 일으키고 있는지도 몰라요."

전직 스키 선수와 시인과도 헤어져 약사는 혼자 스텝 지역으로 간다. 약사는 계속 광활한 스텝 지역을 가로질러 간다. 거기서 안과 밖이 서로 파고들어 완전히 일체가 되는 경험, 스텝 지역과 이야기가 하나가 되는 경험을 하며 약사는 자신을 깨닫게 된다. 스텝 지역을 떠날 때 그는 생전 하지 않던 행동까지 한다. 속도공포증 환자인 그가 뛰고 내달리며 속력을 낸 것이다.

"여기 죽은 자들 가운데서 산 자를 찾는 걸 그만두세요! 당신은 그 실어상태를 떨쳐버려야 해요. 당신의 침묵은 침묵이 아니에요. 비록 처음 얼마간은 당신의 의식을 확대시켜 주었다고 하더라도 그런 식으로 오래 혼자 있을수록 당신의 실어상태는 위험해지고 급기야는 생명까지 위협할 거예요. 당신은 새롭게 말하려는 시도를 해야 해요. 새로운 단어를 찾아내고, 문장을 새로 만들고, 큰 소리로, 당신의 말이 비록 얼토당토않고 터무니없다고 해도, 중요한 것은 당신이 다시 입을 연다는 사실이에요."

『어두운 밤 나는 적막한 집을 나섰다』는 자아 찾기에 나섰던 한 남자의 이야기다. 누군가가 나가고 집안은 적막해졌다. 하지만 그것으로 부족하다.

"눈이나 내려라!"

그렇게 말하자 정말로 눈송이 하나가 반짝거린다.

"저기, 눈이 온다!"

이렇게 언어는 이 소설에서 아주 중요한 수단이다. 자아 찾기도, 세계인식도 우리는 실어의 상태에서는 하지 못한다.

눈먼 자들의 도시

주제 사라마구 Jose Saramago, 1922~

사람들이 흔히 마르케스, 보르헤스와 사라마구를 한데 묶어 '3대 거장' 이라고 부르는 이유는 무엇일까? 사라마구는 중남미 대륙이 아니라 유럽 대륙 안에 있는 포르투갈에서 태어났다. 하지만 그는 중남미문학의 특색이라 할 수 있는 환상적 리얼리즘 안에서 개인과 역사, 현실과 허구를 자유자재로 가로지른다. 인간의 운명과 약점을 깊이 있게 다루면서 언뜻언뜻 내비치는 정치적 회의주의와 신랄한 풍자도 산뜻하다. 그의 놀라운 상상력은 나이가 들수록 더 발랄하고 원숙해지는 느낌이다.

1974년 『죄악의 땅』으로 문단에 데뷔했지만 그의 본격적 집필활동은 환갑 나이부터 시작된 게 아닌가 싶을 정도다.

1982년 작품 『수도원의 비망록』을 비롯해서 『리스본 쟁탈전』, 『예수의 제2복음』, 『바닥에서 일어서서』, 『돌뗏목』, 『모든 이름들』, 『도플갱어』 그리고 『눈먼 자들의 도시』와 『눈뜬 자들의 도시』, 최근작 『죽음의 중지』에 이르기까지 나이를 잊게 하는 왕성한 집필력을 발휘한다.

작가는 지금 스페인 모처에서 30년 연하의 아내와 은둔자 같은 생활을 하고 있다고 한다.

　콜레라나 황열병이 창궐하던 시절, 전염병이 의심되는 배들은 항구에 들어오지 못하고 먼 바다에서 40일 동안 그대로 있어야 했다고 합니다. 격리는 그 옛날부터 내려오는 방법이죠. 환자들의 수송, 격리, 감독을 목적으로 급조된 보급시설 지원 및 보안위원회는 비어 있는 정신병원에 그들을 격리 수용할 것을 결정합니다.

　사실 그 정신병원처럼 최적의 시설도 없습니다. 바깥에 담이 있을 뿐 아니라, 두 개의 병동이 구분되어 있으니까요. 따라서 눈이 먼 사람들을 한쪽 병동에 가두고, 보균자들은 다른 병동에 가두면 될 것입니다. 그리고 중앙 지역은 무인지대로 삼아서, 보균자들 가운데 눈이 머는 사람은 그 지역을 통과해 이미 눈이 먼 사람들에게로 가게 하면 될 것입니다.

　정신병원의 정문은 눈먼 자들이 통과할 만큼만 열렸다가 곧 다시 닫힙니다. 입구에서 현관까지는 굵은 밧줄이 묶여 있어, 눈먼 자들이 잡고 걸어갈 수 있는 난간 노릇을 하죠. 그 밧줄은 건물 안에서 둘로 나눠집니다. 한 가닥은 왼쪽으로, 또 한 가닥은 오른쪽으로 이어집니다. 구식 병원의 병실 같은 곳에 회색으로 칠해진 침대들이 두 줄로 길게 늘어서 있습니다. 이불과 시트와 담요도 모두 회색이죠. 병실들과 길고 좁은 복도, 진료실로 쓰였던 방들, 더러운 변소, 악취 나는 주방, 함석을 덮은 식탁들이 놓인 아주 넓은 식당. 건물 뒤로는 황폐한 땅에 방치된 나무들이 있습니다. 나무들의 줄기는 껍질이 벗겨진 것처럼 보입니다.

　그곳은 곧 지옥 가운데서도 가장 지독한 지옥이 되고, 눈먼 자들은 수치심을 내던지고 인간의 존엄성을 잃어버리게 됩니다. 약탈과 강간, 살인과 방화로 마침내 정신병원의 병동이 무너져 내리고 아수라장 같은 그곳에 비가 내리기 시작합니다. 불타고 남은 폐허에 비는 계속 내리고, 살아남은 눈먼 자들은 수용소를 떠나 다시 도시로 돌아가기로 합니다. 하지만 돌아온 도시도 마찬가지. 어디에나 쓰레기뿐 불빛 하나 없습니다. 도시 전체가 다 눈이 멀어 버린 것이죠. 이제 눈먼 자들을 따로 격리시킬 필요조차 없어진 것입니다.

도시에 해가 뜨기 시작합니다. 쓰레기 사이에 고인 물웅덩이에도 해가 비칩니다. 그러자 인도에 깔린 돌 틈에 솟아오르는 잡초들이 선명하게 드러납니다. 거리에는 사람들이 많아집니다. 사람들은 건물들에 바짝 붙어 팔을 앞으로 뻗고 걸어갑니다. 좁은 길을 가는 개미들처럼 끊임없이 서로 부딪치지만, 그런 일이 생겨도 아무도 항의하지 않고 그저 벽을 떠나 반대 방향의 벽을 향해 움직일 뿐. 사람들은 벽을 따라 움직이다가 이따금씩 발을 멈추고, 혹시 음식 냄새가 나나 코를 킁킁거립니다.

어디에서도 음악은 들리지 않습니다. 세상이 이렇게 조용했던 적은 없습니다.

"거리에는 죽음이 휩쓸지만 뒤뜰에서는 삶이 계속되고 있다우."

삶은 계속된다지만 물도 없고 전기도 없고 먹을 것도, 공급되는 물자도 없는 도시에서 눈먼 사람들은 앞으로 어떻게 살아가야 할까요?

#150

너도 봤니?

눈이 나쁘다는 것은 시력이 좋지 않다는 이야기일까 눈빛이 맑지 않다는 이야기일까. 눈이 나쁜 편이라서 나는 남의 눈을 좀처럼 똑바로 보려들지 않는다. 똑바로 봐도 똑바로 보이지 않기 때문이다. 세상은 억지로 보려고 애쓰는 쪽을 포기하고 대충 어렴풋하게 보이는 것만 보며 사는 사람들에게 편견을 갖고 있다. 그 편견과 오해를 떨쳐버리려고 라식 수술까지 받았지만 어쩐 일인지 내 눈은 다시 심한 근시와 난시로 회귀하고 말았다. 덕분에 세상을 제멋대로 굴절시켜 실제와 다르게 보는 재미와 자유는 내게 아직도 유효하다. 그렇지만 근시로서 사는 게 가끔 웃을 일을 만들어주고 있다 해도 그래도 선택이 가능하다면 나는 '잘 보면서' 살고 싶다.

세세한 것들을 거의 놓치고 마는 지독한 근시여도 잘 보기 위해서는 무조건 가까이가 아니라 적당한 거리를 염두에 두어야 한다는 걸 안다. 잘 보기 위해서는 거리와 분리, 주목과 조망을 필요 선택해야 한다. 무엇보다 잘 보기 위해서는 마음이 필요하다. 지난여름 몇 권의 추리소설을 쌓아놓고 읽고 있을 때 일본의 인기 여성추리작가가 그걸 가르쳐주었다.

"너네 엄만 코끼리 같아."

친구들의 말을 듣자 아이는 활짝 웃는다.

"맞아, 우리 엄만 꼭 코끼리 같아. 특히 눈빛이 그래."

친구들은 코끼리처럼 뚱뚱하고 둔해 보이는 아이의 엄마를 짓궂게 놀릴 셈이었는데 아이는 자랑스럽다는 듯 대꾸하고 있다.

"너희들도 우리 엄마 눈빛을 봤구나? 코끼리는 야생일 때나 사람이 키울 때나 눈빛이 똑같아. 항상 그렇게 부드러운 눈빛이지. 그건 지성이 있기 때문이야. 그런 동물은 코끼리뿐이래."

주제 사라마구의 『눈먼 자들의 도시』는 본다는 것의 의미, 그러니까 코끼리 눈빛을 볼 줄 아는 것과 볼 줄 모르는 것의 차이를 생각하게 한다. 볼 수는 있지만 보지 못하는, 아니 보지 않는 일을 다시 생각한다. 소설의 말미에 이런 대사가 있다.

"나는 우리가 눈이 멀었다가 다시 보게 된 것이라고 생각하지 않아요. 나는 우리가 처음부터 눈이 멀었고, 지금도 눈이 멀었다고 생각해요."

차들로 꽉 찬 도로 한복판에서 한 남자가 갑자기 소리 지른다.

"눈이 안 보여!"

남자는 안개 속이나 우유로 가득한 바다 속에 들어와 있는 것 같아서 어쩔 줄을 모른다. 누군가 친절하게 그를 집에 데려다 준다. 안과 의사는 그를 진찰한다. 그 의사한테 여러 사람이 진료를 받는다. 그 사람들은 안과를 나와 보통 날과 다름없이 다른 사람들과 접촉하며 살아간다. 그렇게 차츰차츰 더 많은 사람들이, 이윽고 모든 사람들이 차례로 눈이 멀기 시작한다.

20세기 최악의 전염병이라는 천연두 때문에 아메리카 대륙의 원주민 대부분이 목숨을 잃었다는 역사적 사실을 우리는 기억한다. 스페인 독감과 흑사

병, 말라리아와 에이즈도 인류를 공포로 몰아넣은 전염병이다. 조류 독감과 SAS 그리고 돼지 독감에서 멕시코 독감을 거쳐 신종 플루로 명칭을 바꾼 정체불명의 인플루엔자도 우리를 공포에 사로잡히게 한다. 목숨까지는 아니더라도 목숨만큼 소중한 눈을 멀게 하는 바이러스는 또 어떤 변종이란 말인가?

전염병은 전쟁에서 목숨을 잃거나 부상을 입은 사람 수보다 더 많은 수의 사람에게 해를 입힌다. 눈이 머는 것은 목숨을 잃는 것과는 다르지만, 눈이 보이지 않자 사람들은 자신이 소유했다고 굳게 믿고 있던 모든 걸 잃고(혹은 내버리고) 휘청거린다.

눈먼 사람들에게 남아 있는 것은 공포와 욕망뿐. 사라마구는 공포와 욕망이야말로 인간을 비인간적으로 변하게 하는 가장 적나라하고 추악한 감정이라고 말하는 듯하다. 공포와 욕망에 사로잡혀 눈이 멀면 누구나 최소한의 인간적 존엄성마저 지키지 못하고 염치와 수치를 모르는 야만인이 되어 버리는 걸까? 그 눈먼 자들의 도시에서 혼자 눈이 멀지 않아 차마 눈뜨고 볼 수 없는 그 모든 참상을 봐야 하는 건 또 무슨 형벌일까?

세기말의 묵시론적 분위기가 물씬 풍기는 이 작품을 사라마구는 쉼표와 마침표만 사용하는 문장으로, 그러니까 대사와 지문을 구별하지 않고 행 바꿈도 없는 불친절한 기술로 일관하고 있다. 그래도 문장은 의외로 술술 읽힌다. 그 흡인력에 힘입어 독자들은 작가가 눈을 인간의 영혼을 간직하고 있는 상징물로 나타내고 있다는 걸 알아차린다.

뜻하지 않게 실명에 전염이 되자 처음에는 서로 동병상련의 처지를 공감하면서 눈먼 자들은 고통의 분담과 상호의지, 상부상조의 미덕을 발휘한다. 그러다가 점차 맹목으로, "어차피 볼 수 없을 텐데 뭐" 하는 뻔뻔한 마음으로 부끄러운 짓을 저지르기 시작한다. 윤리와 도덕은 사람의 모습이 추한지 아름다운지 눈으로 볼 수 있을 때만 가능한 가치다. 어차피 보지 못하는 상황에서 유효한 것은 오직 본능뿐. 생존본능 그리고 식욕과 성욕만이 살아 날뛰게 된다.

"수용소 생활을 할 때 우리가 악취 속에서 살았다는 것을 잊지 않았으면 좋겠어요. 우리는 모욕의 모든 단계를 내려갔죠. 그걸 다 내려가서 마침내 완전한 타락에 이르렀어요. 그곳에서는 타락이 다른 사람들 탓이라고 핑계 댈 수 있었지만 지금은 안 돼요. 이제는 선과 악에 관한 한 우리 모두 평등해요. 선은 무엇이고 악은 무엇이냐고 묻지 말아주세요. 눈먼 것이 드문 일이었을 때 우리는 늘 선과 악을 알고 행동했어요. 무엇이 옳으냐 그르냐 하는 것은 그저 우리와 다른 사람들과의 관계를 이해하는 서로 다른 방식일 뿐이에요. 우리가 우리 자신과 맺는 관계가 아니고요. 우리는 우리 자신을 믿지 말아야 해요."

유일하게 눈이 멀지 않은 의사의 아내는 일행들에게 말한다. 작가는 왜 이 소설의 후속작인 『눈뜬 자들의 도시』 마지막 장면을 의사 아내의 죽음으로 그렸을까?

『눈먼 자들의 도시』 마지막 장면에서 의사의 아내는 창으로 가 거리를 내려다본다. 거리에서는 눈먼 자들이 다시 눈을 뜨게 되어 소리를 지르며 노래를 부르고 있다. 그녀는 고개를 들어 하늘을 올려다보다가 두려움에 고개를 떨군다. 모든 것이 하얗게 보였기 때문이다. 내 차례구나.

볼 수는 있지만 보지 않는 것을 눈먼 것으로 생각하는 의사의 아내. 그녀는 인간성이 실종된 사회에서도 눈먼 자들과 함께 연대의식을 키운다. 그녀는 도망가지 않고 타인에 대한 책임을 받아들이며 함께 지낸다. 사람들의 먼 눈이 자신의 눈도 멀게 하는지 몰라서 그녀는 볼 수 있는 사람들이 더 많다면 자신도 더 잘 볼 수 있을 거라는 안타까움을 지닌 채 눈먼 세상을 산다.

"안 됐지만 당신은 누군지도 모르는 사람에게 소환당해 무슨 일인지도 모를 일을 진술하기 위해 법정을 찾아가는 증인 같군."

의사는 자기 아내에게 이렇게 말한다. 그렇다면 증인으로서 그녀는 어떤 진술을 하고 싶을까?

"우리가 이루어낼 수 있는 유일한 기적은 계속 살아가는 거예요. 매일매일 연약한 삶을 보존해가는 거예요. 삶은 눈이 멀어 어디로 갈지 모르는 존재처럼 연약하니까. 어쩌면 삶은 진짜 어디로 갈지 모르는 건지도 몰라요. 삶은 우리에게 지능을 준 뒤에 자신을 우리 손에 맡겨버렸어요."

지금 이것이, 지금 우리가 사는 세상이, 우리가 그 삶으로 이루어놓은 것이라고 그녀는 말한다.

남자는 자신이 포착했던 마지막 이미지,
그러니까 교통 신호등의 둥그렇고 빨간 불의 이미지를
머릿속에 계속 간직하려는 듯 두 주먹을 꽉 움켜쥐고 있다.
그러나 눈에 보이던 것들은 이미 빠른 속도로
그 주먹들 뒤로 사라져버린 후였다.
눈이 안 보여, 눈이 안 보여, 남자는 절망감에 젖어
되풀이해 소리쳤고, 사람들은
그가 차에서 내릴 수 있도록 도와주었다.

– 『눈먼 자들의 도시』 중에서…

Benim adım kırmızı

내 이름은 빨강

오르한 파묵 Orhan Pamuk, 1952~

신문의 북섹션에서 그를 처음 봤던 아침이 생각난다. 그는 아주 넓고 전망 좋은 집필실을 배경으로 잘생긴 배우 같은 모습으로 나타났다. 이스탄불의 부유한 가정에서 자란 그는 산문집 『이스탄불』에 이렇게 쓴다.

'내가 항상 같은 집, 거리, 풍경 그리고 도시에 매여 사는 것이 나를 나타내는 것이라는 걸 알고 있다. 이스탄불에 대한 이 예속감은 도시의 운명도 사람의 성격이 된다는 의미이다.'

터키 최초의 노벨상 수상 작가이지만 그는 정확하게는 이스탄불의 작가이다.

그의 작품에서는 이스탄불의 음울한 영혼을 만날 수 있다. 이 도시의 사람들이 어떤 문화를 누렸는지, 그들이 어떤 삶을 살았는지, 목숨을 건 사랑과 배신, 신을 믿는 자와 그렇지 않은 자 사이의 보이지 않는 암투….

이질적인 두 대륙인 유럽과 아시아가 만나는 도시 이스탄불의 뒷골목은 그래서 늘 위태롭게 매혹적이다.

'내가 나고 자란 도시 이스탄불. 12년 만에 나는 몽유병 환자처럼 소리 없이 이곳으로 들어왔다. 누구나 죽을 때가 되면 고향의 부름을 받는다지 않는가. 죽음이 나를 고향으로 이끈 듯하다. 처음 이곳에 돌아왔을 때만 해도 오로지 죽음만이 나를 기다리고 있으리라 생각했지만, 후일 나는 사랑과도 마주치게 되었다. 그러나 그 사랑은 이 도시에 대한 나의 기억만큼이나 아득하고 잊힌 무엇이었다.'

카라의 독백. 돌아온 그는 할리치 만이 내려다보이는 묘지를 찾아 어머니와 삼촌들을 위해 기도를 올립니다. 무덤가에는 가느다란 눈발이 날리기 시작하죠. 사방으로 흩어지는 눈송이들을 하나씩 눈으로 좇는 동안 그는 불확실한 삶 속에서 길을 잃고 헤매는 것처럼 막막한 심정이 됩니다.

그는 지구 반대편에서 온 사람처럼 생소한 거리의 풍경들이 궁금하다는 듯 오랜 시간 거리를 걸어 다닙니다. 옛날의 이스탄불은 더 가난하고 더 작고 더 행복했는데…. 옛사랑의 집은 보리수와 밤나무들 속에 그대로 서 있지만, 그곳에는 이제 다른 사람이 살고 있습니다. 그 집 대문 안에 서 있는 저 남자는 그의 가슴이 얼마나 아프게 깨졌는지를 전혀 알지 못할 테죠. 그는 그 오래된 정원을 보면서 덥고 푸르렀던 어느 여름날을 떠올립니다.

'지르발 근처 선창을 지나는 동안, 할리치 만의 바다 한가운데에서 나는 분노에 휩싸여 이스탄불을 바라보았다. 눈으로 뒤덮인 사원의 둥근 지붕이 불쑥 얼굴을 내민 태양 아래에서 빛나고 있었다. 이 도시가 크고 휘황찬란한 만큼 우리가 우리의 죄를 숨길 수 있는 장소도 그만큼 많을 것이고, 도시가 사람들로 붐비는 만큼 각자의 죄도 서로 섞여 분간할 수 없게 될 것이다. 어떤 한 도시의 지적 능력은 그 도시의 학자들과 도서관, 세밀화가들, 서예가들 그리고 이슬람 학교의 숫자가 아니라 어두운 거리에서 수천 년 동안 교활하게 저질러진 살인의 횟수로 계산해야만 한다.'

이건 살인자의 독백입니다.

어떤 수도승은 "자기 내부의 악마를 따돌리기 위해 평생을 걸어야 한다. 그 어떤 곳에서도 오래 머물지 않아야 한다"고 말했죠. 그는 67년 동안 이 도시에서 저 도시로 떠돌아다닌 끝에 악마로부터 도망치는 것에 지쳐 그만 항복하고 말았다고 합니다.

살인자도 그 밤, 집에 있을 수 없어서 어두운 골목을 빠르게 걷고 있습니다. 베야즈트 사원에서, 닭 시장에서, 노예 시장의 텅 빈 광장에서, 수프 가게와 무할레비(단맛이 나는 터키식 디저트)를 파는 가게에서 그는 뭔가를 찾는 사람처럼 걷습니다. 문 닫힌 이발소, 세탁소, 빵 가게, 생선 가게, 약초와 잡화를 파는 가게…. 슬픔과 비참함이 그를 압도합니다. 세밀화가로서 개성과 특징을 갖고 있다는 것. 그것은 신이 자신을 버렸고 악마가 친구가 되어주었다는 의미임을 그는 압니다.

그는 희미한 새벽빛 속에서 25년 전 처음 이스탄불에 왔을 때 우물에 몸을 던지고 싶어 했던 걸 기억합니다. 친척 집에서 그만 이불에 오줌을 쌌기 때문이었는데, 그 우물이 있는 마을을 지나가며 그는 자기 인생의 도시를 떠날 것을 결심하죠.

언덕에 올라가니 할리치 만이 한눈에 들어옵니다. 수평선이 밝아오고 있습니다. 그러나 물은 아직도 어두웠지요. 두 대의 어선, 돛이 감긴 화물선들, 버려진 전함이 보이지 않는 파도와 함께 천천히 흔들리면서 그에게 "가지 마, 가지 마" 하고 말하는 것 같습니다. 그는 눈물을 흘립니다.

아무도 빨강을
거부하지 못한다

　비교적 낯을 많이 가리는 편인데, 우연히 길에서 친구를 주웠다. 낯선 이와의 친교는 나로서는 모험에 가까운 일이었다. 나이는 나보다 한참 어린 것 같았고 결혼도 하지 않아 보였는데 어쩐지 분위기가 좋아서 평소에 하지 않던 짓까지 하게 되었다. 함께 밥도 먹고 차도 마신 것이다. 심지어 터키에 가보고 싶다는 속마음까지 어쩌다가 털어놓고 말았다.

　친구는 반색을 하며 이스탄불에 대해, 그곳에서 자신이 공부하던 고미술에 대해 이야기를 했다. 모교에 시간강사로 계속 있을 것인지 아니면 어차피 불투명한 미래라면 도로 이스탄불에 돌아가 훠이훠이 살 것인지 고민이라는 이야기도 했다.

　그때 나의 병통이 다시 도졌다. 20대의 한 시기에는 인도 이야기만 하면 아무에게나 점수를 듬뿍 주고는 했다. 그 인도에서 터키로 언제 마음이 이사 갔는지 모르겠지만 터키 이야기만으로 금세 호감지수는 쭈욱 올라갔고, 잠시 후 우리는 오래된 친구처럼 이마를 맞댄 채 세계지도를 들여다보고 있었다.

　사람들은 누구나 때때로 자신의 속마음을 다른 사람에게 무심코 말하게 되는 순간이 있다고 터키 작가 오르한 파묵은 말한다. 어느 세밀화가의 비참한 죽음의 진상을 파헤치는 『내 이름은 빨강』에 첫눈에 반한 이유 중 하나. 이 소설이 1591년 겨울, 눈으로 뒤덮인 이스탄불의 어두운 밤으로 나를 이끌어 주었기 때문이다. 살인, 욕망, 음모, 배반, 파멸 그리고 목숨을 걸 만큼 대단한 그 무엇. 이런 재료들을 절묘하게 버무리는 추리소설이라는 것. 그러면서도 보기 드물게 만나는 순수문학이라는 것. 어떤 것이 진실한 예술인가를 묻고 또 무엇이 진실한 사랑인가를 묻는 작품이라는 것….

3년 전 봄, 자신의 독서 성향을 무심코 다 드러내면서 소설 속의 16세기 말 이스탄불 거리를 긴장감과 슬픔에 젖어 정신없이 거닐었다. 돌이켜 생각해 봐도 행복한 방황이었고 매혹적인 배회였다.

'나는 지금 우물 바닥에 시체로 누워 있다. 마지막 숨을 쉰 지도 오래되었고 심장은 벌써 멈춰버렸다. 그러나 나를 죽인 그 비열한 살인자 말고는 내게 무슨 일이 일어났는지 아무도 모른다.'

소설은 이렇게 죽은 자의 목소리로 시작된다. 화가들 사이에서 '엘레강스'라고 불리던 죽은 자는 독자들에게 한 가지 비밀을 미리 알려준다. 자신의 죽음이 종교와 전통 그리고 세계관을 부정하는, 섬뜩한 비밀 결사와 연루되어 있다고.

오스만 투르크 제국의 궁정화원 소속 금박 세공사가 왜 얼굴이 뭉개져 형태도 알아볼 수 없는 몰골로 우물 바닥에 처박혀 있는가? 독자들은 시체를 비롯해 남자 주인공 카라, 여자 주인공 셰쿠레, 두 번째 희생자 에니시테, 각각 나비와 올리브와 황새라는 별명을 가진 세 명의 궁정화가, 심지어는 금화와 나무와 죽음과 빨강과 악마와 그림 속의 개까지 화자가 되어 쏟아내는 이야기들에 세심하게 귀를 기울여야 한다. 그들 모두의 독창적인 이야기가 모자이크처럼 하나의 세밀한 전체그림을 이루게 되니까.

어릴 적에 화가가 되는 게 꿈이었다는 파묵은 즐겨 세밀화들을 모사했고, 열세 살 때 이미 16세기와 18세기 이슬람 세밀화의 기법의 차이를 알고 있었다고 한다. 그는 자신이 사랑하는 '이스탄불'과 '그림'으로 멋진 역사추리 한 편을 완성해냈다. 작가는 굳이 미스터리 형식을 취한 까닭을 밝히면서 이렇게 말한다.

"세밀화가들에 대해 사람들이 그다지 관심 있을 것 같지 않았다. 그래서 일부러 추리적, 정치적 논리를 세밀화가들의 슬픈 삶에 억지로 밀어 넣었다. 세밀화가들에게 진심으로 사죄한다."

이 소설이 표면적으로는 살인범의 정체를 파헤치는 추리 형식을 띠고 있지만 그 이면에는 시대의 변화 속에서 흔들리는 정체성, 나아가 신념을 버려야만 하는 인간의 고뇌와 깊은 슬픔을 그리고 있다는 것을 다시금 생각하게 된다.

동양과 서양의 문명이 충돌하는 현장이면서 동시에 두 문명이 함께 이룩해낸 도시인 이스탄불이 공간적 배경이라면 1,000년의 역사를 자랑하는 오스만 투르크 제국이 쇠퇴하며 몰락하는 무렵이 시대적 배경이다. 격변의 회오리 속에서 휘둘리는 인간들이 그림을 사이에 두고 죽고 죽이는 운명을 주고받는다. 도대체 이슬람 화가들에게 그림이란 무엇이기에 그렇게 피 튀기는 장면을 연출하는 걸까?

"그림은 그 아름다움을 통해서 인간의 마음속에 삶의 풍요로움과 사랑, 신이 창조한 세계의 다채로움에 대한 존경심과 신앙심을 불러일으키는 게 중요합니다. 화가가 누군지는 중요하지 않죠."

세밀화가들에게는 자신의 이름을 남기는 게 중요하지 않았다. 그들에게는 사물을 있는 그대로 그리는 것도 중요하지 않았다. 전통적 화법과 신의 뜻만이 중요했던 그들에게 원근법과 사실적 묘사는 큰 충격이자 위협이었다. 동시에 목숨을 건 유혹이기도 했다. 셰쿠레의 아버지 에니시테는 베네치아 화가들이 그린 초상화를 본 뒤 두려움 속에서 깨닫게 되었다며 카라에게 이렇게 고백한다.

"이제 그림 속의 눈들은 하나같이 비슷비슷하게 생긴 동그랗고 단순한 구멍이 아니라, 빛을 거울처럼 반사하기도 하고 우물처럼 빨아들이기도 하는 우리의 눈과 똑같다는 것을 깨달았어. 입술은 얼굴 한가운데 있는 찢어진 부분이 아니라, 수축했다 이완하는, 우리의 모든 기쁨과 슬픔과 영혼을 나타내는 그 무엇이고 각기 다른 붉은 색을 띤 의미의 매듭이야. 코는 우리의 얼굴을 둘로 나누는 건조한 벽이 아니라 저마다 다른 형태를 지닌 생물이자 호기심 많은 기구지."

변화는 우리 삶을 송두리째 뒤흔든다. 변화는 일종의 지각변동이어서 거기에 맞서며 자신이 발 딛고 있는 땅을 고수하려다간 모든 것을 잃게 될지도 모른다. 아무도 변화를 거부할 순 없지만, 그렇다고 전통이란 게 변화 앞에서 속절없이 내던져야만 하는 그런 하찮은 것인가? 수백 년간 지켜온 전통이 목숨을 걸며 지켜야 할 가치는 없는 것인가? 자기 앞의 생에 펼쳐진 낯선 그림에 대한 두려움은 포용해야 할 대상인가 아니면 극복해야 할 대상인가?

세밀화가들을 기다리고 있는 명예로운 운명이 그림을 그리다가 눈이 머는 것인데 어느 장님 화가가 자부심에 차서 말한다.

"평생 신념을 갖고 열심히 일한 결과, 자연스럽게 장님이 되는 우리 세밀화가는 빨강이 어떤 색이고 어떤 느낌인지를 알고 기억하지. 그런데 우리가 태어날 때부터 장님이었다면 지금 이 빨강을 어떻게 알 수 있겠나?"

"그렇다면 빨강의 의미는 무엇인가?"

"색의 의미는 그것이 우리 앞에 있다는 뜻이며 그것을 우리가 본다는 것을 뜻하지. **보이지 않는 사람에게는 빨강을 설명할 수 없네.**"

이슬람교의 경전 코란에는 보는 사람과 보지 않는 사람이 절대로 같지 않다고 쓰여 있다. 5세기 전 이스탄불 거리에 의기양양한 불꽃으로 타오르던 그 뜨겁고 강한 빨강을 당신은 보는가? 다른 색깔이나 그림자, 붐빔 혹은 외로움을 두려워하지 않던 그 빨강을 당신은 기억하는가?

Story 04

천 개의 찬란한 태양

할레드 호세이니Khaled Hosseini, 1965~

카불에서 외교관 아들로 태어났지만 아프가니스탄이 공산화되자 1980년 미국으로 탈출한다. 영어도 못하는 난민으로 집도 절도 없이 식량카드에 의존해 사는 삶을 그의 아버지는 치욕스러워했다. 장남인 그는 그래서 문학에의 열망을 접고 의대에 진학해 의사가 되었다. 진료하는 틈틈이 쓴 『연을 쫓는 아이』를 2003년 발표해 대성공을 거둔다.

몇 개의 단어, 몇 개의 문장밖에 모른 채 미국에 도착했던 이 아프간 출신의 작가는 평범한 영어로 아프가니스탄 사람들의 이야기를 들려준다. 그 이야기가 호소력과 감동으로 언제까지나 기억되는 건 무슨 까닭일까? 그동안 잘 몰랐던 나라 아프가니스탄의 찬란한 역사와, 그 역사를 향유한 동시 역사에 휘둘려온 사람들의 아프지만 아름다운 삶이 전혀 낯설지 않다.

절망과 고통을 희망으로 바꾸며 잔인한 시절을 살아내는 인물들은 우리의 어제와 오늘을 다시 생각하게 한다.

그녀는 '하라미'입니다. 하라미는 아무도 원하지 않는 존재죠. 하라미는 사랑, 가족, 가정, 애정 등 다른 사람들이 갖는 것들에 대한 정당한 권리를 가질 자격이 없는 불법적인 존재입니다. 허균의 『홍길동전』에서 길동이와 같은 처지라고 할 수 있네요. 서얼로 따지자면 '얼', 아버지를 아버지라 부를 수 없는 처지죠. 그녀의 이름 마리암은 '월하향'이라는 아름다운 꽃의 이름이라는데 그녀는 어쩌다가 그런 흉한 운명을 타고 났는지요.

개간지의 가장자리에 망루가 있습니다. 그곳에서는 헤라트가 한눈에 내려다보입니다. 도시는 아이들의 체스 판처럼 펼쳐져 있죠. 도시의 북쪽으로는 '여자들의 공원'이, 남쪽으로는 차르수크 저잣거리와 알렉산더 대왕 때 만들어진 성채의 잔해가 보입니다. 거인의 흙 묻은 손가락 같은 첨탑들도 보이고, 사람들과 수레와 노새들로 북적거릴 길도 보입니다. 그녀는 제비들을 부러워하죠. 제비들은 헤라트에 가본 적이 있을 테니까요. 그들은 회교사원 위를 날아다녔을 것이고 어쩌면 아버지 잘릴이 사는 집 담장에 앉아봤을지도 모릅니다. 그의 영화관 앞 계단에 앉아봤을지도 모르고요.

열다섯 살 생일선물로 그녀가 잘릴의 영화관에 데려다 달라고 한 게 화근이었죠. 품어서는 안 될 소망 탓에 그녀의 엄마는 죽고 그녀는 비로소 자신의 처지를 깨닫게 됩니다. 개간지의 오두막에 사는 그녀가 가장 멀리 와본 건 잘릴의 집까지 걸어온 2킬로미터가 전부였는데, 이제 그녀는 헤라트의 동쪽으로 650킬로미터나 떨어진 카불로 시집을 가야 합니다. 상상하기 어려울 만큼 멀리 떨어진 낯선 도시에서 낯선 남자와 함께 낯선 삶을 살아야 합니다.

1978년, 그녀의 열아홉 살 생일 다음 날 한 남자가 살해되었고 카불에서는 큰 시위가 벌어집니다. 그리고 자신을 압둘 카데르 공군 대령이라고 소개한 남자가 자랑스럽게, 카불이 이제 민중의 손에 들어갔다고 말하죠. 그때 마리암의 이웃에서 한 여자아이가 태어납니다. 여자아이의 이름은 라일라. 1992년 라일라가 열네 살이 되었을 때 공산정권이 무너지죠.

공동의 적이 없는 무자히딘은 서로를 적으로 만들어 마침내 심판의 날이 카불에 찾아옵니다. 로켓탄이 비 오듯 퍼붓기 시작합니다. 그 와중에 부모를 잃은 라일라는 마리암과 같은 남편을 두게 됩니다. 그들은 같은 처지가 되어 같은 고통을 겪게 되자 함께 도망을 가지만 실패하고, 엄청난 보복을 당하죠.

1996년, 카불에 탈레반이 들어옵니다. 춤과 노래와 연날리기, 책을 쓰고 영화를 보고 그림을 그리는 것을 금지한 탈레반은 특히 여자들에게 더 가혹하죠. 여자가 혼자 다니다가 걸리면 곤장을 맞고 손톱을 치장하면 손가락이 잘리는 등 탈레반 정권은 두 여자의 남편 라시드와 똑같이 잔인하고 부당한 권력을 휘두릅니다. 탈레반은 카불박물관을 파괴하고 학교와 서점, 영화관을 폐쇄하고 여자들이 웃는 것을 금지합니다. 카불은 웃음을 잃은 도시가 됩니다.

2002년, 마리암이 죽자 탈레반의 카불을 탈출한 라일라. 그러나 그녀는 편안하고 평온한 삶에도 불구하고 아프간으로 다시 돌아가기로 합니다. 고향인 카불로 돌아가서 뭔가를 하고 싶어 하죠. 고향에 돌아가기 전, 그녀는 먼저 헤라트에 갑니다. 그녀는 마리암이 살았던 곳에 찾아갑니다. 풀과 덤불이 나 있는 길은 거칠고 구불구불한데 바람이 불면 길 양편에 핀 갖가지 야생화들이 흔들립니다. 라일라는 제비들이 머리 위에서 지저귀는 소리와 메뚜기가 발밑에서 바쁘게 우는 소리를 듣습니다. 먼 지평선에 펼쳐진 산들. 그녀는 산을 향해 가죠. 마리암이 이야기한 것과 똑같은 버드나무들이 서 있는 개간지. 거기 마리암의 오두막이 아직도 있습니다.

구름 뒤에서는 정말 천 개의
찬란한 태양이 빛나고 있을까?

첫눈이 예년보다 일찍, 푸짐하게 내린 겨울이었다. 소파에 앉아 밤사이 내린 첫눈을 바라보던 그 아침에는 보현봉이 새삼스럽게 다가왔다. 새로 장만한 눈옷을 입고 뽐내는 보현봉을 누구보다 먼저 볼 수 있는 호사를 이제 더 이상 누릴 수 없을 거라는 예감 때문이었다. 여러 가지 이유로 이사 계획이 늦어지고 있지만 겨울이 지나면 더 이상 늦추지 않고 10년 정들었던 북한산 기슭을 떠나 도심 한가운데로 들어갈 작정이었다. 그러면 눈을 맞으며, 눈을 밟으며 북한산을 오르는 내 모습을 다시는 볼 수 없을지도 몰랐다.

그 여자는 소파에 누워 무릎 사이에 손을 넣고 눈발이 날리는 모습을 바라보고 있다. 그녀의 엄마는 눈송이 하나하나가 이 세상 어딘가에서 고통 받고 있는 여자의 한숨이라고 말했다. 그 모든 한숨이 하늘로 올라가 구름이 되어 작은 눈송이로 나뉘어 사람들 위로 소리 없이 내리는 모습을 그녀는 보고 있는 것이다.

"그래서 눈은 우리 같은 여자들이 어떻게 고통당하는지를 생각나게 해주는 거다. 우리에게 닥치는 모든 걸 우리는 소리 없이 견디잖니."

#171

카불에 함박눈이 내리던 그날, 마리암은 난생 처음 목욕탕에 갔고 핏덩이가 된 첫아이가 목욕탕 하수구로 쏟아져 들어가는 걸 지켜봐야 했다.

할레드 호세이니의 『연을 쫓는 아이』와 『천 개의 찬란한 태양』, 이 두 권의 소설에 사로잡혀 겨울을 보냈다. 겨울이면 수도승도 아니면서 곧잘 동안거에 들어가곤 하는데 수도자의 그 서슬 퍼런 용맹정진과는 달리 나의 칩거는 소설책을 늘어놓고 마구잡이 난독을 즐기는 식이다.

독서가의 수준은 그가 읽은 작품의 수준에 의해 좌우될 수밖에 없는 운명이라서, 형편없는 소설들만 읽게 된 겨울은 기분이 저절로 저조해지게 된다. 골라온 소설들이 운 좋게 마음에 쏙 들면 오래도록 그 행복한 독서의 여운을 즐기는 것이고.

『연을 쫓는 아이』에서 아미르와 하산, 두 남자의 우정과 배신과 자신의 잘못을 시정하기 위한 진실한 용기를 아름답게 보여 주었던 호세이니는 그의 두 번째 작품 『천 개의 찬란한 태양』에서는 마리암과 라일라, 두 여자의 우정을 통해 절망과 고통을 희망으로 바꾸는 이야기를 들려준다.

이 두 편의 소설을 읽고 나면 아프가니스탄이라는 먼 나라가 더 이상 낯설게 느껴지지 않는다. 9.11사건 이후 우리에게 깊이 박혀 있던 무지막지하고 잔인한 테러의 이미지가 희석되고 대신 굴곡진 역사와 그 와중에서 피폐해진 그 나라 사람들의 아픈 삶이 가슴을 먹먹하게 한다. 복수가 아니라 먹을 것을 필요로 하는 사람들, 증오가 아니라 동정이 필요한 사람들은 우리 가까이에, 또 멀리에 너무나 많다.

호세이니는 어렸을 때부터 문학을 즐겼다고 한다. 그런데 루미 같은 뛰어난 페르시아 시인들은 많았지만 어찌된 일인지 아프가니스탄에서는 소설의 전통이 심어져 있지 않았단다. 그는 그래서 아프간 소설이 아니라 서구 소설들을 통해 작가의 토대를 쌓게 되었다. 하지만 아프가니스탄에서 벗어나 미국에 정착했을 때 그는 가족들의 바람을 저버릴 수 없어서 의대에 진학하고 의사가 된다. 자녀들에게 의대나 법대에 가라고 강요하는 아버지, 빈털터리 이민자지만 보조금으로 사는 생활보호대상자 처지를 치욕스럽게 여기는 가장의 모습은 우리에게 낯설지 않다. 아프가니스탄이나 대한민국이나 사람 사는 모습은 어디나 같은 법.

호세이니는 첫 소설의 엄청난 성공으로 의사 생활을 접고 행복한 전업 작가의 길을 택했다고 한다. 첫 작품이 76주 연속 아마존 베스트셀러가 되었고, 두 번째 작품도 출간과 동시에 최고의 베스트셀러로 부상하면서 영화화가 결정되었으니 이제 좋아하는 일만 할 수 있게 된 것이다.

그런데 그는 자택이 있는 캘리포니아의 사철 따뜻한 태양 대신 자기 조국의 보이지 않는 천 개의 태양을 찾아 나섰다. 유엔 난민국의 특사가 되어 난민들을 돕는 일에 적극 나서고 있는 건데 전쟁, 기아, 무정부, 핍박은 그의 소설 속 이야기일 뿐만 아니라 아프간인으로서 그에게서 떼려야 뗄 수 없는 현재진행형 삶의 이야기다.

"하루 종일, 카불에 관한 한 편의 시가 머리에 떠돌더구나. 사이브에타브리지라는 시인이 17세기에 썼던 시다. '지붕 위에서 희미하게 반짝이는 달들을 셀 수도 없었고 / 벽 뒤에 숨은 천 개의 찬란한 태양들을 셀 수도 없었네.' 전에는 전체를 다 외웠는데 지금은 두 줄밖에 생각이 나질 않는구나."

소설 속에서 라일라의 아버지 바비는 그가 애지중지하던 책들을 앞에 두고 말한다. 샌프란시스코의 금문교가 그려진 티셔츠를 입고 그는 운다. 그들 가 #173

족은 더 이상 견디지 못하고 카불을 탈출할 생각이다.

하지만 거대한 소리와 함께 하얀 빛이 번쩍이고 무언가 뜨겁고 강력한 것이 뒤에서 덮친 후 라일라가 마지막 본 건 쿵 소리를 내며 어떤 물체가 떨어지는 모습이었다. 피로 범벅이 된 물체. 짙은 안개를 배경으로 한 금문교의 끝이 그 위로 보였다.

이 작품을 번역한 왕은철 교수가 이런 말을 한다.

"소설을 읽는 건 문화적 소통을 위한 좋은 방법 중 하나임이 분명하다. 문학 장르 중에서 가장 호소력이 강하고 대중적인 장르가 소설이기 때문이다."

소련 침공 이전의 평화로운 시기에서부터 바로 지금 이 순간까지의 파란만장한 아프간 역사를 아우르고 그 역사를 살아야 했던 사람들의 눈물과 고통과 사랑과 염원을 알고 싶다면 『천 개의 찬란한 태양』을 읽는 게 그 출발점이 될 수 있다.

탈레반이 우리나라 기독교인들을 납치했을 때 그들을 탓하기 전에 먼저 선교의 의미를 묻고 싶어진 까닭도 이 소설을 읽으며 새삼 다시 생각하게 된다. 다른 문화와 민족과 종교 앞에서 무엇보다 먼저 겸손해야 함을 배운다.

우리가 집착하고 있는 노벨문학상 생각도 하게 된다. 노벨상 발표 때마다 고은 시인이 집을 떠나 숨어 있다시피 해야 하는 사태는 정말 기가 막히다. 우리가 진정으로 노벨문학상 수상을 바란다면 한글이 아니라 영어로 글을 쓰는 뛰어난 작가가 나와야 하는 게 아닌가 싶기도 하다. 호세이니가 그의 작품을 아프간어가 아니라 영어로 썼기 때문에 전 세계 독자들의 심금을 울릴 수 있었던 게 사실이니까.

더구나 지나간 과거가 아니라 바로 지금의 이야기를, 한 발 뺀 이방인의 시

각이 아니라 안타까운 애정을 품은 당사자의 시선으로 보고 들려주기에 우리
는 그에게 귀를 기울이게 된다.

눈이 내리기 전에 하늘은 잔뜩 찌푸려 있다. 회색 눈구름이 천지를 덮고 있
어서 우리는 태양의 존재에 의구심을 품게 된다. 구름 뒤에 과연 태양이 있을
까? 마리암과 라일라가 처참한 삶을 산 카불에도 태양이 찬란하게 빛나게 될
까? 그것도 천 개의 찬란한 태양이 아름답게 빛나는 세상이 정말 올까?

The darling

귀여운 여인

안톤 체홉Anton Pavlovich Chekhov, 1860~1904

"남자와 사귀지 않는 여자는 갈수록 퇴색한다. 여자와 사귀지 않는 남자는 서서히 바보가 된다"는 명언으로 유명한 체홉은 문체의 간결함과 객관성을 중시한 작가다.

소설가로 『골짜기』, 『귀여운 여인』, 『개를 데리고 다니는 여인』, 『6호실』 등의 대표작을 남겼다면, 극작가로서는 『갈매기』, 『바냐 아저씨』, 『세 자매』, 『벚꽃 동산』의 4대 희곡을 남겼다.

어린 시절 아침마다 눈을 뜨면 '오늘은 매를 맞지 않을까' 하는 생각부터 했다는 그는 평생 종교를 갖지 않았다. 그 이유는 새벽부터 성가대에서 노래하느라 건강을 해치게 되었지만 아버지가 10년간 아들들의 수면부족과 과로를 개의치 않으며 매로 다스렸기 때문이다.

중편 『3년』의 주인공은 이렇게 말하기도 한다.

"나는 종교가 두려워. 지금도 교회 옆을 지나갈 때면 어린 시절이 떠올라 공포감에 사로잡히게 된다고."

아버지가 사업에 실패하자 16세부터 자신의 학비와 가족의 생계를 떠맡는다. 의대를 다니면서 여러 개의 필명을 사용해 여러 장르의 글을 신문과 잡지에 투고해서 생활비를 벌었다. 그는 "의학은 나의 아내, 문학은 나의 애인"이라고 편지에 쓰지만, 오늘날 의사로서의 그를 기억하는 사람은 거의 없다. 하지만 그의 단편과 희곡은 오늘날에도 높이 평가받는다.

할아버지는 손자가 책을 읽고 있는 걸 보고 인상을 찌푸립니다. 손자가 책을 읽고 있는 것이 못마땅해서가 아니라 그의 손에 들린 책이 마땅치 않아서죠.

"너는 왜 좀 더 유익한 책을 읽지 않고 그런 쓸모없는 걸 읽고 있는 게냐?"

할아버지는 톨스토이였고, 손자가 읽고 있던 책은 『안나 카레니나』였답니다. 손자에게 유익한 책을 읽히기 위해 펜을 든 톨스토이는 그 후 『이반 일리치의 죽음』, 『크로이체르 소나타』, 『부활』 등을 발표합니다. 그 톨스토이가 안톤 체홉의 「귀여운 여인」을 읽고 감격해서 이를 찬양하는 평론을 쓴 건 유명하죠. 체홉도 1886년경부터 악에 대한 무저항, 육체노동에의 참여, 생활의 간소화 같은 톨스토이즘에 크게 경도되어 그 영향을 받은 작품들을 몇 편 발표하게 됩니다.

체홉은 1890년 4월 모스크바를 출발, 시베리아를 횡단하여 7월에 사할린에 도착합니다. 그는 거기서 3개월간 체류하면서 약 1만 명의 유형수와 주민들의 신상명세서를 작성하죠. 그런 다음 사할린을 떠나 동지나해, 태평양, 인도양, 수에즈, 오데사를 거쳐 12월에 모스크바에 도착하는데 시베리아 철도가 아직 개통되지 않았던 당시 성치 않은 몸으로 그는 왜 이런 대행군을 했을까요? 이 여행의 결과로 그의 폐병은 악화되지만 그는 집에 돌아온 다음날 편지에 이렇게 씁니다.

'하느님의 세계는 멋있다. 다만 하나, 멋있지 않은 것이 있다. 그것은 바로 우리들이다. 우리들 사이에는 어쩌면 이토록 정의와 화해가 없는 것일까….'

「귀여운 여인」은 그가 말년에 쓴 작품으로 얄타로 이사 간 다음에 쓴 것이죠. 우리의 여주인공 올렌카는 무더운 날씨에 파리까지 지겹게 달라붙어서 빨리 해가 저물기만을 기다립니다. 그녀는 자기 집 현관 층계에 앉아 동쪽 하늘

에서 검은 비구름이 습기 찬 바람을 일으키며 몰려오는 것을 바라봅니다.

그녀의 명의로 되어 있는 그 집은 교외의 집시 부락에 있죠. 첫 번째 남편 쿠킨이 죽고 두 번째 남편인 푸스토발로프도 죽고 수의사 스미르닌마저 떠난 뒤 올렌카는 그 집에 외톨이로 남겨집니다. 그녀는 텅 빈 집의 안뜰에, 그저 멍한 시선으로 아무것도 생각하지 않고 아무 소망도 없이 앉아 있습니다. 밤이 되어 잠자리에 누우면 꿈속에까지 텅 빈 뜰이 나타납니다.

도시는 사방으로 점점 커져가고 있어서 집시 부락도 이제는 큰 거리가 되었습니다. 유원지와 목재소가 있던 자리에도 주택가가 들어섰는데 올렌카의 집은 그런 확장과 발전에서 등을 돌리고 앉아 있네요. 집은 그을리고 지붕은 녹슬고 헛간도 한쪽으로 기울어지고 안뜰에는 쐐기풀 같은 잡초만 무성합니다. 집주인 또한 늙어서 보기 싫어졌습니다.

여름이면 바깥 층계에 앉아서, 겨울에는 창문 너머로 텅 빈 권태로운 눈길을 보내는 여인. 혹시 그 여인을 보게 되거든 한심해 하거나 불쌍히 여기지만 말고 그녀도 한때 장밋빛 뺨과 티 없는 미소를 지녔던 귀여운 여인이었다는 사실을 기억해주었으면 합니다.

사랑밖엔 난 몰라

　　수없이 남자를 소개받고 사귀고 하던 친구가 누군가에게 또 소개팅을 부탁하면서 이런다.

　　"난 이 나이 먹도록 연애 한 번 해보지 못했어. 너무 한 거 아니니. 내가 생각해봐도 나 참 안 됐어."

　　어이가 없어서 친구의 얼굴을 빤히 바라본다. 대충 꼽아 봐도 김, 이, 박, 정, 한, 유… 이런 대한민국 대표 성씨들을 두루 거친 그녀의 과거사를 어떻게 당사자는 까맣게 잊어버리고 주변 인물들만 기억하는지. 오늘날 노처녀로 자리 잡기까지 열 손가락도 모자랄 숫자의 남자들과 만나고 헤어진 그녀의 편력이 떠올라 듣는 이쪽이 다 민망해진다.

　　"왜 그렇게 쳐다봐, 내 말이 뭐 틀렸니? 물론 내가 그동안 아무도 안 만난 건 아니지만 그래도 난 연애 한 번 안 해본 처지 맞다구."

　　친구는 갑자기 백화점에 옷을 사러 간 이야기를 한다.

　　"백화점에 가서 이 옷 저 옷 나한테 어울릴 거 같아서 입어보잖아. 그런데 막상 입어보니까 안 어울리는 거야. 그래서 도로 벗어놓고 나오지. 그동안 내가 만난 남자들도 그런 거야. 맞나 안 맞나 입어봤을 뿐 정작 사온 건 없었다니까. 네 이상한 눈초리는 마치 내가 바람둥이나 연애박사 같다는 건데 그럼 내가 너어~무 억울하지. 나, 여태 연애 한 번 못 해본 거 맞아.”

대학 때 어떤 친구는 실연 후 다 죽어가다가 금세 새로운 사람을 만나 생기 발랄해지곤 했다. 그런데 그 신기한 돌변이 한두 번이 아니라는 게 문제였다.

“난 늘 이 사랑이 첫사랑 같아. 내겐 사랑은 늘 첫사랑이고 첫 경험이야. 그러니까 지난번의 그건 사랑이 아니었던 거야.”

생각해 보니 앞서의 친구가 아니라 바로 이 친구가 타고난 바람둥이인 듯싶기도 하다. 언제나 최선을 다한 몰입이 가능하다면, 그렇게 지난 과거에 한 점의 미련도 없이 온전한 열정을 바칠 수 있다면 그 사람이야말로 하늘이 내려주신 사랑의 화신이 아니고 무엇이겠는가.

얼마 전 영화 〈마더〉에 출연한 배우 김혜자를 인터뷰한 기사를 보았다. 기자는 그녀가 「귀여운 여인」의 올렌카를 닮았다고 했다. 올렌카가 어떤 여자길래? 체홉은 「귀여운 여인」의 올렌카를 이렇게 설명하고 있다.

‘그녀는 줄곧 누군가를 사랑하고 있었다. 사랑하지 않고서는 못 배기는 성격이었다.’

‘이런 일들이 다른 여자에게 일어났다면 틀림없이 세상의 비난을 받았겠지만 올렌카의 경우에는 아무도 나쁘게 생각하지 않았고, 지극히 당연한 것으로 받아들이는 것이었다.’

‘그녀에게 필요한 것은 애정이었다. 그녀의 전부, 그녀의 온몸과 온 정신을 온통 지배하여 그녀에게 사상과 생활의 방향을 제시해주고, 식어가는 피를 따뜻하게 해줄 수 있는 그런 애정이었던 것이다.’

배우는 직업상 바람둥이여야 한다. 예전에 맡았던 배역이 아무리 마음에 들어도 한 번 지나가면 그뿐, 다음에는 자신의 새로운 배역을 우주의 중심에 놓아야 한다. 아마도 기자는 자신이 사랑하는 대상에게 완전히 이입되어 그의 생각과 생활을 몽땅 자신의 것으로 여긴다는 점에서 배우 김혜자를 올렌카 같다고 했을 것이다.

사랑에 빠지면 우리는 보통 상대와 자신을 일심동체로 믿는다. 사랑하면 으레 텔레파시가 통하고 매사에 한마음 한뜻이 되는 줄 안다. 서로 다른 의견과 가치관을 가져서는 안 되는 줄 안다. 사랑은 이성과 합리적 사고를 마비시킨다는 점에서 마약 못지않은 중독 증세를 보이게 한다. 그런데 사랑이 밥을 먹여주는 것은 아니라서 밥을 먹어야 사는 존재인 우리는 아무리 사랑이 좋다고 해도 그 중독 상태에서 계속 살아갈 수가 없다.

올렌카는 선천적으로 사랑중독증을 타고난 여인이었다. 그녀의 첫 남편은 작고 여위고 머리숱이 적고 안색이 누런 남자인데, 늘 투덜대는 그의 말에 귀를 기울이다가 그녀는 그의 불행에 마음이 움직여 그를 사랑하게 되었다. 그녀는 흥행업자인 쿠킨이 자기의 운명과 싸우면서 가장 힘겨운 적, 이를테면 냉담한 관객들을 상대로 고군분투하고 있다는 생각에 심장이 꽉 죄어드는 것 같았다.

결혼 후 두 사람은 다정스럽게 살았다. 남편의 세계를 고스란히 자신의 세계로 받아들인 올렌카는 어느덧 아는 사람들에게, 이 세상에서 가장 멋지고 가장 중요하고 가장 필요한 것은 연극이라고 말하게 되었다. 사람으로서 참다운 즐거움을 누리고 싶고 또 교양을 지닌 인간이 되고 싶다면 극장에 가는 길밖엔 없다고 그녀는 진심으로 믿었다.

#182   결혼 후 사업이 잘 되는데도 줄곧 크게 밑졌다고 징징 우는 소리를 하며 점

점 안색이 누렇게 떠가던 쿠킨이 갑자기 죽자 올렌카의 세계도 무너진다. 그녀의 비통한 울음소리를 들으며 이웃들은 안타까워한다.

"가엾기도 해라. 귀여운 올리가 저렇게 울어서 어쩌나!"

하지만 사랑만 있으면 밥을 먹지 않고도 살 수 있는 올렌카는 금세 사랑의 대상을 찾는다. 이번에는 목재소 관리인의 세계가 그녀의 전부가 된다. 그녀는 세상에서 가장 소중하고 필요한 것이 목재라고 생각하며 밤마다 꿈속에서, 어딘지 모를 먼 곳으로 목재를 싣고 가는 짐마차의 긴 행렬을 본다. 새남편의 생각뿐 아니라 취향과 습관까지 고스란히 자기 것으로 한 올렌카에게 아는 이가 권한다.

"어쩌면 당신은 그렇게 틀어박혀서만 지내세요? 가끔 연극이라도 보러 가지 그래요, 귀여운 사람?"

"우리는 일하는 사람이니까 쓸데없이 시간을 허비할 수 없어요. 그까짓 연극 따위, 볼 게 뭐 있나요?"

서로 사랑하면서 더없이 화목한 세월을 보내던 두 번째 결혼생활도 남편의 죽음으로 끝이 났고, 또 한 번 의지할 세계를 잃은 올렌카는 크게 휘청거리며 절망에 빠진다. 그녀의 집 별채에 세 들어 사는 수의사가 그런 그녀에게 새로운 세계를 열어준다. 부부관계에 문제가 있어 별거 중인 그 수의사는 가끔 그녀에게 화를 내며 잔소리를 했다.

"자기가 알지도 못하는 그런 이야기는 하지 말라고 당부하지 않았나! 우리 수의사들끼리 얘기하고 있을 때엔 제발 그렇게 아는 척하면서 말참견 좀 하지 말았으면 좋겠어."

그러면 그녀는 놀란 얼굴로 그에게 되묻는다.

“그럼 나는 대체 무슨 이야기를 하면 좋을까요?”

수의사와의 행복도 그가 소속연대를 따라 떠나자 끝이 났고, 외톨이가 된 올렌카는 텅 빈 집에서 텅 빈 머리로 텅 빈 시선을 한 채 마지못해 살았다. 그녀는 아무것도 생각하지 않았고 아무 소망도 없이 살았다. 그녀의 가장 큰 불행은 이제 무슨 일에나 그녀에게 의견이라는 게 없다는 것이었다. 주변에 있는 여러 가지 사물들이 눈에 비치고, 또 자기 신변에서 여러 가지 일이 일어나고 있지만 그 어느 한 가지에도 자기 의견을 정리할 수 없다는 것이었다. 그녀는 이제 무슨 이야기를 해야 할지를 몰랐다. 그녀는 세상을 그저 보고 있을 뿐 세상만물과 세상만사가 무슨 의미를 지니는지 전혀 설명할 수 없었다.

사랑중독도 다른 중독과 마찬가지로 공급이 끊기면 견디기 어려운 금단현상을 보인다. 사랑중독도 다른 중독과 마찬가지로 사람을 점점 의존적으로 만들다가 마침내 자기가 누군지, 자신이 진정 원하는 게 무언지 알 수 없게 한다. 무언가에 중독된다는 것. 자기 정체성과 존재의미를 포기하는 행위이기도 한데 올렌카의 경우, 뒤늦게 식어가는 피를 따뜻하게 해줄 수 있는 사랑의 대상을 찾아 잃어버렸던 미소와 생기도 다시 찾았다. 차갑게 굳어 있던 심장이 다시 훈훈하고 감미롭게 두근거리게 되었으니 이 경우 그녀의 고질병 치료에 쓰인 사랑은 중독성 강한 마약이라기보다는 만병통치약에 더 가까운 게 아닐까.

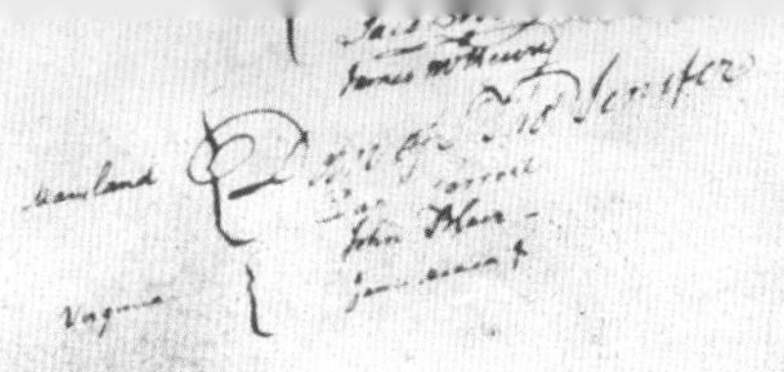

올렌카는 점잖고 기품이 있으며 정이 많은 여자로서
온화하고 부드러운 눈동자를 가졌고 몸은 아주 건강했다.
그 통통한 장밋빛 뺨이나 검은 점이 있는 부드러운 목덜미,
무언가 즐거운 이야기에 귀를 기울일 때
그 얼굴에 떠오르는 티 없는 미소를 보게 되면
사내들은, "응, 거 괜찮게 생겼는걸!"
이런 생각을 하며 웃음을 띠게 되고,
여자들은 참을 수 없어 이야기 도중에
올렌카의 손을 잡고 흡족한 나머지 저절로
입을 벌리는 것이었다.

– 「귀여운 여인」 중에서…

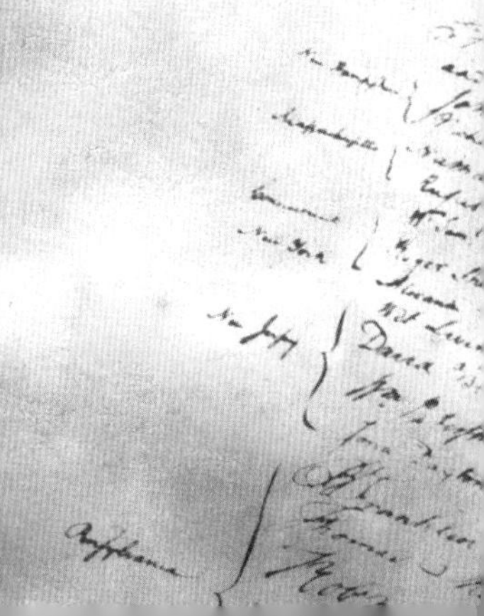

離婚指南

이혼지침서

쑤퉁 蘇童, 1963~

소설은 세상을 살아나가는 데 일종의 참고자료일 뿐이라고 말하는 작가. 예전에는 그 소설을 10만 명이 봤다면 지금은 1,000명도 안 보는 시대가 되었지만, 그래도 소설이 맞은 재난은 사회 다른 분야들의 재난보다 매우 작은 거라고 말하는 작가.

쑤퉁은 아무리 독자 수가 줄었어도 좋은 소설은 그 자체로서 가치를 가진다고 믿는 낙천주의자다. 따라서 그는 소설의 위기를 걱정하지 않는다. 대부분의 사람들이 인터넷을 한다고 해도 누군가는 기차에 앉아 소설을 읽을 테니까.

자신은 중국에서 모옌, 위화 등과 함께 평단의 인정과 대중의 사랑을 동시에 얻어, 쓰고 싶은 걸 쓸 수 있어서 다행인 행운의 작가라고 여긴다.

장이모우의 〈홍등〉의 원작이 된 『처첩성군』과 여성영화 〈홍분〉의 원작 『홍분』 등 그의 작품 다수가 영화화되었다. 『나, 제왕의 생애』, 『부녀생활』, 『쌀』, 『이혼지침서』 『뱀이 어떻게 날 수 있지』 등의 작품을 통해 '기이한 상상으로 가득한 자유로운 나그네'의 모습을 보여주고 있다. 그와 함께 떠나는 소설 속 세계는 낯선 이미지와 풍부한 유머로 다채롭다.

구식 노동자 주택에 사는 그는 지금 잠을 못 이루고 있습니다. 밤새 겨울바람이 쌩쌩 불어서 창문은 덜컹거리고, 밖에 내걸린 절인 고기가 쉴 새 없이 유리창과 목재 창틀에 부딪치는 소리를 내고 있기 때문입니다. 잠을 잊은 그에게 그 끔찍한 소음은 절망 그 자체죠. 그의 집은 북향이라 뼛속까지 시릴 정도로 춥고 방 안에는 시금털털한 냄새가 납니다. 겨울 밤, 불어대는 차가운 바람 속에서 그의 생각은 반은 가상의 창공으로 날아오르고 반은 냉혹한 현실 속으로 빠져듭니다. 불면증과 고민으로 머리와 얼굴이 부어오르는 듯한데 새벽의 희뿌연 광선 속에서 그는 우유 배달부가 거리 입구에서 부는 호루라기 소리를 듣습니다.

처가 식구들에게 인사불성이 되도록 두들겨 맞아 엉망이 된 몰골로 그는 베이징 출장을 갑니다. 그는 가고 싶지 않지만 사생활 때문에 일에 지장을 주면 안 된다는 사장의 생각을 바꿔 놓을 수는 없었죠. 기차가 허베이성 경계에 다다랐을 때 갑자기 기괴한 사건이 벌어집니다. 화물 기차 하나가 그가 탄 기차를 향해 돌진해 온 것. 어쨌든 그는 살아서 반나절 만에 회사 일을 끝내고 나머지 시간을 어떻게 보내야 할지 막막해 합니다. 베이징은 신혼여행 이후 두 번째죠. 신혼여행 와서 아침 일찍부터 밤늦게까지 쯔진청, 베이하이 공원, 이허위엔 사이를 줄기차게 돌아다녔는데 그 풍경들이 전혀 기억나지 않습니다. 다만 베이징의 인파 속에서 눈알이 참기 힘들 만큼 지끈거렸다는 기억뿐.

겨울은 재수 없는 계절이죠. 그는 이 계절에 맞설 방도가 없습니다. 시즈먼의 입체 교차로 근처를 배회하던 그는 전차를 타지만 붉은 오리털 유니폼을 입은 남자 차장에게 등을 호되게 맞고 차문 밖으로 떠밀려 나가떨어집니다. 상대방의 모욕에 대항할 힘이 없는 그는 자신의 허약함을 다시 한 번 절감하죠. 그는 톈안먼 광장으로 걸어갑니다. 허공에 싸락눈이 펄펄 날아다니고 광장에는 인적이 드문데, 광장에서 일어난 중요한 역사적 사건들을 애써 떠올리려 해도 헛수고일 뿐이어서 그는 다시 이혼에 관한 갖가지 상념들에게로 돌아갑니다. 톈안먼 광장에서 이혼을 고민하는 게 모독이 아닐까 하는 생각도 들었지만, 그렇다고 그의 이혼문제를 갖고 인민대표대회 상무위원회가 인민대회당에서 토론할 수는 없는 일. 그래서 그는 밤에 광장을 거니는 게 너무나 당연한 자유라고 생각합니다.

설날이 얼마 안 남았을 때, 장화이 유역에 큰 눈이 내렸습니다. 희디흰 눈이 도시의 주택과 거리를 뒤덮었죠. 구식 노동자 주택의 아이들은 거리로 나가 눈사람을 만들고, 창밖에서는 밝고 어린 환호성이 계속 들립니다. 아이를 안고 잠시 창밖의 설경을 보다가 그는 얼마 전 베이징에 갔을 때 눈 오는 밤 톈안먼 광장에서 세웠던 이혼계획을 생각합니다. 그는 탄식하죠. 사물의 객관적인 존재는 인간의 의지로 바꿀 수가 없구나…. 그의 이혼계획은 지지부진, 조금의 진척도 없는 겁니다.

그는 결국, 당연히 이혼을 하지 못했습니다. 그리고 봄이 서둘러 닥치자 겨울의 일들은 연기처럼 사라져버렸죠. 어느 날 그는 서점에서 철학 신간을 고르다 쇼윈도 너머로 그녀가 지나가는 것을 보게 됩니다. 그녀는 젊은 남자의 손을 잡고 걸어가고 있었죠. 그는 노인이 된 것처럼 처량한 기분이 됩니다.

이혼 못하는 남자

인생이 너무나 힘들다면서 "나는 세상을 떠나고 싶다"고 외치던 사람이 얼른 한마디를 덧붙인다.

"세상을 떠나되 아주 떠나지는 않고, 잠시 떠났다가 다시 돌아와 새 시작을 하고 싶다."

세상살이가 버겁고 이런저런 심려에 지쳐 그만 이 힘든 세상을 떠나 있고 싶다면서도 그는 말한다.

"세상을 떠나고 싶다는 나를 운명이 잘못 이해해서 내 원을 반만 들어주는 일은 없었으면 한다. 나는 운명이 나를 데려갔다가 영 돌아오지 못하게 하지 않기를 바란다."

로버트 프로스트Robert Frost의 시 〈자작나무〉는 '가도 아주 가지는 않으려는' 마음을 마지막 시구에서 이렇게 표현한다.

'이 세상은 사랑하기 좋은 곳. 더 좋은 세상이 있을 것 같지 않다.'

저물녘 6시, 거리의 사람들은 저마다 집으로 돌아가고 있었다. 그도 돌아가야 한다고 생각했다. 밤이 오면 그는 또 아내와 맞서야 한다. 그녀는 울고, 웃고, 죽는다고 위협하고, 끝없이 저주와 욕설을 퍼부을 것이다. 그는 내심 공포스러웠지만 어두워지기 전에 빨리 집으로 돌아가, 그 길고 무시무시한 전투를 맞아야 했다. 그가 전 세계와 인류가, 하물며 그 자신도 혼란과 위기에 처해 있다는 생각을 하며 집으로 가는 마지막 계단에 올라섰을 때 이웃집 여자가 달려와 말한다.

"왜 이제야 오는 거야? 당신 아내가 수면제를 한 병이나 먹고 병원에 실려 갔어."

하지만 그는 수면제 병에 수면제가 아홉 알밖에 안 들어 있다는 것을 안다. 그가 병원에 가자 처가 식구들이 성을 내며 그에게 달려든다.

"너는 네가 뭐라도 되는 줄 아냐? 결혼하고 싶으면 결혼하고, 이혼하고 싶으면 이혼해도 되는 거야?"

쑤퉁의 『이혼지침서』에는 지적, 정서적 충만을 삶의 최고 가치로 여기는 남자 '양보'가 주인공으로 나온다. 그는 어느 날 애정 없는 결혼생활을 거부하고 자유로운 삶으로 복귀하려는 '건전한 결단'을 내리지만 그 순간부터 험난한 세상살이의 진수를 톡톡히 맛보게 된다. 우선 그의 아내는 이혼을 절대악으로 여기는 나머지 온갖 수단을 동원해 이혼 저지 작전을 편다.

"봄이 되기 전에 이혼해요. 난 봄이 좋아요"라면서 그의 애인은 고군분투하는 그의 처절한 처지를 봐주지 않고 일방적으로 이혼을 독촉한다. 이혼도 돈 없으면 할 수 없는 일이어서 그가 도움을 청하러 찾아간 친구는 돈의 위력을 빌려 오히려 그를 조롱하고 모욕한다.

도대체 누가 세어본 건지 모르지만 사람은 보통 하루에 6,000가지 생각을 한다고 들었다. 6,000가지라면 1시간에 250가지 생각, 분 단위로 따지면 매 분 네댓 가지 생각을 한다는 계산이 나오는데 양보는 오로지 이혼 한 가지 생각뿐. 자나 깨나 이혼 생각뿐이니 '정신일도 하사불성' 또는 간절히 원하면 이루어진다는 '시크릿'이 통할 만도 한데 세상일은 그렇게 만만하게 돌아가지 않는다.

무엇보다 양보의 문제는 그가 캥거루나 지렁이를 닮았다는 데 있었다. 캥거루는 스카이콩콩처럼 자유자재로 재미있게 뜀박질을 하지만 뒤로는 뛸 수 없다는 치명적 약점을 지니고 있다. 지렁이는 어디가 머리고 어디가 꼬리인지 그냥 보면 잘 모르게 앞뒤 없이 생겼지만 땅 위를 기어가는 모습으로 상하체를 구분한다. 지렁이도 뒤로는 절대 갈 줄 모르는 동물이다.

이혼을 쉬운 일로 만들 만큼 엄청난 돈이 없으면, 뒷걸음치면서 남모르게 음모라도 꾸밀 줄 알아야 한다. 그런데 양보는 바보스러울 정도로 순진하게 정공법만 펼친다. 그가 심사숙고하며 세웠다는 이혼 계획이란 게 기껏 이런 식이다.

'첫 번째, 이혼에 합의하고 최대한 폭력을 피한다.

두 번째, 아내에게 유리한 조건을 제시하고 경제적인 면에서 희생을 감수한다.

세 번째, 새로 살 집을 미리 알아본다. 네 번째, 재혼 준비를 한다.'

이런 걸 계획이라고 세우고 있으니 그의 뜻이 쉽게 이루어질 리 없다. 지칠 대로 지쳐서 뇌수와 심장, 피부까지 피가 흐르는 것 같다고 호소하는 그에게 두 번이나 이혼에 성공했다는 스승 라오진이 한 수 가르쳐준다.

"이건 생사를 건 결투야. 잘못하면 양쪽 다 다칠 수도 있어. 머리를 쓰라고, 머리를. 내 전처는 그때 하마터면 미칠 뻔했어. 나도 꽤나 무서웠지. 그래서 내가 무슨 수를 썼는지 알아? 내가 먼저 미쳐버렸어. 내가 먼저 미치니까 그녀는 미치지 않고 냉정을 되찾더니 결국 이혼 수속에 합의하더군."

그러면서 라오진은 자신이 『이혼지침서』라는 가이드북을 썼는데 그 책만 제대로 읽으면 적어도 90퍼센트는 이혼에 성공할 수 있다고 장담한다. 미치광이 흉내도 음모의 일종이어서 양보는 이런 생각을 한다. 혹시 미친 척한 뒤에 정상으로 돌아오지 못하면, 정말로 미쳐버리면 어쩌지?

이혼은 하지도 못하고 회사에서는 보너스가 깎이고, 성생활은 줄곧 정상이 아니고, 저물녘의 하늘은 침침하고, 거리에 쌓인 눈은 종일 사람들이 밟고 지나가서 더러운 물이 되어버렸다. 갈 데 없어 들어간 대중목욕탕에서 그는 샤워기 여덟 개를 차례로 틀어놓고 이쪽 샤워기에서 저쪽 샤워기로 뛰어다니며 겨울밤의 진귀한 온기를 만끽한다. 증기와 물방울 속에 두 여자의 얼굴이 번갈아 스친다. 두 여자의 눈은 서로 비슷한 분노로 가득하다. 나를 놔줘. 그는 타월로 허공을 후려친다. 나를 좀 즐겁게 놔둬. 왜 즐기지도 못하게 하는 거야? 쏴, 하고 쏟아지는 물소리 사이로 양보의 참혹한 비명소리가 울려 퍼진다. 심술궂게도 목욕탕 직원이 온수 밸브를 잠가버린 것이다.

눈 내린 추운 겨울밤, 아내도 애인도 보고 싶지 않은 그는 도시 서쪽의 공사장으로 간다. 비계 아래 어지러이 쌓여 있는 콘크리트 관에 들어가 잠을 청했던 그는 건축자재 도둑으로 몰렸다가 미친놈 취급을 받는다.

"난 미친놈이 아니에요. 양보라는 사람이죠. 이혼을 추진하고 있는. 그런데 더 이상 이혼할 힘이 없어요."

그는 이혼을 하지 못했다. 그리고 봄이 서둘러 닥치고 겨울의 일들은 연기처럼 사라져버렸다.

 쑤퉁의 『이혼지침서』가 이혼하고 싶은데 이혼하지 못하는 남자의 희비극을 그렇다면 위화의 단편 「왜 내가 결혼해야 하죠」는 결혼하고 싶지 않은데 결혼해야 하는 남자의 희비극이다. 남자들은 헐렁하다는 공통점을 가졌다. 그들은 자기 정체성을 찾지 못하고 주변상황을 파악하는 데도 미숙해서 낭패의 인생을 산다. 자아와 세계의 대립에서 그들은 나름 진지한 승부를 펼치지만 그 진지함은 공감을 얻지 못하고 비웃음과 헛웃음의 대상이 된다. 그래도 위화의 어설픈 인물들처럼 양보는 밉지가 않아서 어쩌다 거리에서 마주치게 된다면 빙긋 웃으며 돌아보고 싶은 사내다.

서두에서 왜 프로스트의 시를 인용했냐 하면 우리가 '하고 싶다' 또는 '하고 싶지 않다' 고 말할 때, 그 간절한 바람에도 보이지 않는 그림자가 있을지 모른다는 의구심이 들었기 때문이다. 누군가의 "세상을 떠나고 싶다"거나 "이혼하고 싶다"거나 "결혼하고 싶지 않다"는 말을 잘못 이해해서 전적으로 믿은 나머지 괜히 이쪽이 잠도 못 자고 노심초사하던 경험. 하지만 간절한 소망을 놓치고도 사람들은 더 좋은 세상이 있을 것 같지 않아서일까, 다들 멀쩡히 잘 살기만 한다.

#193

인생의 베일

서머셋 몸William Somerset Maugham, 1874~1965

어려서 부모를 여의고 삼촌 밑에서 자란 그는 어릴 때 말 더듬이였다. 그 말더듬이의 기억과 허약한 체질이 성장기의 그를 얼마나 위축시켰는지는 자전적 소설 『인간의 굴레』에 잘 나타나 있다.

그는 대중성을 중시해 작품에서 통속적 흥미를 놓치는 법이 없지만, 평범하고 단순한 이야기 속에서도 복잡하고 불가해한 인간 본성을 날카롭게 드러내 보인다. 고갱의 이야기를 소재로 한 『달과 6펜스』와 『면도날』, 『과자와 맥주』, 『비』 등의 소설과 여러 편의 희곡이 있다.

젊은 시절의 그는 극작가로서 부와 명성을 얻었지만 날이 갈수록 사람들에게 인기를 얻는 건 오히려 그의 소설, 그중에서도 단편들이다. 명쾌하고 꾸밈없는 문체와 언어의 절제력, 긴장을 야기하는 스토리 전개 그리고 인간성의 모순과 그것에 대한 통찰력…. 가히 모파상과 견줄 만한 단편 작가라 할 수 있을 것이다.

그의 삶과 문학에 대해서는 『서밍 업』과 『어느 작가의 노트』를 참조하는 것이 좋다.

마흔한 살에 한 번 결혼을 하지만, 쉰세 살에 이혼한 뒤 평생 독신으로 지냈다.

그는 싫증이 나서 견딜 수가 없었다고 하네요. 오랫동안 그의 마음을 사로잡고 있던 사람들과 사상들, 그가 살고 있는 삶에 대해서 싫증을 느꼈는데 어느 먼 나라로 여행을 하면 자기 자신을 새롭게 할 수 있을 것만 같았다고 합니다.

그의 나이 마흔. 그는 변화가 필요해서 기꺼이 작가 생활을 그만두고 스파이가 되었죠. 그 일은 모험적인 것과 엉뚱한 것에 대한 그의 감수성을 자극했지만 혹독한 겨울에도 제네바 호수를 건너다녀야만 해서 건강을 해치게 됩니다. 이후 그는 미국을 거쳐 남태평양으로 가서 오래 구상해 왔던 폴 고갱Paul Gauguin의 생애를 토대로 한 소설의 소재를 얻으려 합니다. 그러다가 모종의 임무를 띠고 러시아에 갔을 때, 그는 폐결핵을 앓고 있었죠. 2년 동안 요양원에서 환자 생활을 한 뒤 그는 중국으로 갑니다.

아주 오래된 문명을 소유하고 있는 낯선 나라, 중국. 서머셋 몸은 거기서 여러 사람들을 만났고, 여러 장소와 사람들의 묘사와 그들이 연상시켜주는 이야기들로 수첩을 가득 채울 수 있었죠.

'나는 특성과 특이성과 개성을 찾아 항상 눈을 크게 뜨고 있었다. 나는 어떤 장소가 나에게 무엇을 줄 것 같으면 금세 알아차렸으며, 그런 경우에는 그것을 얻을 때까지 거기서 기다렸다. 그렇지 않은 경우라면, 나는 그대로 지나갔다.'

1920년 중국을 여행한 그는 2년 뒤 『중국의 병풍』이라는 여행기를 출판하죠. 그러다 단테의 『신곡』에서 힌트를 얻고 홍콩 여행의 경험을 보태 장편 『인생의 베일』을 쓰게 됩니다. 젊은 날 달랑 20파운드로 이탈리아에서 6주 동안 버틸 때 읽었던 『신곡』의 연옥편. 그는 피아의 이야기를 20세기에 옮겨놓으면 그 배경이 어디라야 그럴싸하게 보일까 고민했는데 중국으로 긴 여행을 다녀온 뒤 이 소설을 쓸 수 있었다고 합니다. 원래 주인공들의 성이 평범한 '레인'

이었는데 홍콩에 실제로 그런 이름을 가진 사람들이 살고 있었고 그들이 고소를 하는 바람에 '페인'으로 바꾸었다고 하죠.

월터와 키티의 집은 홍콩 하페이 밸리의 언덕 경사면에 위치하고 있습니다. 앞쪽에는 푸른 바다와 배로 북적이는 항구의 풍경이 펼쳐지고 있고요. 키티와 찰스의 밀회 장소는 빅토리아로드 근처의 작고 지저분한 집이네요. 어느 골동품 가게 뒤편의 어두운 계단을 올라가 키티는 더럽고 후텁지근한 공기 속에서 활짝 피어나는 장미가 되고는 했죠. 두 사람의 불륜이 들통 난 뒤 월터는 콜레라가 창궐하고 있는 메이탄푸로 키티를 끌고 갑니다. 서쪽 강의 지류에 있다는 그 죽음의 장소. 날은 너무 더워서 새벽에 길을 떠나 한낮에는 여관에서 열기를 피하다가 저녁이면 다시 발길을 재촉하는 여정이 몇 날이고 계속됩니다.

죽은 선교사 집의 칙칙한 응접실. 그래도 창 밖에는 강 건너편의 황홀하고도 몽환적 풍경이 펼쳐집니다. 별이 총총한 밤이면 어두운 중국 사원의 환상적인 지붕들도 보이고요. 메이탄푸에서 키티는 죽음의 공포와 번뇌를 하찮게 쪼그라들게 하는 광경의 힘과 만납니다. 동이 터 올 때의 숨 막힐 듯한 아름다움. 안개를 헤치며 떠오르는 태양이며 평원을 뚫고 작은 강을 가로질러서 쭉 펼쳐진 길이며….

중국해를 여행할 때 배 안에서 만난 이가 몸에게 그랬다는군요.

"여보게 친구, 인간에 대한 내 의견을 한마디로 말해 보겠네. 인간의 심장은 제 자리에 붙어 있지만, 머리는 아무짝에도 쓸모없는 기관이라네."

마음껏 미련 없이
다 내버리지 못하는 이유

살면서 마땅히 버려야 할 것을 버리지 못하고 연연하는 미련스러움을 보이곤 한다. 마음속으로 은밀히 꿈꾸고 있는 일 중 하나가 시베리아나 중국 아니면 북미라도 좋으니 대륙횡단열차를 타고 가면서 신나게 책을 읽는 것인데, 한 보따리 들고 탄 책들을 읽는 족족 차창 밖으로 내던져 기차에서 내릴 때는 맨손 툭툭 터는 홀가분한 몸이 되는 것이다.

정신의 자유를 위해 책을 읽는다고 줄곧 생각해 왔는데 어쩌면 독서가 오히려 정신을 구속하고 있는 게 아닌가 싶기도 하다. 좋은 책에 대한 분별이 없이 그냥 닥치는 대로 책을 읽어온 편이라서 그런가. 어린 시절 글도 읽을 줄 모르면서 먼저 만화책에 빠져들어 엄희자와 조원기를 알게 되었다. 내게 독서는 놀이였고 즐거움이었지 의무이거나 고역이었던 적은 별로 없었다. 왜냐하면 어렵고 지루한 책은 안 읽으면 그만이었으니까. 그러다보니 취향이라는 게 생겨서 언제부터인가 자유로운 책읽기가 아니라 편협한 책읽기를 하고 있는 자신을 발견하게 된다.

서머셋 몸과의 인연은 중학교 1학년 국어 선생님으로부터 시작되었다. 중

#199

학교에 들어가 처음 본 중간고사에서 국어 시험을 망쳤다. 초등학생 시절 워낙 난독과 남독을 밥 먹듯이 한 탓에 나는 내가 꽤 유식한 독서가이자 뛰어난 국어실력의 소유자인 줄 착각하고 있었다. 공부를 좋아하지 않았어도 국어 과목만큼은 늘 최고의 점수를 받고는 했다. 그런데 다른 과목도 아닌 국어에서 최악의 점수가 나왔다. 70점대의 그 점수는 자존심에 큰 상처를 내며 기억에 또렷이 새겨졌다.

더 자존심 상하는 일은 "잘했다"며 선생님이 칭찬한 것이다. 셰익스피어나 괴테의 작품을 묻는 문학 문제에서는 틀린 게 없다는 것이 이유였다. 어쩌면 국어수업이라기보다 문학수업에 가까웠던 선생님의 파격적인 국어시간을 좋아한 건 나뿐이었는지도 모르겠다.

삶을 온통 소설책에 바치는 대단한 독서가가 되고 싶었던 말라깽이 소녀에게 선생님은 헤르만 헤세와 브론테 자매 이야기를 했고, 빅토르 위고와 스탕달, 까뮈나 카프카 이야기까지 했다. 그러다가 서머셋 몸을 만났다. 처음 듣는 작가였다. 『인간의 굴레』를 선물 받고 또 살짝 자존심을 다쳤다. 선생님이 "글쎄, 좀 어려울까?"라고 하셨기 때문이다. 읽어보니 하나도 어려울 것이 없는 소설인데 선생님은 왜 그런 토를 다셨을까? 화가 나서 도서관을 뒤져 『달과 6펜스』를 찾아 읽었고, 그렇게 쉽게 읽히는 작가보다 훨씬 수준 있어 보이는, 그러니까 도무지 진도가 나가지 않는 문장을 나열하는 작가들을 섭렵하느라 한동안 진을 빼고 있었다.

'우리는 같은 책을 읽었어도 동질의 책을 기억하지 않는다. 똑같은 책에 대한 저마다 다른, 또 그때그때 다른 독후감은 책이라는 게 유기체이고 나아가 생명을 가진 존재라는 확신을 심어준다. 책이란 읽을 때마다 다시 꾸며지는 것이고, 한 권의 책은 부분적 독서에서 뽑아낸 조각들을 이리저리 맞춰나가는 조각퍼즐 같기만 하다. 어떤 책에 대한 기억은, 아니 어떤 책을 읽은 기억은 개인적 취향과 환상에 의해 뒤엉켜지고 재구성되는 게 보통이다.'

누군가가 지적했듯이 기억이란 얼마나 허술한 진실인가. 이사할 때 누렇게 색이 바랜 낡은 책들을 차마 버리지 못하는 이유는 읽을 때마다 새로운 작품으로 다가온 독서의 기억을 잊을 수 없어서였다. 열넷에 읽은 『인간의 굴레』와 스물넷에 읽은 『인간의 굴레』는 전혀 다른 작품이었다. 마찬가지로 처음 읽었던 『인생의 베일』과 나중에 다시 읽은 『인생의 베일』도 격이 다른 작품이었다.

『인생의 베일』을 읽고 처음에는 크게 실망했었다. 촌철살인의 작가가 어떻게 이런 긴장감 떨어지는 통속소설을 썼는지 도무지 이해하기 어려웠다. 더구나 이 작품은 그의 초기작도 아니었다. 작가로서 인정받고 부와 명예를 함께 누리던 완숙한 50대에 발표된 작품이었다.

영화가 아니었으면 이 소설은 내 기억에 없는 작품이 되었을 것이다. 책 소개를 하고 있는 잡지에 영화의 원작소설들을 소개하느라 이 책을 포함한 몇 권의 책을 사서 읽었다. 아직 영화 〈페인티드 베일〉은 보지 않았을 때였다. 좋아하는 배우인 에드워드 노튼Edward Norton이 나온대서 나중에 찾아본 영화가 아주 이상했다. 소설보다 더 형편없었다. 바람난 유부녀와 그녀에게 복수하려는 남편의 이야기가 어쩌다가 '엇갈린 운명 끝에 찾은 영원한 사랑' 이 되었는지 어리둥절해졌다. 마침 할 일도 없는 터라 침대에 엎드려 다시 소설책을 펼쳤다. 뜻밖에도 소설은 아주 애매하고, 복잡하고, 미묘하게 읽혔다. 한마디로 참 재미있었다.

통속 멜로물 같아서 실망했던 첫 독후감을 그나마 달래주었던 건 몇몇 군데에서 발견되는 몸 특유의 위트와 풍자였는데 다시 읽을 때도 몇 번의 쓴웃음이 터져 나왔다. 가령 여주인공이 외간 상대인 찰스의 아내에 대해서 '도로시라고 불리다니, 불쌍하기도 하지!' 하며 한물 간 이름을 가진 것을 동정할 때. 키티라는 이름을 도로시라는 이름보다 한 수 위로 여길 수 있다는 게 놀라운데, 그 허영심은 나중에 찰스를 경멸하지만 그의 아내는 좋아한다는 워딩턴의 다음과 같은 말로 한 방 먹는다.

"그의 아내가 그의 여성 편력에 대해 농담하는 것을 들은 적이 있습니다. 그에게 빠진 불쌍한 여자들과 친구라도 되고 싶다더군요. 그런데 남편에게 빠진 여자들이 어쩌면 그렇게 하나같이 싸구려 같은지 썩 자랑할 만한 일은 못 된다나요."

키티의 남편 월터가 마지막 남긴 "죽은 건 개였어"라는 대사도 씁쓸하지만 의미심장하다. 미친개가 남자를 물자 사람들은 남자가 죽을 거라고 법석을 떤다. 하지만 정작 남자는 상처가 낫고 죽은 건 개였다. 오쟁이진 남편으로서 아내를 향한 미칠 듯한 분노와 질투와 복수심으로 월터는 콜레라가 창궐한 중국의 오지로 키티를 끌고 간다. 가기 싫지만 다른 선택을 할 수 없었던 오지의 마을에서 키티는 새벽안개에 싸인 강가에 햇빛이 드리우는 신비로운 광경을 보게 된다. 태양이 안개를 헤치며 떠오르는 그 숨 막힐 듯한 아름다움 속에서 순식간에 고통과 미혹이 사그라지는 경험! 그렇게 자연의 품 안에서 키티는 용서라는 해독제를 찾아낸다. 오히려 월터는 끝끝내 아내의 배신과 그런 속된 여자를 사랑한 자신을 경멸하며 용서하지 못한다.

"내가 어리석고 천박하다고 해서 날 비난하는 건 공평하지 않아요. 내가 갖지 못한 품성을 내 탓으로 돌리고 나를 비난하는 게 공평한가요? 난 내가 아닌 것을 나인 척하며 당신을 속이려고 한 적 없어요. 난 그냥 예쁘고 명랑해요. 장터 노점에서 진주 목걸이나 담비 코트를 찾지 말아요."

"남자가, 여자가 자신을 사랑하도록 만드는 데 필요한 것을 갖추지 못했다면, 그건 그의 잘못이에요."

"내가 그처럼 무가치하지 않다면 그런 하찮은 사람에게 마음을 빼앗기지 말았어야 했겠죠. 당신에게 용서를 구하진 않겠어요. 하지만 우리 친구가 될 순 없을까요?"

자신에게 진주의 고결함이 없다는 걸 기꺼이 인정하면서, 그냥 장터의 주석 트럼펫이나 장난감 풍선처럼 싸구려지만 그 자체를 충분히 즐길 수 있을 만큼 키티는 긍정적인 여자다. 위선적이고 속물근성을 가진 동시에 용기 있고 사랑스러운 여자. 그런 그녀에게 "손이 더러워지면 반드시 씻는 것보다 더 기특한 일은 없다"고 일러준 수녀원장이 그랬다.

"알겠지만, 평화는 일이나 쾌락, 이 세상이나 수녀원이 아닌 자신의 영혼 속에서만 찾을 수 있답니다."

『인생의 베일』은 잘못된 사랑이나 어긋난 사랑을 바로잡는 연애소설이 아니다. 그러니까 용서와 화해로 거듭난 사랑이라든가 운명적인, 또는 영원한 사랑을 이 소설에서 기대해서는 안 된다. 소설에서는 사랑보다 어쩌면 욕정이 더 진실 되게 그려진다. 혐오스러운, 그래서 힘껏 내던지고 싶은 우리의 부끄러운 본성들. 그 본성들을 온갖 화려한 베일로 가리면서 우리는 인생을 산다.

見よ月が後を追う
봐라 달이 뒤를 쫓는다

마루야마 겐지丸山健二, 1945~

마루야마 겐지의 소설은 시적이다. 시소설로 불리는 작품들도 있다. 하지만 삭발한 그의 모습은 시인이라기보다 수도승에 가깝다. 그는 모든 문학상를 거부한 채 문단을 떠난다. 매스컴도 외면한 채 최저 생계비로 생활할 수 있는 고향으로 내려가 전업 작가가 된다. 소설가로 나선 이상 자신이 납득할 수 있는 작품만을 쓰기 위해 그는 불필요한 모든 것을 털어내었다.

강인하지만 고독한 사나이. 마루야마의 작품들은 서점에 깔린 수많은 일본소설들 중에서 드물게 남성적 스타일과 기개를 보여준다.

무미건조한 일상적 삶 속에서 앞날에 대한 꿈도 희망도 자신과는 무관하다는 듯 오직 록음악과 오토바이가 주는 진동에만 영혼의 공명을 느끼는 청춘들. 애니멀스Animals의 〈The House of the Rising Sun〉을 자신의 테마송이라고 생각한 나머지 『아침 해가 비치는 집』을 쓰기도 했다. 시적인 문체와 영상미가 뛰어난 『물의 가족』을 비롯해 『달에 울다』, 『천일의 유리』, 『해와 달과 칼』 등의 작품이 있다.

"바다에 면한, 지도에 기재할 가치도 있을지조차 의심스러운 촌마을. 이 고장을 꼼짝달싹 못하게 얽어 묶고 있는 정적의 지겨움이라니. 여기에 비하면 산골짜기에 싸인 한촌 쪽이 그나마 활기가 넘친다"면서 그는 투덜거립니다.

마을에 꼭 하나밖에 없는, 암홍색 불빛을 계속 내뿜는 있으나마나 한 네온사인도 불만이고 한밤중에 진동음을 발하고 있는 원자력 발전소도 불만이죠. 사람의 목숨 따위 아무것도 아니라는 듯이, 일심전념 자기 일에 몰두하는 그 녀석. 평상시에는 눈에 보이지 않는 오염을 끊임없이 반복 생산하는 그 녀석은 진취적인 척해 보이면서 수구가들의 앞잡이 노릇을 하고 있어서 눈엣가시입니다.

"도대체 인간이 만들어 낸 물건 치고 자연의 섭리를 거스르지 않는 것은 없어."

그는 쇳조각이랑 구리, 거기에 약간의 유리와 같은 재료로 이루어진 자신 또한 예외가 아니라는 것을 인정합니다. 그는 오토바이. 오랫동안 산골에서 살았던 그는 어쩐 일인지 바다 일변도인 새 주인을 만나게 됩니다.

쇠락한 마을과 거대한 원자력 발전소, 초라한 누대와 괴물 빌딩의 도시. 서로 다른 것들의 경계지대에서 주민들은 어저께 했던 일을 오늘 다시 하기 위해 느릿느릿 움직입니다. 그들의 존재는 그들이 끌고 있는 그림자보다 희미하죠. 항구에 매인 소형 배들은 아무래도 조업을 단념해버린 것 같습니다. 못생긴 여자가 등에 업고 있는 아기의 발육도 그다지 신통해 보이지 않고요. 무섭도록 빠른 역조가, 끝없이 펼쳐진 대해원 먼 저쪽에서부터 한여름의 막막한 충일을 잇달아 실어오는 8월. 이 마을을 향한 모든 질문은 우문이 되어버립니다.

마을에 남아 있는 무리들은 대부분 무위도식자들. 그렇다고 해서 아무 일도 안 하고 살 수 있을 만한 자산가도 없죠. 그저 오늘 하루를 헛되이 살 뿐인 사람들. 권력을 쥔 당국에 "그럴 리 없다"고 단호하게 말할 만한 기력조차 없는 사람들. 그들은 방사능의 원천에 대해 날카롭게 다그치는 자들이 아닙니다. 수심에 잠겨 눈물을 흘리는 것은 대체로 움직이지 않는 자들. 죽은 언어로 외관을 장식하고 싶어 하는 그들은 산 채로 흙이 되어갑니다.

서둘러라. 살림에 찌든 냄새가 나는, 이 더러운 구도시를 얼른 탈출하자. 원자력 발전소의 기생충으로 몰락한 기개 없는 마을을 오토바이는 전속력으로 빠져 나갑니다. 움직이고 있는 한, 달리고 있는 한, 납득되지 않는 것은 없는데 갑자기 그의 기수가 바보 같은 얘기를 꺼냅니다. 부모를 꼭 닮은 두 사람을 봤다는 얘기 끝에 그와 그의 소꿉친구는 말도 안 되는 결론을 내립니다. 이제 막 떠나온 고향으로 돌아가자는 것이죠. 저 오점 투성이인 해변 마을로 돌아가다니! 원자력 발전소에 점령당한 마을과 어쩔 수 없이 순종하는 주민들에게 되돌아가다니… 젊은 혈기로 저지르는 과오치고는 최악의 답입니다.

그래도 그는 두 사람이 낸 답의 방향으로 부지런히 바퀴를 회전시키죠. 저 원흉 같은 바닷바람을 쏘이고 싶어 하는 그들 마음을 알기 때문입니다. 그는 오십 평생에 처음으로 남의 말을 경청할 마음이 됩니다. 두 사람 분의 젊은 영혼을 기분 좋은 압박으로 느끼며 달리는 그의 앞에 돌연 한아름은 족히 되어 보이는 통나무가 내던져지고, 그와 그의 기수와 기수의 소꿉친구는 나란히 지면에서 떠나 재난의 여름밤을 날아갑니다. 그들은 그렇게 이 세상을 각기 제멋대로 날아가고 있습니다.

질주와 정지,
또는 달 너머로 뛰어들기

남들보다 커피를 좀 많이 마시는 편이다. 가끔 칼슘을 몸 밖으로 배출시키는 커피의 심술궂은 습성을 조금이나마 달랠 수 있을까 해서 우유를 섞어 보기도 하지만 카페라테나 카페오레, 카푸치노는 내 취향이 아니다. 차라리 혀가 놀라고 가슴이 두근대다가 급기야는 손이 가늘게 떨릴 지경의 에스프레소를 택한다. 간장 종지만 한 에스프레소 잔을 치우고 사발만 한 잔에 그 검고 독한 액체를 가득 채운다. 비로소 정신이 번쩍 든다.

스무 살 시절에 처음 『희랍인 조르바』를 읽으면서 느꼈던 희열. 그건 빈 속에 들어간 에스프레소 같았다. 아드레날린이 마구 솟구치면서 '그래, 이렇게 살아야 해. 한 번뿐인 인생, 사는 것 같이 뜨겁게 제대로 살아야 해' 라고 스스로에게 주문처럼 외치게 했다. 그때는 재테크나 승진에 대해 이야기하는 사람들로부터 고개를 돌렸다. "세상에, 기름 값이 배럴당 100달러라니!" 하는 놀람보다 "세상에, 오동나무 한 그루에 까치가 스무 마리라니!" 하는 놀람이 더 중요했던 시절, 그때는 마냥 그런 시절을 살아낼 줄 알았다.

마루야마 겐지는 30대의 어느 날 정신없는 일상을 뚫고 에스프레소처럼 독하게 다가왔다. 『물의 가족』에서 그는 죽은 자의 목소리를 빌려 그동안 잊고 있었던 순정한 세계를 일깨우며 세상과의 안이한 타협과 교감을 반성하게 했다. 죽었지만 그 넋은 여전히 가족들 곁을 떠돌고 있어서 끊임없이 독백을 쏟아내고 있던 주인공. 그 짧고 단순한 잠언 또는 경구가 『봐라 달이 뒤를 쫓는다』에서는 오토바이의 입을 통해 나온다. 거취를 주저하는 자, 안이함에 빠진 자, 옛이야기를 되풀이하는 자, 공연히 빈말을 하는 자, 만세에 전해질 공적 같은 것에 마음을 쓰는 자, 건강에 유의하며 오로지 내일의 행복을 기원하는 자, 무해무독한 일반 대중의 일상의 길을 걷고 싶어 하는 자, 절충하는 방법에 대해 장광설을 늘어놓는 자. 그들 모두를 '움직이지 않는 자'로 규정하면서 '움직이는 자'로서 그는 퇴로가 없는, 앞만을 향해 질주하는 슬픔과 노여움을 이야기한다.

'나는 공연히 장광설을 늘어놓는 선동자가 아니다. 나는 시류에 선행하는 사상을 휘두르는 현학자가 아니다. 나는 무정부주의의 진의를 명백히 하려고 기도하는 도발자가 아니다. 나는 지루하기 짝이 없는 생과 나날이 긴장의 도를 더해 가는 죽음을 연결시키는 매개체가 아니다. 그렇다고 해서 나는, 정의로운 척하며 사회운동의 선봉이 되고 싶어 하는 비열한 녀석도 아니다.'

이런 선언 같은 독백을 쏟아내는 견인주의자 오토바이의 정체가 궁금하지 않은가? 일단 그의 나이는 쉰 정도 되는 걸로 짐작된다. 그는 일생을 통해 세 명의 기수를 만났다. '언제 죽어도 여한이 없어'라고 중얼거리던 두 번째 기수는 사내답지 못하게도 진실한 사랑인가 하는 것을 갈구하다가 완만한 커브 길에서 인생을 물방울처럼 터뜨리고 증발했다. 그는 그때 두 번째 주인과 정사에 가까운 동반자살을 감행했다. 죽었던 그가 어떻게 해서 되살아났는지 영문을 모른 채 그는 애송이 젊은이를 세 번째 기수로 맞는다.

마루야마 겐지의 소설은 네러티브보다 문체를 중시한다. 개인적 색채를 거의 드러내지 않는 그의 문체는 단순명쾌하고 솔직담백하다. 때로는 비정하고 때로는 비장하다. 그의 문체는 내향적인 심리 묘사를 거부한다. 그는 설탕이나 우유, 크림과 계피 향을 거절한 채 오로지 커피 그 자신으로만 승부하려는 에스프레소 같다.

그는 표면적인 일상성 뒤에 숨어 있는 인간 본성의 졸렬함과 속물근성을 드러내는 데 주저함이 없다. 모든 문학상을 거절하고, 어떤 앤솔로지에도 자기 작품을 싣지 않고, 문단과 매스컴을 떠나 소설가로서 자기 자신이 납득할 수 있는 작품만 쓰는 일이 어디 쉬운 일인가. 그런데도 그는 작품을 위해 스스로를 세상의 즐거움과 번거로움에서 유리시킨 채 최소 생계만 유지하는 생활을 벌써 20년 이상 하고 있다. 그는 여전히 건재하고 그의 작품은 갈수록 단단해진다. 그의 작품은 시적 문체의 소설을 지나 이제 시소설의 영역으로 자리 잡았다.

쇠락한 마을과 거대한 원자력 발전소, 초라한 누대와 괴물처럼 비대한 빌딩, 오토바이의 급발진과 급가속과 급정지, 그 탄력 있는 주행의 뒤를 쫓는 달의 시선. 세 번째 라이더는 복잡한 심리나 관념적 사변이란 모른 채 오로지 자신의 몸으로 세상을 살아가는 젊은이다. 그는 이 소설의 화자가 아니어서 작품 속에서 내내 자신의 생각과 느낌과 목소리를 들려주지 못한다. 그는 오토바이를 타고 있을 때만, 육체의 충고를 좇아 달릴 때만 제 본모습을 드러낸다. 바다에서 자란 그는 결코 겁내지 않고 일정한 속도를 유지하면서, 다수에 의

지하기를 부끄럽게 여기지 않는 대집단 한가운데를 조용하게 돌파하려고 한다. 참 멋진 배짱! 하지만 그의 길은 이미 정해져 있다. 시골이든 도시든, 질주든 정지든 그의 가난하고 불안한 스무 살을 쉬게 할 수 있는 건 없었으니까. 달 너머로의 완전한 점프. 그 뒤에는 결국 중력의 압승만 있을 뿐이다.

산산이 부서진 몸으로도 되살아났던 오토바이였지만 이번에는 그 강한 운도 그를 구해주지 못한다. 이번에야말로 그는 세 번째 기수와 함께 끝장나고야 만다. 차체 전체가 크게 부서졌을 뿐 아니라 새어나온 연료가 인화되고 있었기 때문이다. 그는 불덩이가 되면서 세 번째 기수와 그의 여자친구에게 작별인사를 한다.

"너희는 움직이는 자였다. 너희 덕분에 나도 움직이는 자가 될 수 있었다. 너희는 움직이는 자에게 어울리는 화려한 최후를 맞이하였다. 움직이는 자의 아류였다고는 결코 생각하지 말아라."

셋의 최후에 조의를 표하는 이도 없고 고인을 추모하는 이도 없고 눈물로 석별을 고하는 이도 없다. 다만 달이, 지금까지 계속 쫓아왔듯이 그들의 뒤를 쫓을 뿐이다.

스스로를 가리켜 "그 무엇인가를 추구하여, 언어라는 범선을 조종하며 정신의 대해원을 방황하는 자"라고 말하는 마루야마 겐지. 늘 침몰의 위기 앞에 자신을 드러내놓고 있다는 이 작가는 그럼에도 불구하고 평생에 걸쳐 항해를 계속할 거라고 한다. 배는 항구에 정박해 있을 때 가장 안전하지만 배란 그렇게 뭍에 묶여져 있으라고 만들어진 게 아니니까 끊임없이 험한 바다로 나가야 한다. 배를 타고 영혼의 바다로 나아가 일상적인 의식의 저 깊은 밑바닥에 가로누워 있는, 이 세상에서의 인간 존재의 의미조차도 숨기고 있는, 굉장한 힘을 지닌, 극히 매혹적인 그 무엇을 낚는 일. 그건 소수의 작가만의 누릴 수 있는 즐거움이자 괴로움, 특권이자 천형이다.

사족 하나. 몸을 위해서는 종합 영양제니 비타민 C니 홍삼 드링크니를 열심히 섭취하면서도 마음을 위해서는, 아니 영혼을 위해서는 아무것도 섭취하는 게 없을 만큼 우리는 무심하다. 피천득 선생이 수필에서 눈물 나는 말씀을 하셨다.

"나는 무표정한 사람이 되어가고 있다. 나는 사람을 대할 흥미조차 잃어버리고 있는 것 같다. 때로는 남이 듣기 좋으라고 마음에 없는 소리를 하는 수가 있다. 그럴 때면 나도 모르게 눈에 눈물이 난다."

『봐라 달이 뒤를 쫓는다』는 그런 눈물을 예방해줄 뿐 아니라 눈물병 치료에도 도움이 되어줄 거라 장담한다.

Story 05

마이클 K

사막

가시나무새

마이클 K

존 쿳시ㅣJohn Maxwell Coetzee, 1940~

남아공의 케이프타운에서 태어난 존 쿳시는 전형적인 아프리카너에 속한다. 그러니까 그는 그 땅의 원주인인 흑인들을 인권의 사각지대로 몰아넣은 백인 식민주의자의 원죄의식에서 자유롭지 못하다.

2003년 스웨덴 한림원은 "현실 밖에 선 사람이 놀랍게 현실에 관여하게 되는 양상을 다양한 모습으로 묘사해 왔다", "잔인한 인종주의와 서구 문명의 위선을 끊임없이 비판하고 진지하게 의심해 왔다"면서 그에게 심사위원 18명 만장일치로 노벨문학상을 안겨주었다.

그는 소설에서 리얼리즘 대신 미니멀리즘을 추구한다. 최대한의 것을 최소한의 언어로 응축해서 폭발적인 힘의 소설미학을 보여준다. 한 오라기의 감상도 없이 세상을 바라보는 그의 시선에는 늘 회의가 담겨 있다.

여러 문학상을 휩쓴 『야만인을 기다리며』와 『엘리자베스 코스텔로』 등 상복 많은 그는 『마이클 K』로 1983년에, 또 『추락』으로 1999년에 부커상을 받음으로써 최초의 2회 수상작가가 되었다.

벌어진 틈, 거꾸로 된 것, 아래쪽에 있는 것, 베일에 가려진 것, 어두운 것, 묻힌 것, 여성적인 것…. 존 쿳시는 자신의 소설이 지향하고 있는 것이 그런 것들을 읽어내는 거라고 말합니다. 세상을 바라보는 그의 시각에서 낙관이나 긍정을 기대하기란 어렵다는 말이겠죠. 그의 언어는 더할 나위 없이 명징하고 완벽하지만 그가 보여주는 풍경은 사람을 불편하게 만들고, 이것도 저것도 아닌 가치의 회색지대를 헤매게 하네요.

존 쿳시는 유럽식민주의의 교두보에 해당하는 남아프리카의 케이프타운에서 태어났습니다. 백인의 후손이므로 그는 전형적인 아프리카너에 속하죠. 아파르트헤이트를 법제화해서 다른 종족들을 인권의 사각지대로 몰아넣은 백인 식민주의자들의 집단에 속하지만, 그는 자신의 태생적 한계를 원죄처럼 짊어지고 이념적으로는 식민주의자이기를 거부해온 작가입니다.

"이전의 가해자가 마음을 바꿔 피해자의 편에 서고 싶어 해도 피해자가 이를 받아들인다는 보장은 없다"면서 그는 백인정권이 종식되고 흑인정권이 들어선 조국에 대해서도 무지갯빛 환상 대신 우울한 응시를 보냅니다.

"우리는 현재 옛것과 새것이라고 희망했던 것 사이의, 불안하고 점점 더 편치 못한 틈에 있는 것 같다."

마이클 K는 사막을 호박꽃으로 뒤덮이게 하겠다는 꿈을 갖고 있죠. 그는 역사의 수레바퀴 소리를 듣기에는 너무 바쁘고, 너무 우둔하고, 너무 넋이 빠진 사람들 중 한 사람입니다. 그는 농장, 회색 가시나무들, 돌 많은 땅, 둘러싸인 언덕들, 멀리서 보면 자줏빛과 핑크색으로 보이는 산들, 자세히 바라보면 호박잎과 당근의 선명한 녹색 싹이 갑자기 눈에 들어오는 곳을 제외하면 온통 햇볕 아래 회색과 갈색을 띠고 있는 땅을 생각합니다. 그는 정원사입니다. 그는 자신이 지렁이나 두더지를 닮았다고 생각하는데 그 둘도 일종의 정원사죠. 정원사들은 땅에 코를 대고 시간을 보냅니다.

아프리카는 어떤 곳인지요? 아프리카 난민과 기아들을 도우러 몇 번이나 그곳에 갔다는 어떤 이가 "숱하게 아프리카를 다니면서 본 야생동물이라곤 저 멀리서 얼룩말 한 마리 뛰어가는 걸 본 게 전부예요. 풀도 없고 물도 없고 가시나무만 있더라고요. 정말 하느님이 이러실 수는 없다는 말이 저절로 나오더군요"라고 말하던 걸 기억합니다. 영화나 텔레비전에서 보던 멋진 동물의 왕국을 실제로 보기에는, 그 땅의 전쟁과 기근이 너무 지독하다고 합니다. 자연의 혹독함보다 인간의 적의와 폭력이 더 잔인하게 땅의 생명력을 빼앗는 것은 아닌지요.

도시인 케이프타운이 아니라 거기서 좀 떨어진 시골의 풍경을 그려 봅니다. 역사의 수레바퀴가 어디로 굴러가든 누군가는 땅에 코를 박고서 씨를 뿌리고 싹을 틔우고 꽃을 피울 것입니다.

'떨어져서 보니 화단은 자홍색, 홍옥색, 회청색 등의 색깔로 블록을 이루고 있다. 꽃이 피는 계절, 꿀벌들은 일곱 번째 천국에서 사는 게 틀림없다.'

'바람이 잔다. 영원히 계속되었으면 싶은 완벽한 정적이 깃들인 순간이다. 부드러운 태양, 오후의 정적, 꽃밭 속에서 바삐 움직이는 벌들, 밀짚모자를 쓰고 약간 배가 부른, 그림 한가운데에 있는 젊은 여인. 영원한 여인.'

세상의 모든 K를 위하어

　도무지 영문을 알 수 없을 때의 난감함과 두려움. 가령 그에게는 이런 경험이 있다. 선생님이 의자 사이의 줄을 성큼성큼 걸어 다니는 동안 그는 공포감에 질려 앞에 있는 문제를 응시한다. 열두 사람이 여섯 자루의 감자를 먹는다. 자루 하나에는 6킬로그램의 감자가 들어 있다. 한 사람의 몫은 얼마인가? 그는 12라고 썼다가 6이라고 썼다가, 숫자를 갖고 어떻게 해야 할지 몰라 두 숫자를 모두 지운다. 그는 몫이라는 말을 오래 들여다본다. 그것은 변하지 않았고, 풀리지 않았고, 신비를 드러내지도 않았다. 그는 생각한다. 몫이 무엇인지도 모르는 상태에서 죽게 생겼구나!

　그는 K다. 프란츠 카프카Franz Kafka의 『성』과 『심판』에 나오는 그 K처럼 그는 자신에게 무슨 일이 일어나는지, 사람들이 왜 그러는 것인지 알 수가 없어서 어리벙벙할 따름이다. 그는 사람들이 하는 말을 이해하지 못한다. 핑크빛 속살이 드러난 채 닫히지 않는 입술을 가진 언청이로 태어난 K. 그는 말에 능숙하지 못하고 머리가 빨리 돌아가지 않는다. 그는 어쨌든 나름대로 최선을 다해 보지만 번번이 낭패를 본다. 그래서 그는 혼자 있을 때가 가장 편하다. 그는 마침내 체제의 일부가 되기를 포기하고 그냥 존재하기로 한다. 지렁이나 두더지처럼 땅에 코를 대고 시간을 보내기로 한다. 그가 그렇게 몸을 낮춘다면 어쩌면 그는 사람들로부터, 심지어는 그들의 동정심으로부터도 탈출하게 될지 모른다.

남아프리카공화국에 월드컵 경기를 보러 가자는 한가한 이야기를 나누다가 존 쿳시를 만나면 새삼 민망해서 남아공이란 나라를 다시 생각하게 된다. 소수의 백인 지배 계급과 다수의 흑인 피지배 계급으로 나뉘는 나라. 1980년대에 처음 들은 '아파르트헤이트'라는 단어. 가해자와 피해자, 식민주의자와 피식민주의자, 백과 흑 사이에서 갈등과 폭력이 일상이 되어버린 사회.

그러나 쿳시는 나딘 고디머Nadine Gordimer와는 다르게 소설 속에 리얼리티를 부여하지 않는다. 아파르트헤이트가 칼과 총으로 수많은 흑인들의 인권을 잔학하게 말살하자 고디머는 고발적이고 체제 저항적인 작품을 써서 작가로서의 소명과 본분을 지켰다. 반면 쿳시는 포스트모더니즘 계열의 소설을 계속 발표한다. 조국의 현실을 애매모호하게 비껴선 채 자의식적이고 사유적이며 관념적인 글쓰기를 고수한 것이다.

두 사람은 남아공이 배출한 걸출한 작가다. 나딘 고디머는 1991년에, 존 쿳시는 2003년에 노벨문학상을 탔다. 20세기와 21세기. 시대는 달라졌고 한때 비난받던 쿳시에게 스웨덴 한림원은 다음과 같은 선정 이유를 밝히며 뒤늦게 정당한 대우를 해준다.

'쿳시는 현실 밖에 선 사람이 놀랍게 현실에 관여하게 되는 양상을 다양한 모습으로 묘사해 왔다. 그의 작품은 정교한 구성과 풍부한 화법으로 잔인한 인종주의와 서구 문명의 위선을 끊임없이 비판하고 진지하게 의심한다.'

현실세계를 복사하거나 묘사하는 리얼리즘에 관심이 없다는 이유로 평가절하 되던 그가 소설을 통해 뼛속까지 파고드는 진실을 이야기하려 한다는 것을 이제 사람들은 다들 높이 평가하고 있다.

반리얼리즘이 포착한 리얼리티는 사람을 흥분시키지 않고 냉정을 지키게 하지만 그 파장은 크다. 마이클 K라는 한 무력한 인간의 보잘것없는 삶이 왜 존재의 중추신경을 건드리며 가슴에 깊이 새겨지는 것일까? 그는 단지 사람들을 뿌리치고, 그들의 호의와 동정심까지 뿌리치고 끊임없이 달아나려 했을 뿐인데 왜 그런 그의 행동이 그 어떤 저항보다 크게, 의미심장하게 다가오는 것일까? 개인을 압박해 오는 전쟁과 역사와 권력과 정치와 이데올로기를 벗어나려는 몸짓은, 그게 아무리 하찮아 보이는 것일지라도 언제나 소중하다.

얼굴에 결함이 있고 머리가 모자란다는 이유로 그는 어린 시절을 수용소에서 보냈다. 국가의 지원을 받는 그곳에서 다른 장애아들과 함께 초보적인 일을 배우다가 열다섯 살이 되었을 때 그는 케이프타운 시청의 정원사로 취직을 한다. 그는 키가 큰 소나무들이 있고 산책로에 나리꽃들이 핀 공원을 좋아했다. 그런데 서른한 살 때의 어느 날, 공원에서 나뭇잎을 갈퀴로 긁고 있던 그에게 메시지가 전달되었다. 그의 어머니로부터 온 것이었다. 늙고 병든 어머니를 보살피면서 그는 오랫동안 자신을 괴롭혔던 질문, 즉 나는 왜 세상에 나오게 되었을까? 하는 질문에 대한 답을 찾는다. 그는 자신의 어머니를 돌보기 위해 세상에 태어난 것이다.

어머니의 소망대로 도시를 떠나 시골 고향으로 가는 여정이 소설 『마이클 K』의 주된 내용이다. 카프카의 K가 성문 앞까지 가서도 끝내 성에 들어가지 못하는 것처럼 쿳시의 K도 결국 원하는 곳에 가지만 그곳은 이미 그가 가려던 그곳이 아니다. 도시를 떠날 수 있다는 허가서를 요구하며 모자의 발목을 잡는 ‘그들’ 때문에 어머니는 도중에 객사하게 된다. 어머니의 유골이 담긴 비닐봉지를 들고 떠도는 그에게 그들은 묻는다. “너는 누구냐? 어디로 가느냐? 여기서 무슨 일을 하느냐? 왜 혼자지?”

‘나는 영원히, 내가 죽을 때까지 여기에서 살 수 있겠구나. 아무 일도 일어나지 않을 것이고, 매일매일은 날마다 똑같을 것이고, 할 말도 없을 것이다.’

버려진 농장에서 혼자서, 아무도 모르게 호박과 옥수수와 콩을 가꾸며 살려는 그의 소박한 바람은 이루어지지 않는다. 그는 무슨 일이 일어날 것인지 알지 못했다. 그의 삶은 흥미로웠던 적이 없었다. 그는 새로운 세계를 탐색하지 않았다. 그는 눈을 감고 마음을 비우고 아무것도 원하지 않고 아무것도 바라지 않았다. 그런데도 ‘그들’은 그를 ‘마이클 피사기-CM-40세-NFA-무직’이라고 분류한 뒤 주거지를 무단이탈했고, 주민증을 소지하지 않았으며, 통금령을 위반했고, 풍기를 문란하게 했다는 죄목으로 감방으로, 강제노동 수용소로 끌고 다닌다. 그를 방화범이자 탈주범, 게릴라로 몰며 자백을 강요하는 그들에게 그는 말한다.

“나는 당신들이 생각하는 사람이 아니오. 나는 잠을 자고 있었는데 당신들이 깨웠던 거요. 그게 전부요.”

누군가에게 무엇을 받기를 강요하는 건 자신의 양심이나 도덕관을 만족시키기 위한 자기중심적 행위일 수 있다. 그것이 사랑과 호의와 동정심 같은, 나름대로 고귀한 것이라 해도 상대가 원치 않는 걸 억지로 주는 건 폭력적인 행위다. 기를 쓰고 K가 동정받기를 거부하는 이유는 그걸 받아들일 경우 그도 체제의 일부가 되는 걸 피할 수 없기 때문이다.

 그는 그 어느 곳에도 속하지 않으면서 그냥 그 안에 자리 잡기를 원한다. 그는 정원사로 살고 싶을 뿐이다. 그는 단지 씨를 뿌릴 손바닥만 한 땅뙈기만 원할 뿐이다. 누군가 "물은 어떻게 할 거요?"라고 물으면, 그는 주머니에서 찻숟가락과 기다란 실타래를 꺼낼 것이다. 숟가락의 손잡이를 구부려 거기에 실을 매달아 땅속 깊이 내려뜨리면 숟가락에 물이 담겨 있을 것이다. 그러면 그는 이렇게 말할 것이다.

"이런 식으로 살 수 있는 거지요."

The désert
사막

르 클레지오 Jean Marie Gustave Le Clézio, 1940~

2005년 서울국제문학포럼 행사장에서 오에 겐자부로가 말했다.

"지금 이 자리에는 노벨문학상을 진즉 받았어야 하는데 아직도 못 받은 작가 한 사람과, 앞으로 받을 세 사람이 있다."

앞의 한 사람은 르 클레지오였고 뒤의 세 사람은 오르한 파묵과 모옌莫言 그리고 황석영이었다. 르 클레지오는 2008년 드디어 노벨문학상을 받았는데 그건 파묵보다 2년 뒤늦은 수상이었다.

살아 있는 가장 위대한 프랑스 작가로 선정된 지도 어언 15년. 그는 여전히 세계 여기저기를 떠돌며 메아리처럼 살고 있다. 그는 작가란, 살면서 갖게 되는 여러 가지 문제들에 해결책을 단호한 목소리로 제공하는 사람이 아니라고 믿는다. 똑같은 질문을 여러 번 반복하게 하는 메아리 같은 존재. 또는 끊임없이 의구심을 유발해 두통을 겪게 하는 존재.

『조서』, 『홍수』, 『구두소송』, 『도피의 서』, 『전쟁』, 『황금 물고기』 등의 작품이 있는데 곧 그의 서울을 배경으로 한 소설을 읽을 수 있을 듯하다. 아름다운 삶이 너무 짧아서 글을 쓴다는 그는 "한글이 쉬운 편이라 금세 배웠다"고 한다. 처음에 그가 영어로 글을 쓰다가 나중에 프랑스어로만 글을 쓰기로 한 건 널리 알려진 사실이다.

저의 첫 책 『행복한 라디오』의 첫 장이 〈사막 속에 숨은 노래〉로 시작됩니다. 사막에서 때때로 종소리, 트럼펫 소리, 백파이프 소리가 들린다는 이야기를 처음 들었을 때 마음은 곧바로 그 사막으로 달려가고 있었죠. 사막에서 느닷없이 악기 소리가 들리는 이유를 과학은 모래언덕의 모래가 미끄러지면서 내는 소리, 그러니까 모래알이 바람 따라 날아가면서 곡조를 만들고 또 수많은 모래알끼리 서로 몸을 비벼대면서 화음을 만드는 거라고 설명해줍니다. 노래하는 모래언덕은 전 세계에 30개 정도 있다고 하는데 저는 아직도 사막의 노래를 듣지 못했습니다. 르 클레지오가 보여주는 사막은 아프리카의 사하라입니다. 20세기 초 물밀듯이 몰려오는 돈과 총알의 파도에 맞서다 서구 군대에 쫓기게 된 사막 민족. 그들 청색인간은 이쪽 지평선에서 저쪽 지평선까지 끝없이 이어지는 유랑의 길을 떠나지만 한쪽은 바다가 가로막고 있고 다른 쪽은 사막이 가로막고 있어서 사면초가의 입장이 되죠.

1912년 3월 30일, 정오의 태양 아래서 일은 너무나 빨리 진행됩니다. 철대포들이 매분 600발의 포탄세례를 퍼붓자 수천 명의 사람과 말들이 단 몇 분 만에 쓰러집니다. 일이 다 끝났을 때 마지막까지 살아남은 청색인간들은 남쪽 길 흔적을 따라 다시 걷기 시작하죠. 하지만 그 흔적은 너무나 길어 끝이 없는 것 같습니다.

그들이 목격했던 것 그리고 맨발의 감촉뿐 그 외에는 아무것도 없는데 그들은 그 흔적을 지도처럼 따라가지요. 바다처럼 펼쳐진 아주 잔잔한 대지 위에는 소금덩이들이 반짝거리며 빛을 발하고 있고, 땅은 물결치며 훌륭한 성벽과 구슬처럼 반짝거리는 둥근 지붕이 덮인 하얀 도시를 만들어내고 있습니다. 태양은 열로 그들의 얼굴과 손을 태우고 빛으로 현기증을 불러일으킵니다. 저녁이면 피가 흐르는 그들의 입술은 시원한 샘물과 강들의 짭짤한 흙탕물을 찾고, 밤이면 차디찬 밤이 그들을 에워쌉니다.

자유에로 가는 길은 끝이 없습니다. 자유는 막막한 대지처럼 광활하며, 빛과 같이 아름답고 잔인하며, 눈물처럼 감미롭습니다. 매일 첫 새벽에 자유로운 사람들은 남쪽으로, 어떻게 살아야 하는지를 아는 사람이 한 명도 남아 있지 않은 그곳으로 돌아갑니다. 사막을 향해 돌아선 그들은 아무 말 없이 기도를 드린 뒤 길을 떠납니다.

마지막 청색인간 누르가 꿈속처럼 사라진 바로 그 사막에 랄라가 나타납니다. 랄라는 그곳에 올 때마다 자신이 이 세상에 속해 있지 않은 사람처럼 느끼죠. 그곳에서는 시간과 공간이 더 확대되는 것 같고, 하늘의 뜨거운 빛이 그녀 속으로 들어와 온몸이 거인의 체구 같아지는 느낌입니다. 그녀는 햇빛의 반사 때문에 눈을 감고 앞으로 걸어갑니다. 땀에 젖은 옷이 배와 가슴, 등줄기에 달라붙고… 아마 지상에 이처럼 많은 햇빛은 일찍이 한 번도 없었을 겁니다. 공기는 거의 움직이지도 않고 제 자리에서 떨며 진동하고, 그녀는 꿀벌이 윙윙거리는 소리 같은 이상한 음악을 듣게 됩니다.

사막고원에서는 차갑고도 거친 바람이 불죠. 거기에는 풀도, 나무도, 물도 없습니다. 오직 바람과 빛만이 있을 뿐. 길도 인간의 흔적도 끊긴 그곳에 전갈과 지네, 도마뱀과 뱀만 어지러이 오갈 뿐인데 그녀는 황량한 고원 중앙에 혼자 서서 이제 나타날 사람을 참을성 있게 기다립니다. 그녀는 그를 압니다. 그 사람은 푸른 베일을 쓴 사막의 투사. 랄라는 그의 칼날처럼 날카로운 시선을 압니다. 그는 확실히 올 것이며, 와서는 죽음과 싸울 힘을 그녀에게 줄 것입니다. 그리고 그녀는 새가 되어 저 먼 하늘로 날아갈 것입니다.

마치 꿈속에서처럼 그들은···

정말인지 아닌지 모르겠지만 인류가 가장 먼저 사용한 색이 빨간색이라고 한다. 빨간색은 멀리서도 잘 보이고 사람을 진취적으로 만든다. 빨간색은 기분도 고취시켜 주어서, 붉은 꽃을 보면 축 처져 있던 마음에 어느새 활력과 행복감이 샘솟는다.

붉은색을 방 전체에 칠할 만큼 과도하게 화려한 빨강에 애착을 보였던 앙리 마티스Henri Matisse. 그 '빨갱이' 화가가 전성기에 그렸던 작품 〈대화〉는 그런데 온통 파란색이다. 파란 방에서 파란 줄무늬 옷을 입은 남자와 파란 의자에 앉은 여자가 어쩐지 대화가 단절된 표정으로 마주보고 있다. 서로 마주보고 있되 시선의 초점은 상대에게 있지 않아 둘 사이에는 파랗게 질린, 아니 퍼렇게 얼어붙은 그 무엇이 자리 잡고 있는 듯하다.

사주팔자에 불이 없어서 빨간색을 일부러라도 가까이해야 한다는 이야기를 여러 번 들었다. 본능적으로 청색이나 무채색에 끌리는 게 다 사주에 물과 쇠가 많아서 그렇다는 건데, 르 클레지오의 『사막』에 나오는 청색인간, 그 색깔부터가 딱 내 취향일 수밖에 없다. 청색은 밝고 명랑하고 따뜻하고 여린 느낌을 거부한다. 청색은 타인을 끌어들이는 색이 아니라 홀로 단절을 견디는 색이다. 사막의 청색. 모진 운명을 헤쳐 나가며 어떤 경우에도 시퍼렇게 살아 있는 눈빛을 포기하지 않는 투사에게 잘 어울리는 색이 아닌지.

스물세 살에 키 크고 말 없는 금발 청년작가로 첫 모습을 드러낸 뒤 르 클레지오는 '끊임없이 떠도는 작가'로 살아왔다. 그는 자신의 사생활이나 신상에 관한 것을 전혀 알리지 않은 채 오로지 작품을 통해서만 이야기하고는 했다. 그러던 그가 신촌 근처에서 자주 자신을 노출시키며 유독 우리 문학 팬에게는 스스럼없이 대한다고 해서 무척 놀랐다.

2008년, 노벨문학상 수상자로 발표될 즈음에도 프랑스나 스웨덴이 아니고 이화여대에서 그를 봤다는 학생들 말을 듣고 많이 의아했다. 문인들 모임에도 나타나지 않고 기자들 인터뷰에도 응하지 않는다던 그가 우리나라에서는 조금 다른 모습을 보여주는 것. 그의 나이 탓일까 아니면 우리에게 우리도 모르는 매력과 친화력이 있다는 것일까.

마치 꿈속에서처럼 청색인간들이 모래언덕에 나타나는 장면으로 시작되는 소설은 "마치 꿈속에서처럼 그들은 사라진 것이다"라는 문장으로 끝난다. 청색 피부를 가진 소녀 랄라는 자연과 전설의 힘이 살아 있는 땅 사막에서 행복했다. 사막에서는 사람들이 아주 가난하다. 그래도 누구 한 사람 불평하는 이가 없다. 폭풍이 아주 거셀 때 폭풍은 모든 것을 싹 쓸어가 버린다. 그러면 사람들은 다시 마을을 건설해야만 한다. 그래도 사람들은 웃으며 일한다. 가난한 사람들은 잃을 것이 없어서 불안과 두려움도 없다. 폭풍이 지나가면 그들 머리 위의 하늘은 더 크고 더 파랗게 되며, 태양은 더 아름답게 빛난다.

탕헤르 변두리의 빈민가 시테에 살면서도 사막과 바다가 있기에 충만한 삶을 살 수 있었던 랄라에게 도시에서 온 남자가 돈의 위력을 앞세워 청혼을 한다. 물질의 타락한 힘에 저항할 수 없어서 그녀는 사막 한가운데로 탈출하려 한다. 그 탈출은 실패로 끝나서 그녀는 바다 건너 마르세유로 가게 된다. 우여곡절 끝에 도시에서 잡지의 커버걸로 명성을 얻게 되지만 그녀는 본성을 억압하는 도시의 삶을 버리고 사막으로 돌아간다. 사막에서 그녀는 자신의 어머니처럼 혼자 아기를 낳는다. 새 생명의 탄생. 하와의 딸 하와로 이어지는 과거와 현재의 삶. 자유로운 혼을 지닌 청색인간은 이제 사막에서 영원히 사라지지 않을 것이다.

사막과 도시라는 공간적인 대립을 작가는 '행복' 과 '노예들의 땅에서' 라는 제목으로 표현한다. 물질에 대한 끝없는 추구에서 해방된 자유로운 삶과 물질에 종속된 노예적 삶의 대립, 결코 정복되지 않는 자연인 사막과 인간이 황금과 기계문명 앞에 굴복하고 마는 도시의 대립. 이렇게 써 놓으면 참 재미없는 이분법인데 소설 속에서는 그것이 투명하고 시적인 언어로 매혹적으로 그려진다. 작가의 역량과 문학성이 간단한 이야기에 생명을 부여해, 그 아름다운 이야기에 넋 놓고 귀를 기울이게 한다.

게다가 『사막』의 독특한 구성에 대해 언급을 하지 않을 수가 없다. 책을 읽다 보면 왼쪽에 여백을 두고 기술되는 부분이 있는데 북아프리카 원주민이 어떻게 사막에서 사라지게 되었는지, 1909년부터 1912년까지 3년 동안 사막에서 청색인간들에게 어떤 일이 벌어졌는지 그 과거의 이야기가 소년 누르를 따라가며 이어진다.

과거의 누르와 현재의 랄라 이야기가 씨줄과 날줄이 되어 사하라 사막 위에 청색의 천을 끝없이 펼쳐놓는다.

'자유에로 가는 길은 끝이 없었다. 자유는 막막한 대지처럼 광활했으며 빛과 같이 아름답고 잔인하며 눈물처럼 감미로웠다. 매일 첫 새벽에 자유로운 사람들은 그들의 거주지를 향해 남쪽으로, 어떻게 살아야 하는지를 아는 자가 한 명도 남아 있지 않은 그곳으로 돌아갔다. 사막을 향해 돌아선 그들은 아무 말 없이 기도를 올렸다. 그리고 그들은 길을 떠났다.'

'랄라는 황량한 고원 중앙, 약간 경사진 돌 반석 위에 혼자 서 있다. 찬바람이, 인간의 삶을 증오하는 끔찍한 바람이 그녀를 불태우고 가루로 만들 것처럼 불어댄다. 그러나 랄라는 그 바람이 무섭지 않다. 바위틈이나 아니면 하늘 어딘가에 숨어 있는, 그녀가 에스 세르, 즉 비밀이라고 부르는 청색인간의 시선이 있을 것이기 때문이다. 그는 확실히 올 것이며 와서는 그녀 육신의 밑바닥을 똑바로 응시하며 싸울 힘을 그녀에게 줄 것이다. 그리고 그녀를 나는 새로 변신시켜 허공을 향해 날릴 것이다.'

언젠가 꼭 도보로 사막여행을 하고 싶다는 꿈이 아직도 내게 남아 있는지 모르겠다. 운전면허증이 있지만 나는 운전을 하지 못한다. 운전대를 잡아본 기억도 10년이 훨씬 넘었다. 희미한 기억 속에는 사막의 끝없는 길을 시속 100킬로미터가 넘는 속도로 달리고 있는 내 모습이 있다. 이제는 자동차 시동을 어떻게 거는지조차 기억나지 않는데 몇 시간씩 뜨거운 사막 위를 달리느라 어깨가 무척 아팠던 기억은 사라지지 않는다. 하지만 자동차로 아무리 사막을 달려봤자 말짱 황이다. 아무것도 경험이 되지 않고 쓸 만한 기억, 소중한 추억도 한 올 남지 않는다.

『나는 걷는다』의 베르나르 올리비에Bernard Ollivier처럼 언젠가 나도 이스탄불에서 시안까지, 그 끝없는 사막의 실크로드에 자신을 던지며 걸을 수 있을까? 지금으로서는 가능성 제로지만 그래도 예순두 살까지는 희망을 버리지 말아야겠지.

눈앞에 청색인간들이 줄지어 걸어가고 있는 사막이 나타난다. 사막에서의 길. 그건 끝없는 길이자 언제나 다시 출발점으로 돌아오는 길이다. 그들은 그렇게 쉬지 않고 사막을 걸어가며 살았다. 그러다가 어느 날 사막 위에서 죽어갔다. 어린 소녀와 소년들은 삶의 끝없는 몸짓들을 배우며 자라지만 그것은 단지 모래 위에서 죽는 것을 배우기 위해서였다.

중요한 것은 말하고자 하는 내용일 뿐이다.
이를테면, 마음속 깊이에서 우러나는 비밀이나,
기도의 말처럼 그런 말만이 정말 중요한 것이다.
하르타니는 다른 말은 하지 않는다.
그는 이런 말만 할 줄 알고 들을 줄 안다.
그래서 너무나 많은 것들이 침묵을 통해서 전달된다.
하르타니를 만나기 전에 랄라는 그런 것을 몰랐다.
다른 사람들은 말이나 행동, 증거만을 기다린다.
그러나 하르타니, 그는 한마디도 없이 금속처럼
아름다운 눈으로 랄라를 바라본다.
그의 시선의 광채 속에서 그가 얘기하는 것,
요구하는 것을 다 들을 수 있다.

– 「사막」 중에서…

The thorn birds
가시나무새

콜린 맥컬로 Colleen McCullough, 1937~

멜 깁슨Gerard Gibson이 주연을 맡은 영화 〈내 사랑 바보〉의 원작소설인 『팀』으로 37세에 데뷔한 뒤 구상에만 4년이 걸렸다는 『가시나무새』로 초대형 베스트셀러 작가가 되었다. 1977년에 발표한 이 소설은 전 세계에서 3,000만 부 이상이 팔렸다. 10시간짜리 5부작 미니시리즈로 제작된 TV 영화 〈가시나무새〉는 에미상 6개 부문, 골든글로브상 5개 부문을 석권하기도 했다.

콜린 맥컬로는 신문기자, 도서관 사서, 교사 등 여러 직업을 전전하면서 어렵게 예일대에서 내과학을 전공, 시드니 병원에서 신경생리학자로 일했다. 이후 예일대 의대에서 10년 동안 연구원 및 교사로 일하기도 했다.

패트릭 화이트Patrick White와 함께 호주문학을 대표하는 작가로, 지금은 남편과 태평양의 노퍽 아일랜드에서 노후를 보내며 지치지 않는 창작력을 발휘하고 있다.

고대 로마에 관한 활발한 저작활동을 병행하며 『여자의 집념』, 『메시아 놀이』, 『트로이의 노래』, 『모건의 길』, 『사랑의 랩소디』 등의 소설을 꾸준히 발표해 왔는데, 내년에는 2006년 작품 『On, off』의 2권이 출판될 예정이라고 한다.

"만세, 우린 오스트레일리아로 가는구나!"

아들들은 덩실덩실 춤을 춥니다.

"길란본이 어디지?"

낡은 지도책이 나오고, 아들들은 누렇게 변한 책장들을 열심히 들여다봅니다. 하지만 항해는 악몽이었죠. 웰링턴 항구를 벗어나기도 전에 그들 가족은 모두 멀미를 했고, 폭풍이 몰아치는 겨울바다를 1,200마일 건너는 동안 줄곧 멀미는 그치지 않았습니다.

사흘간의 무서운 시달림 끝에 배가 항구에 들어섰을 때, 매기는 오스트레일리아의 첫인사인 무적이 울리는 소리를 듣습니다. 그 깊고 단조로운 아우성···. 1912년 8월 말의 어느 안개 낀 겨울 아침에 그들은 비틀거리며 시드니에 도착합니다. 비용을 아끼기 위해서 그들은 몸을 추스를 틈도 없이 그날 밤 길란본으로 가는 기차를 타는데, 밤새 달리는 동안 얼어붙은 추운 밤이 찌는 듯한 낮으로 바뀌고 황량하고 낯선 풍경이 눈앞에 펼쳐집니다.

드로게다는 면적이 25만 에이커입니다. 저택은 길란본에서 40마일을 나와 다시 스물일곱 개의 문을 거쳐야 나옵니다. 드로게다는 그 자체가 하나의 세계여서 울타리 안에는 마구간과 대장간, 차고와 수많은 창고들, 방목장들 그리고 양털깎기 건물과 막사와 숙소와 도살장과 여러 채의 집들이 있습니다.

잿빛과 갈색. 드로게다의 주조색이죠. 땅에는 생명체가 우글거려서 캥거루들은 수천 마리씩 떼를 지어 나무들 사이로 줄지어 뛰어가고, 에뮤들은 초원 한가운데서 거인들처럼 활보를 하다가도 낯선 걸 보면 겁을 먹고 축구공만 한 알을 남겨두고 재빨리 달아납니다. 흰개미들은 땅에서 강물처럼 쏟아져 나오고, 새들은 어찌나 많고 종류도 여러 가지인지 한없이 새로운 종류들이 나타나는 것 같습니다. 커다란 도마뱀을 비롯한 온갖 뱀들! 무엇보다 셀 수 없을 만큼 많은 곤충들! 게다가 잠시도 사람을 가만 놔두지 않는 파리와 먼지들! 이곳에서의 삶이란 대부분이 파리와 먼지로 이루어진 듯싶을 정도입니다.

드로게다에서는 풍년과 흉년 사이를 생존해 나가는 게 중요합니다. 그런데 문제는 아무도 '비'를 예측할 수 없다는 거죠. 한발과 홍수는 늘 사람들을 극한까지 몰아 부치며 번갈아 찾아옵니다. 1932년 겨울. 살을 에는 듯한 추위와 더불어 건조한 폭풍의 계절이 돌아왔지만 파리는 웬일인지 다른 때처럼 극성을 부리지 않습니다.

큰 폭풍이 불어오던 8월의 그날, 패디는 양떼를 몰고 들판 멀리에 나가 있었습니다. 그 폭풍은 너무 심해서, 큰 소용돌이의 중앙이 바로 머리 위에 올 때까지는 맹렬한 분노를 드러내지 않았었죠. 동물들은 벌벌 떨고 나무들은 사방으로 요동치는 가운데, 패디는 손으로 귀를 막고 눈을 꼭 감은 채 기도를 합니다. 하지만 그는 감은 눈꺼풀을 통해 밝은 파란 불이 꽃처럼 피어오르는 걸 느끼고 벌떡 일어납니다. 무슨 일이 일어나고 있는지 미처 깨닫기도 전에 불은 들판과 숲을 단숨에 삼키고 맙니다.

사흘 동안 불길은 점점 더 번지면서 동쪽을 향해 날뛰다가, 갑자기 심한 비가 나흘 동안 퍼붓더니 그 마지막 불씨까지 모두 꺼버립니다. 불은 폭이 20마일이나 되는 숯처럼 검은 길을 길란본 지역에 100마일이나 내놓았습니다. 구슬픈 빗속에서, 모두 갈색으로 타버린 풀밭을 지나며 산 사람들은 죽은 사람들을 가슴에 묻고 다시 삶을 시작합니다.

#234

여자는 무엇으로 사는가

"난 그만 살겠어요. 70년 넘게 살아오는 동안에 꼭 내가 하고 싶은 대로 해왔죠. 그러니까 만일 죽음이 제멋대로 때를 정해 날 데리고 가려고 한다면 그건 어림없는 일이에요. 내가 죽을 때는 내가 선택하겠어요. 그렇다고 자살을 하겠다는 건 아니죠. 우리가 살겠다고 발버둥치는 건 우리의 의지력 때문인데, 그만 살겠다고 정말 원한다면 그건 어려운 일이 아니에요. 난 지쳤고, 그만 살고 싶어요. 아주 간단하죠."

『가시나무새』에 나오는 여자들은 다 '한 칼'이 있다. 엄마인 피이도 그렇고 온순한 매기까지도 만만치 않다. 태어날 때부터 반항적이던 저스틴은 물론이고 특히 고모인 메리 카슨, 그녀야말로 세상 그 누구에게도, 심지어는 운명에게도 두려움을 느껴 본 적이 없을 것 같은 여자다. 대단한 야망으로 한평생을 살아온 그녀는 늙어가는 육체를 돌이킬 수 없자 신부 앞에서 불경스럽게 불평을 늘어놓는다.

"늙는다는 것은 복수심에 불타는 하느님이 우리들에게 내리는 가장 쓰라린 복수예요. 하느님은 왜 마음도 똑같이 늙게 하지를 않나요?"

추악하게 늙은 몸을 하고도 젊은 랠프 신부를 마음에 품고 있는 그녀는 스스로에게 냉소를 짓는다.

"내 나이가 사랑을 배제한다고 생각해요? 어리석은 육체 속에서 난 아직 젊어서 난 아직도 느끼고, 원하고, 꿈을 꾸고, 육체의 한계 때문에 발버둥치고 화를 내요"라며.

1776년 남북 아메리카가 폐쇄되자 영국은 죄수들을 갖다버릴 새로운 쓰레기장이 필요하게 되었다. 이 나라에는 쓰레기로 분류된 인간들이 너무 많았다. 영국의 법은 준엄하다 못해 무자비해서 살인과 방화 같은 중죄뿐 아니라 잔돈푼을 훔치거나 신분을 속여도 모두 교수형에 처해졌다. 그러니 사소한 범죄로 평생 무기징역을 살아야 할 죄수들이 넘쳐났는데 그 쓰레기들을 내다버릴 곳으로 오세아니아가 새롭게 선택되었다.

뉴질랜드 명문가 출신인 피오나는 1803년 시드니에 도착한 그 쓰레기들 중 살아남은 한 남자의 증손녀였다. 성공회 신자인 그녀는 자신보다 신분이 낮은 천주교도와 결혼했는데, 그녀는 남편을 위해 자신의 종교를 버리기는 했지만 그렇다고 남편의 종교를 따르지도 않았다.

뉴질랜드에서 가족들은 혹독한 생활을 한다. 남편인 패디와 큰아들 프랭크는 매일 중노동을 하고, 주부인 피이는 혼자서 그 많은 아이들의 뒷바라지와 집안일을 하느라 녹초가 된다. 그녀의 바람은 외동딸 매기가 얼른 자라 집안일을 돕는 것이지만 매기는 아직도 어린애일 뿐. 프랭크는 어머니의 과로가 안타까운 나머지 "인생에서 고생 이상의 그 무엇을 바란다는 것이 뭐가 그렇게 나쁘죠?" 하면서 반항아가 되어간다. 가족 모두가 그렇게 열심히 일을 하건만 생존까지 위협받을 지경이 되었을 때, 구원의 손길처럼 오스트레일리아에서 메리 카슨의 편지가 온다.

그동안 한 번도 돌아보지 않았던 동생 가족을 부른 메리 카슨의 의도는 무엇이었을까? 그녀는 동생에게 자신의 막대한 재산에 대한 상속권이 있음을 상기시키며 드라게다 농장의 운영을 맡긴다. 그 일 또한 인간의 극한 능력과 인내를 요하는 엄청난 중노동이었지만 그래도 가족들의 생활은 안정된다. 더위와 먼지와 파리 떼뿐인 드라게다에서 가족들은 지옥 같던 여름이 지나자 더 지독한 겨울이 온다는 걸 체득한다. 그 사이에 출생의 비밀을 안 큰오빠 프랭크가 집을 나가고 자기가 아들처럼 키운 남동생 햄이 죽는 고통을 견디면서 매기는 성장한다. 그녀는 딸에 대해 무관심한 엄마 대신 랠프 신부의 관심과 사랑을 받으며 아이에서 여자가 된다.

드디어 그날, 메리 카슨은 자신의 일흔두 번째 생일날 신부예복 같은 하얀 드레스를 입는다. 그리고 랠프 신부에게 그의 인생과 영혼의 운명이 담긴 봉투를 넘긴다.

"난 당신을 매기에게 빼앗겨야 하지만, 그래도 난 그 애가 당신을 차지하지 못하도록 틀림없이 해놓았답니다."

그녀는 신부의 종교적 야망을 냉혹하게 이용하는 유언장을 남긴 것. 결국 그녀의 천문학적인 유산은 매기 가족 대신 가톨릭교회로 넘어가고 신부는 그 유산 관리와 집행의 책임과 권한을 맡는다. 이제 랠프 드 브리카싸르트 대주교가 될 가능성의 문이 열렸으니 그는 떠날 것이다. 떠나기 전 그는 매기에게 말한다.

"널 사랑한다고 내가 말한다면, 그건 남자로서 사랑한다는 뜻으로 하는 말이 아니야. 난 성직자이지 남자가 아니야. 그러니까 나에 대한 꿈으로 머릿속을 가득 채우지 마."

『가시나무새』에 나오는 사람들은 사랑하면서도 사랑하는 방법을 몰라 큰 실수를 하고 그 결과 운명의 복수를 당한다. 때로 사랑과 목숨을 맞바꾸는 일도 감수해야 한다. 엄마인 피이는 다른 가족 모두를 합친 것보다 프랭크를 더 사랑하느라 정작 남편에 대한 사랑을 깨닫지 못한다. 그 사랑은 그를 위해서도 너무 늦었고 그녀를 위해서도 너무 늦었을 때, 그러니까 패디가 불에 타 죽고 난 뒤에야 깨달아진다.

매기는 랠프 신부를 닮은 루크와 결혼하지만 그는 그녀가 원하는 가정과 아이를 주지 않는다. 신부는 매기가 불행한 결혼생활을 한다는 소식을 듣고서야 뒤늦게 그녀를 찾아 나선다. 매기는 남편을 속여서 딸 저스틴을 얻고, 랠프를 빼앗아간 하느님에게서 아들 데인을 훔쳐낸다. 장차 태어날 아들에게 합법적인 아버지를 만들어주기 위해 루크와 한 번 더 동침한 뒤 그녀는 남편을 버리고 드로게다로 돌아온다.

랠프 대주교는 비토리오 추기경에게 고해를 하려 한다. 메리 카슨의 유산을 받아들였을 때 가난의 맹세를 어겼던 그는 성직자의 세 가지 맹세 중 남은 두 가지, 순결과 복종까지 깨뜨린 자신을 용서할 수 없다. 하지만 추기경은 말한다.

"자만심이에요, 랠프. 용서한다는 것은 당신의 일이 아니라는 걸 아직도 이해하지 못하나요? 오직 하느님만이 용서할 능력이 있어요. 그리고 진실로 회개한다면 하느님은 용서를 합니다. 용서라는 일을 하느님께 맡길 수 있기 전에는, 당신은 참된 겸손을 구하지 못해요."

"선서를 어긴 데 대해서는 속죄를 합니다. 저는 그것을 뼈아프게 뉘우칩니다. 하지만 매기요? 매기에 대해서 속죄를 한다는 건 그녀에게 살인을 행하는 것과 다름이 없습니다. 매기는 은총입니다. 그녀는 제게 성스러운 존재이며, 다른 종류의 성체입니다."

이 소설이 발표되었을 때 천주교의 반발이 거셌던 건 당연한 일. 나중에 추기경이 되는 랠프가 한 여자와 육체적 사랑을 나누고 아들까지 낳는다는 건 커다란 종교적 파문이자 추문이다. 어쨌거나 매기는 결국 하느님한테서 훔쳐낸 아들을 도로 빼앗기지만, 그리고 데인이 죽고서야 비로소 아들의 존재를 안 추기경이 그의 진혼미사를 드리게 되지만, 하느님은 그의 허물 많은 종을 사랑하는 여인의 품안에서 잠들게 하는 은총을 베푼다. 남자와 성직자 사이에서, 진실된 자신과 하느님을 위한 그릇 사이에서 누구보다 심한 고뇌에 시달렸던 랠프는 이제 이 세상에서 찾지 못했던 평화를 죽음에서 찾게 될 것이다.

엄마 피이와 매기와 그녀의 딸 저스틴의 여인 3대가 서로 다른 노래를 부르던 드로게다. 독일 정치 지도자와 결혼을 한 저스틴은 유럽에서 살게 분명하니 이제 드로게다의 시대도 끝날 때가 되었다. 가슴이 가시에 찔린 새는 자신이 무엇을 위해 피를 흘리는지 모르면서 그래도 노래를 부른다. 가시나무새는 목숨과 맞바꾼 자신의 노래를 후회하지 않는다. 피 흘리는 고통 없이 귀한 것을 얻을 수 없다는 것은 이 세상 불변의 법칙이니까.

소설 속을
거닐다

초판1쇄 발행 2009년 10월 1일
초판2쇄 발행 2009년 10월 30일

저자 김경옥
발행인 백영곤

책임편집 정재은
기획편집 김한나
마케팅 이현정
관리 강미연

그림 이종필
디자인 All Design group(02-776-9862)

발행처 도서출판 장서가(주)
출판등록 2007년 10월 29일 제313-2007-000211호
주소 서울시 마포구 서교동 395-180 서주빌딩 301호
연락처 (T) 02-334-9681 (F) 02-334-9682

정가 12,500원
ISBN 978-89-93210-25-5 03810